KB098541

활인 ^{活人}

上

活人

박영규 역사소설

활
인

上

교유서가

활인
下

활
인
上

1. 역병이 창궐한 마을에서

마을을 가로지르자, 굶주린 개들이 핏기어린 눈을 하고 겁먹은 표정으로 슬금슬금 달아나고 있었다. 타작마당엔 버려진 시체들이 즐비했고, 쥐떼가 풀쩍풀쩍 뛰어오르며 시신들 사이를 헤집고 다녔다. 앞서가던 오작인(仵作人, 시신을 다루는 천민)들이 발을 구르며 에끼! 에끼! 하고 소리를 질러댔지만 쥐들은 당최 달아날 기미를 보이지 않았다. 오작인 몇 명이 작대기를 휘두르며 고함을 질러대도 쥐들은 시신 속으로 파고들 뿐 도망가지 않았다. 오작인들이 떼로 달려들어 작대기로 쥐들을 때려잡기 시작하자, 쥐떼가 공중으로 펄펄 뛰어오르며 달아나기 시작했다.

4월 초부터 도성 밖 고봉현의 한 마을에서 사람들이 죽어나간다는 말이 돌았다. 그렇게 십여 일이 지났을 때야 조정에서 역병으로 판단하여 마을에 금줄을 치고 출입을 금지시켰다. 그리고 도성

안팎의 오작인 다섯 명과 귀후소 승려 스물, 무녀 열 명을 서활인원에 예속시키고 역병에 밝은 의승(醫僧, 의술을 행하는 스님) 탄선(坦宣)으로 하여금 마을을 살피게 하였다. 하지만 승려 스물 중에 절반 이상이 달아나는 바람에 매골승(埋骨僧, 시신을 수습해주는 승려)으로 함께 온 자들은 예닐곱 명밖에 없었고, 무녀들도 절반이 달아나 다섯밖에 남지 않았다. 거기다 활인원에 속한 의원이라곤 아무도 없는 처지에서 의술을 아는 사람은 승려 탄선과 그의 여제자인 소비(김非)뿐이었다.

그들이 마을 초입을 들어서자 시신 썩는 냄새가 코를 찔러왔다. 날씨가 더운 탓에 시신이 급속히 부패했고, 그로 인해 악취가 마을을 뒤덮고 있었다. 천으로 코와 입을 막았지만 아무 소용이 없었다. 마을 중앙의 타작마당에 늘어놓은 시신 말고도 집집마다 방치되어 있던 시신들이 십여 구나 더 나왔다. 어느 집에선 온 가족이 몰살한 경우도 있었다. 하지만 역병을 두려워해서인지 마을 사람들은 아예 문밖으로 나오지 않았다. 그런 까닭에 어느 집에 초상이 났는지도 관심이 없었고, 초상집에 문상을 하는 일도 없었다. 그저 누군가 죽으면 밤에 몰래 시신을 타작마당에 눕혀두고 사라졌다.

그렇듯 역병 앞에서 사람들은 가족도 친지도 친구도 이웃도 없었다. 심지어 시신을 만지는 것조차 겁을 냈고, 일부 시신은 불에 태워져 있기도 했다. 또 혹여 시신을 그곳에 버려둔 것이 부끄러웠는지 얼굴만 태운 시신도 있었다. 그런데 그 와중에도 시신의 옷을 벗겨 가는 이도 있었다. 돈푼깨나 있는 집안에서 내놓은 시신은 속적삼까지 벗겨지고 없었다. 물론 남녀노소 구별 없이 벌거숭이 상태였다. 그나마 엎어져 있는 시신은 몰골이 덜 사나웠다. 생식기와 젖가슴을 그대로 드러낸 채 널브러져 있는 시신이 한둘이 아니었다. 거기다 몇몇 시신은 쥐들로 인해 눈알이 사라지고 없어 흉측하기가 이를 데 없었다.

오작인들과 매골승들이 시신들을 수습하여 산기슭에 매장하고 있는 동안 탄선은 향교에 의원(병원)을 차리고 무녀들로 하여금 가가호호 방문하며 환자의 수와 상태를 파악하게 했다. 이미 마을 주민 중에 열에 둘은 죽어 쓰러졌고, 절반이 병증에 시달렸거나 시달리고 있는 중이었다. 다행인 것은 이미 역병을 앓은 사람들 중 상당수가 원기를 되찾았다는 사실이었다.

그런데 이번 역병은 좀 특이한 점이 있었다. 대개 역병이 돌면 노인들의 피해가 크기 마련인데, 이 마을에선 어린아이나 젊은 사람들이 많이 죽었다. 심지어 노인들의 상당수는 죽은 자식들을 끌어안고 통곡까지 했는데도 병증을 보이지 않았다. 특히 남의 집 종살이를 하거나 가난에 찌든 노인일수록 멀쩡했다. 반대로 먹고살 만한 집 노인들 중에는 병마를 피하지 못하고 목숨을 잃은 이가 몇 있었다.

"참말로 요상하네. 이게 무슨 조홧속인지 모르겠네. 요상하다, 요상해."

서활인원 수무당(首巫堂, 무당들 중 우두머리) 종심이 고개를 갸웃거리며 연신 '요상해'를 반복하고 있었다. 종심은 비록 무녀였지만 웬만한 의원보다 역병에 밝았다. 그도 그럴 것이 벌써 활인원 밥을 먹은 지 십 년이 넘었고, 그간 탄선을 따라 역병이 든 마을을 따라다닌 곳만 해도 수십 군데였다. 어디 그뿐이랴, 활인원으로 찾아든 병자를 돌보는 일이라면 앞뒤 가리지 않고 앞장섰고, 역병 든 마을에 따라나선 무녀들을 다독이는 역할도 늘 그녀의 몫이었다.

탄선이 그녀를 처음 만난 것은 십여 년 전 안성에 역병이 돌 때였다. 이성계의 다섯째 아들 방원(태종)이 왕위에 오른 직후였는데, 그때만 하더라도 탄선은 역병에 대한 경험이 부족했다. 온갖 의서를 다 뒤지며 갖은 방책을 다 써봤지만 마땅한 것이 없었다. 그래서 도망치듯이 마을을 폐쇄하고 빠져나왔다.

그로부터 십여 일 뒤에 매골승 대여섯을 끌어모아 다시 그 마을로 들어갔는데, 그곳 백성의 절반 이상이 목숨을 잃은 상태였다. 집집마다 초상이 나지 않은 곳이 없었고, 마을 뒷산엔 버려진 시체들이 썩고 있었다. 탄선은 그들을 구하지 못한 죄책감에 시신을 묻어주기라도 할 양으로 그곳으로 간 것인데, 시쳇더미 사이에서 아직 명줄을 붙인 여인을 발견했다. 여인의 품에는 두세 살 먹은 여자아이가 안겨 있었는데, 아이는 이미 숨이 끊어진 뒤였다. 여인 또한 완전히 탈진 상태였다. 그럼에도 여인은 아이를 안은 팔을 풀지 않았다. 탄선은 그 아이는 양지바른 곳에 묻어주고 여인은 가까스로 살려냈다. 하지만 여인은 살아도 산 것이 아니었다. 며칠 동안 아무것도 먹지 않고 죽은듯이 누워서 멍하니 천장만 바라보았다. 그러다 하루는 접신을 했는지 미친듯이 소리를 질러대며 굴러다녔다. 몸이 뜨거워 견딜 수 없다고 했다. 찬물을 아무리 끼얹어도 소용없었다. 무병(巫病)이 찾아든 것이다. 결국 용한 무당이 와서 내림굿을 한 뒤에야 제정신이 돌아왔다. 그녀가 바로 종심이었다.

종심이 요상하다는 말을 연발하고 있는 동안 소비도 그 일을 곱씹고 있었다. 종심의 말처럼 요상하긴 했다. 역병이 돌면 으레 노인들이 가장 먼저 죽어나갔다. 하지만 이 마을의 상황은 전혀 달랐다. 소비는 '왜일까, 왜지?'라며 그 원인을 찾다가 퍼뜩 뭔가 생각난 듯이 탄선에게 말했다.

"스승님, 혹 이번 역병은 전에도 한 번 돌았던 것이 아닐까요? 그러니까, 전에도 한 번 돌았는데, 그때 이미 역병을 앓았던 사람들은 다시 걸리지 않는 것이 아닐까 하는 말이지요. 두창(천연두)처럼……."

탄선은 일리 있는 말이라고 생각하고, 종심에게 무녀들을 데리고 가서 마을 노인 중에 나이가 지긋하면서도 병증을 보이지 않는 사람을 찾아보라고 했다.

종심이 데려온 사람은 김생원집 종으로 있던 막새였다.

"올해 나이가 어찌 되오?"

"쉰다섯입니다요."

"혹여 이 마을에 전에도 돌림병이 돈 적이 있소?"

"있습지요. 한 사십 년 됐습니다. 그때 소인도 돌림병에 걸려 죽을 고비를 여러 번 넘겼는데, 질긴 목숨이라 용케 살아남았구만요."

"그때가 정확하게 언제요?"

"소인이 열네 살 때였습니다요."

"그렇다면 41년 전이로군. 올해가 병신년(1416년, 태종 16년)이니, 이 마을에 역병이 돈 것은 을묘년(1375년, 고려 우왕 1년)이겠고…… 그렇다면 돌림병을 앓은 그때가 어느 계절이었소?"

"더위가 막 시작될 때 앓아누웠죠. 소인은 열흘 남짓 만에 일어났는데 죽었다가 살아난 기분이었습니다. 그런데 소인보다 먼저 앓은 사람들도 많았으니까, 봄이 한창일 때 돌림병이 시작된 셈이지요. 그리고 그해 가을걷이까지 계속 죽어나가다, 찬바람이 불 때쯤 멈췄습지요."

막새의 말대로라면 당시 역병은 초봄에 시작되어 가을까지 지속되었다는 것인데, 이는 이번 역병이 아직 몇 달은 더 지속될 것이란 뜻이었다.

"그때 마을 사람들이 얼마나 죽어나갔소?"

"열에 서넛은 죽어나갔습죠. 그때 초상 안 당한 집이 없으니까요. 난리도 그런 난리가 없었어요. 우리 아버지도 그때 돌아가시고, 누이 둘도 그때 갔으니까요."

탄선은 막새의 말을 듣고 소비를 돌아보며 말했다.

"아마도 네 짐작이 맞는 것 같구나. 이번 역병은 한 번 걸리고 나면 평생 다시는 걸리지 않는 것이 분명하다."

탄선은 곧 종심을 시켜 무녀들로 하여금 조금이라도 병증이 있는 사람들은 모두 마을 향교로 데려오도록 하고, 나머지 병증이 없거나 병증이 있었는데 이미 완쾌된 사람들은 절대 집밖으로 나오지 못하도록 했다. 역병은 천연두처럼 모두 사람을 통해 전염되는 것이기에 일단 병자들을 다른 사람들과 분리시키는 것이 급선무라고 판단한 것이다.

무녀들이 향교로 데려온 병자의 수는 스무 명 남짓이었다. 그중에서도 아주 중증을 앓고 있는 사람은 다섯 정도였는데, 탄선은 그들 중증 병자들은 향교 뒤쪽 방에 따로 눕혀두도록 하고, 나머지 경증 병자들은 각 방에 몇 명씩 머물게 한 뒤, 약재를 써서 구완하도록 했다. 탄선이 보기에 중증 병자들은 이미 돌이킬 수 없는 지경이었다. 안된 일이었지만, 그들을 살릴 방도는 없다고 판단했다. 그래서 전염을 차단할 요량으로 그들을 한곳에 모아 죽음을 기다리게 했던 것이다.

어쩔 수 없는 조치이건만, 그럴 때마다 탄선은 가슴이 저몄다. 활인원에 머물면서 역병이 창궐한 곳을 누비고 다닌 지 어언 이십여 년이건만 여전히 죽어가는 환자를 버려두는 것은 견디기 힘들었다. 살려달라고 애원하는 눈빛을 외면한 것이 죄책감이 되어 밤마다 숱하게 악몽으로 되살아나기도 했다.

물론 처음부터 탄선이 중증 환자들을 외면한 것은 아니었다. 아니 처음엔 모든 약재를 그들에게 쏟아부었다. 하지만 약재만 사라질 뿐 결과는 늘 허탈했다. 역병으로 중증에 이른 사람에게 약재 같은 것은 소용이 없었던 것이다. 그런 일이 반복되면서 중증 병자에겐 아예 약재를 쓰지 않게 되었다. 중증 병자 한 사람에게 쓰는 약재로 경증 병자 여러 명을 살릴 수 있었기 때문이다.

그런데 중증 병자들을 방치한 지 며칠 만에 이상한 일이 일어났다. 이미 시신이 되어 있어야 할 그들이 하나둘 회복하기 시작한 것이다. 별다른 약재를 쓰지도 않았고, 그저 죽기를 기다리게만 할 수는 없어서 연명할 정도의 미음만 제공했을 뿐이었는데, 그들은 하루가 다르게 회복하여 생기를 되찾았다. 반면에 증세가 경미했던 환자들 중 일부가 갑자기 숨을 가쁘게 몰아쉬더니 한순간에 죽어버리는 사태가 이어졌다.

불과 사흘 만에 그렇게 죽은 환자가 무려 넷이었다. 탄선은 그간 여러 역병을 경험했지만, 이런 경우는 처음이었다.

"도대체 이게 무슨 일이란 말인가?"

탄선은 난감하기 그지없었다. 어떻게든 살려보려고 경미한 환자들에게만 약재를 공급한 것인데, 되레 자신의 그런 처방이 그들의 죽음을 재촉하는 일이 될 줄은 꿈에도 생각하지 못했다.

설상가상으로 마을에서도 사망자가 잇달아 나왔다. 다들 아무 증세도 없던 사람들이었다. 거기다 한결같이 젊은 사람들이었다.

탄선은 갑자기 절벽 앞에 서 있는 느낌이었다. 절벽 아래엔 깊이를 알 수 없는 천 길 낭떠러지가 아가리를 벌리고 있었다. 조금만 발을 잘못 디뎌도 그 죽음의 구렁텅이 속으로 떨어질 수밖에 없는 상황이었다.

돌이켜보면 역병 앞에선 늘 그런 심정이었다. 뭔가 해결책을 찾았다 싶으면 여지없이 예상치 못한 변수가 생기곤 했다. 그럴 때마다 탄선은 고개를 절레절레 흔들며 역병은 정말 사람의 힘으로는 막을 수 없는 것이라고 한탄하곤 했다.

탄선은 역병이란 곧 악충이 사람을 숙주로 삼아 옮겨다니는 병마라고 생각했다. 그래서 역병을 막으려면 우선 악충을 지닌 사람을 막는 것이 급선무라고 여겼다. 그런 이유로 우선적으로 역병을 지닌 병자들을 성한 사람들과 분리시키고, 다시 병자들은 경중을 가려 치료하는 것을 원칙으로 삼았다.

탄선의 그런 원칙은 웬만한 역병에 잘 통했다. 그래서 여러 차례 방역에 성공하였고, 그렇게 세월이 거듭되자 어느덧 그에게 '역병잡이 대사'라는 별명이 붙었다. 나라에서도 역병이 생기면 여지없이 그를 호출했다. 그런 까닭에 전국 각지 역병이 번지는 곳이면 안 가본 곳이 없을 지경이었다.

다들 역병이라면 기겁을 하고 도망치기에 여념 없었지만, 탄선은 그간의 경험으로 역병을 그다지 겁내지 않았다. 그는 어느 순간부터 역병을 일으키는 악충도 결국 살기 위해 발버둥치는 생명에 지나지 않는다고 생각하기에 이르렀다. 악충도 살기 위해 사람 속으로 찾아든 벌레였고, 그 벌레도 천지의 섭리 속에서 윤회하는 불쌍한 중생인 셈이었다.

그런데 간혹 자신이 세운 방역 원칙들이 통하지 않는 경우도 있었다. 이런저런 비방을 써서 대응해도 도통 감을 잡을 수 없는 악충들이 있었던 것이다. 탄선은 이번 역병이 혹여 그런 경우가 아닌지 염려되었다. 중증이던 병자들은 살아나고 멀쩡했던 경증 병자들은 갑자기 죽어버리니 귀신이 곡할 노릇이다 싶었다.

어떤 방책도 통하지 않는 역병일 땐 할일은 단 하나뿐이었다. 마을을 폐쇄시키고 사람들이 스스로 악충을 이겨낼 때까지 기다리는 것이었다. 하지만 그것은 최후의 수단이었으며, 인명을 그저 하늘에 맡기는 일이었다. 의자(醫者, 의사)로서 취할 방도는 아닌 것이다.

탄선은 이번에도 혹여 마을을 폐쇄하고 떠나야만 하는 것은 아닐까 하는 불길한 느낌이 들어 마음이 좋지 않았다. 그래서 한숨을 쏟아내고 있는데, 소비가 뛰어들듯이 들어오며 소리쳤다.

"스승님, 경증 병자들이 셋이나 더 숨을 거뒀습니다. 그리고 나머지 병자들도 상태가 점점 나빠지고 있습니다."

소비에 이어 종심도 숨을 헐떡이며 달려와 소리쳤다.

"스님, 마을에서 사망자가 다섯이나 더 나왔습니다. 이를 어쩌면 좋습니까."

탄선은 애써 정신을 가다듬으며 소비와 종심을 진정시켰다.

"역병이 달리 역병인가? 역병이 도는 마을에 갑작스레 사망자가 나오는 것이 어디 어제오늘 일인가? 호들갑 떨지 말라."

말은 그렇게 했지만, 탄선 역시 그들처럼 당황스럽긴 매한가지였다.

"어쩐다? 어쩐다……."

탄선은 자신도 모르게 그런 말을 중얼거렸다. 그러다 문득 김생원집 종 막새의 말이 떠올랐다.

"분명히 죽다가 살아났다 했다. 죽다가……."

탄선은 종심에게 다시 막새를 불러오라고 했다. 또 소비에게는 마을에서 돌림병에 걸렸다가 회복된 사람들을 몇 명 더 불러오라고 했다. 그런 뒤, 자신은 뒤뜰 구석방 중증 병자실로 향했다. 신기하게도 중증 병자실에선 사망자가 아무도 나오지 않았다. 되레 그들은 이제 멀쩡하게 뒤뜰 그늘에서 쉬고 있었다. 며칠 전만 해도 시체나 다름없던 그들이 그렇듯 나무 그늘에 앉아 대화를 하고 있는 것이 도저히 믿기지 않았다.

"열도 떨어지고 머리도 아프지 않습니다. 이제 그만 집으로 보내주십시오."

탄선을 보자, 그들 중 하나가 다가오며 그런 말을 했다.

"정말 아프지 않습니까?"

"몹시 허기가 지는 것만 빼고는 다 괜찮습니다. 몸도 가볍고, 기분도 좋습니다."

그 말에 그늘에서 함께 쉬고 있던 병자들도 고개를 끄덕이며 집으로 보내달라고 했다.

"몹시 아프다가 좋아지면 그런 마음이 들기 마련입니다. 그러니 며칠 더 여기서 지내면서 몸 상태를 살피는 것이 좋겠습니다."

탄선이 그렇게 말하자, 그들 중 하나가 이런 말을 했다.

"우리 안사람도 나처럼 다 죽어가다가 하루아침에 거짓말처럼 일어나더니 그뒤로 아무렇지도 않게 잘 지내고 있습니다."

그 말에 다른 이들은 다른 소리들을 해댔다.

"우리 아들은 이제 갓 스물이었는데, 멀쩡하더니 갑자기 숨이 넘어갔소. 차라리 나를 데려갈 것이지. 하늘도 참 무심해⋯⋯."

"생때같은 자식 잃은 집이 어디 한두 집이겠는가? 이번 돌림병은 늙은이는 놔두고 죄다 젊은 사람들만 데려간다는데⋯⋯."

"꼭 그런 것만도 아니야, 김초시댁 영감님 보라고. 평소에 얼마나 꼿꼿하고 정정했어. 그런데 열흘을 열이 펄펄 끓고, 먹는 것마다 죄다 토악질을 해대더니 기어코 못 일어나셨다는 것 아냐."

그들 말처럼 사망자 중에 젊은층이 많은 것이 사실이었다. 그것도 여자보다는 남자가 많았다. 또 노인들 중에는 평소에 잔병치레한 번 하지 않은 사람들이 많이 죽었다. 오히려 이런저런 병치레로 약을 달고 살던 사람들은 사망에 이른 경우가 드물었다.

막새의 말을 다시 들어봤더니 41년 전 을묘년에도 비슷한 상황이었다고 했다. 또 회복한 사람들 중 상당수는 중증이 되어 사경을 헤매던 사람들이었다. 물론 그중에는 아주 경미하게 앓고 지나간 사람들도 있었다. 또 사망자 중 일부는 열흘 내내 앓다가 견디지 못하고 죽은 경우도 있었다.

탄선은 그들의 말을 종합하여 어떻게 해서든 이번 역병의 특징을 정리하고, 그것을 바탕으로 대응 수칙을 세우려고 애를 썼다. 하지만 쉽게 대응책을 세울 수가 없었다. 이번 역병의 특징이란 것이 노인보다는 젊은층, 여자보다는 남자들이 취약하다는 것, 그리고 충분히 병증을 앓으면 회복되는 경우가 많은 반면 멀쩡하던 사람이 갑자기 악화되어 채 하루도 넘기도 못하고 죽는다는 것 정도였다.

하지만 그 정도 사실만으로 적절한 대응 수칙을 마련하는 것은 불가능했다. 그 때문에 난감해하고 있는데, 여연(如然)이 씩씩거리며 들어왔다. 여연은 5년 전부터 활인원에 머물고 있는 승려인데, 이번에 동원된 젊은 매골승들을 이끌고 있었다.

"무슨 일인가?"

그렇게 묻자, 여연은 여전히 씩씩거리며 말했다.

"스님, 아무래도 스님께서 저 오작인 놈을 한번 만나보셔야겠습니다."

"오작인?"

"이번에 온 노가라는 오작인이 하나 있는데, 이놈이 시신 하나를 끌어안고 절대로 파묻어서는 안 된다고 하는 통에……."

"역병으로 죽은 시체를 끌어안고 있단 말이냐?"

"그렇습니다. 당최 미친 것이 아닌지……."

"무슨 말을 하며 그런 짓을 하더냐?"

"아니, 제 딴에는 그 망자가 역병으로 죽은 것이 아니라 살해당한 것이라 하는데……."

"살해?"

"노가 말로는 결단코 그 시신은 역병으로 죽은 것이 아니라 합니다. 하도 확신에 차서 말하는 통에 시신을 빼앗아 묻을 수도 없고 해서…… 시신을 묻지 않기로 약속을 하고 그 노가 놈을 이리로 데리고 왔습니다만…… 대문 밖에 있는데, 한번 스님께서 만나보시는 것이……."

"알았다. 데려오너라."

여연이 데려온 노가라는 오작인은 아직 상투도 올리지 않은 애송이 총각이었다. 얼핏 보기에 아직 스물도 되지 않은 앳된 얼굴이었다.

"너는 어디서 온 자냐?"

탄선이 눈을 부릅뜨고 엄한 표정으로 묻자, 그가 답했다.

"소인은 한성부에 소속된 오작인 노중례라고 하옵니다."

"그래, 네가 시신 하나를 두고 결코 돌림병으로 죽은 자가 아니라고 했다는데, 사실이냐?"

"그렇습니다. 그 사람은 결코 돌림병으로 죽지 않았으며, 살해되어 타작마당에 버려진 것이 분명합니다."

"어째서 그렇게 확신하느냐?"

"제가 이 마을에서 돌림병으로 죽은 시신들을 살펴본 바에 의하면 모두 한 가지 특징을 보이고 있습니다. 하지만 그 시신에서는 전혀 그런 특징이 보이지 않았을 뿐 아니라 살해된 흔적이 역력했습니다."

"특징? 그것이 무엇이더냐?"

탄선은 역병으로 죽은 시신들의 특징이 있다는 말에 관심어린 말투로 물었다. 사실, 탄선은 시신들을 제대로 살펴보지 못했다. 마을에 들어오자마자 의원을 차리고 병자들을 돌보느라 여념이 없었다.

"역병으로 죽은 시신들은 피부가 퍼렇게 변해 있었으며, 이는 진심통(眞心痛)으로 사망한 시신에서 나타나는 현상입니다. 하지만 제가 발견한 시신에선 진심통의 흔적이 전혀 없었습니다."

"진심통?"

진심통은 아주 심한 냉기가 심장을 침입하거나 오염된 피가 심장을 공격해서 생기는 병증으로 처음엔 손발이 푸르게 변하다 하루 만에 죽음에 이르게 되는데, 이 병으로 죽은 자는 몸이 푸르게 변하는 특징이 있었다.

"네놈이 진심통을 어떻게 아느냐?"

탄선은 한낱 오작인이 시신만 보고도 사망 원인이 진심통이라고 말하는 것을 보고 그런 의문이 들었다.

"별도로 의술을 익힌 적은 없습니다. 다만 오작의 일에 필요한 의서 몇 권을 읽었는데, 그중에 『세원록洗寃錄』을 보고 안 것입니다.”

『세원록』이라면 송나라 시대에 편찬된 의서로 주로 시신을 검험
할 때 사용하는 전문 서적이었다. 그런 까닭에 일반 의원들은 거의
읽지 않는 서적인데, 일개 오작인이, 그것도 이제 갓 스물이나 됐
을 법한 젊은이가『세원록』을 읽었다는 것이 참으로 놀라운 일이
었다.

천인 중에 문자를 익히는 자는 극히 드물었다. 그나마 천인 신분
으로 문자를 익히는 자들은 의술을 배우는 자들이나 승려 정도였
다. 그런데 천인 중의 천인 신분인 오작인 중에 문자를 아는 자를
본 적은 없었다.

한성부 오작인 노중례라 했겠다? 그러고 보니 눈에서 제법 총기
가 흐르고 행동거지나 말본새도 무게가 있어 보였다. 결코 예사 놈
은 아니다 싶어 탄선은 몇 가지 더 물어보려다 말았다. 그렇게 한
가하게 남의 속사정이나 파악할 처지가 아니었다.

탄선은 여연을 앞장세우고 오작인 노중례를 뒤따르게 하고선 타
작마당으로 향했다. 그곳에 전날 밤에 죽은 시신 셋이 있었다. 탄선
은 직접 시신을 살펴서 노중례의 말이 사실인지 확인하고자 했다.

노중례의 말대로 역병으로 죽은 시신들은 모두 손발이 푸른색으
로 변해 있었다. 또 명치 주변과 가슴팍은 청자색을 띠고 있었다.
하지만 노중례가 지목한 시신은 확연히 달랐다. 군데군데 시커먼
상흔이 보였고, 몇 군데는 검붉은 시반(屍斑, 시체에 나타나는 반
점)이 드러났다.

“구타로 죽은 시신이냐?”

탄선도 몇 번 검시에 참여한 적이 있어 그렇게 물었다. 시커먼 상흔이나 검붉은 상흔이 모두 구타 흔적으로 보였다.

하지만 노중례는 고개를 가로저었다.

"물론 구타를 당한 것은 사실입니다. 하지만 직접적인 사인은 구타가 아닙니다."

"구타가 아니라면?"

"시신을 보자면 죽은 지 사흘이 되지 않았습니다. 그런데 눈동자는 지나치게 돌출되어 있고, 복부는 심하게 부어올라 있습니다. 제가 어제 처음 보았을 때도 역시 마찬가지였습니다. 또 입과 코 안에 맑은 핏물이 흐른 흔적이 있고, 얼굴 전체에 검붉은 색이 돌고 있습니다. 거기다 항문은 돌출되어 있고, 대변과 소변이 쏟아졌습니다. 이는 필시 입과 코가 막혀 질식사한 것입니다."

듣고 보니, 노중례의 말이 어긋남이 없었다. 하지만 노중례는 거기서 말을 그치지 않았다.

"그런데 여기 손톱을 보십시오. 검게 변해 있지 않습니까? 이는 금속 독에 중독되었을 때 나타나는 현상입니다. 그리고 가슴 주변이 약간 푸른빛을 띠고 있습니다. 이 역시 시신이 독에 중독되어 있었다는 의미입니다. 그런 의심으로 제가 인후에 은비녀를 넣어 보았더니 색깔이 검게 변했습니다. 그래서 이를 종합해보면 누군가가 이 사람에게 오랫동안 금속으로 된 독을 조금씩 먹였는데 죽지 않자, 특정한 날을 택해 질식시켜 죽인 것입니다. 그리고 범인은 한 사람이 아닙니다. 시신의 양쪽 정강이에 검푸른 시반이 보이시죠. 이것은 누군가가 무릎으로 누른 자국입니다. 범인이 한 사람이라면 무릎으로 정강이를 누르면서 동시에 코와 입을 틀어막을 순 없었겠지요."

노중례의 설명은 명쾌했다. 탄선은 시신만 보고도 범인이 하나가 아니라고 하는 그의 말에 절로 고개를 끄덕이고 있었다. 그러면서 문득 그런 생각이 들었다. 아, 이 젊은이가 만약 의술을 익힌다면 정말 뛰어난 의원이 될 수 있을 것을……. 하지만 그 순간, 탄선의 입에서 툭 튀어나온 말은 전혀 다른 소리였다.

"그렇다면 이제 어떻게 할 생각인가?"

그 말에 노중례는 단 한순간도 망설이지 않고 대답했다.

"범인을 잡아야지요."

"하지만 역병이 퍼진 이 마을에 누가 와서 시신 검안을 하겠는가?"

"대사께서 제게 오작인 하나만 붙여주시면 제가 범인을 색출하여 연행하겠습니다."

확신에 찬 노중례의 그 말에 탄선은 자신도 모르게 알았다고 하고 말았다. 그 모습을 보고 여연이 눈살을 잔뜩 찌푸렸다. 이왕에도 인력이 부족한데 오작인이 둘이나 없어지면 시신 수습을 어떻게 하느냐는 표정이었다. 하지만 탄선은 여연의 불만 따위는 안중에 없었다. 억울하게 죽은 사람을 역병으로 죽은 시신들과 함께 파묻을 순 없는 노릇이었고, 그를 죽인 범인들이 세상에 활보하게 놔둘 수도 없었다.

탄선은 노중례에게 필요한 오작인 하나를 추려 범인을 잡도록 하고, 자신은 다시 역병을 잡을 방책 마련에 골몰했다.

"진심통이라……."

정말 환자들이 진심통으로 죽었다면 이번 역병을 일으킨 악충은 심장을 집중적으로 공략하는 놈이 분명했다. 또한 심장을 공략하자면 폐장도 함께 망가졌을 것이고, 그렇다면 이 악충이란 놈이 필시 폐장으로 침입하여 심장을 멈추게 함으로써 사망에 이르게 했음이었다. 물론 악충이 폐장에 침입하는 경로는 당연히 기를 흡입하는 입이나 코가 될 것이다.

진심통의 특징은 발병이 시작되면 이틀 이내로 죽는다는 것이었다. 이는 곧 병증을 나타내고도 이틀 이상 버티는 병자는 진심통으로 이어지지 않고 살 수 있다는 뜻이기도 했다.

탄선은 병자들이 진심통 증세를 보이는 것은 역병을 유발한 악충이 입과 코로 들어간 뒤, 다시 피를 타고 들어가서 폐를 갉아먹고, 그 때문에 폐가 제구실을 못하자 심장이 멈춰버리게 된 것이라고 판단했다.

이쯤 되자, 탄선의 머릿속엔 새로운 대비책이 샘 솟듯 넘쳐흘렀다.

"그래, 한번 싸워보자. 한낱 미물인 악충을 어찌 사람이 이기지 못할쏘냐!"

탄선은 마음이 급했다. 잠시라도 머뭇거리면 또 누가 죽어 쓰러질지 알 수 없는 노릇이었다. 더이상 멀쩡한 사람들이 죽어나가는 것을 방치할 수 없다는 생각으로 의원을 차린 향교를 향해 발걸음을 재촉했다.

2. 아이 밴 궁녀의 시신

여인은 속적삼에 속곳 차림이었다. 누군가가 고의로 옷을 벗겨 간 것이 분명했다. 여인의 속곳을 들췄더니 놀랍게도 그 속에서 사태(死胎, 죽은 태아)가 발견되었다. 태아는 여자아이였다. 태아의 배꼽에 탯줄이 그대로 달려 있었고, 그 배꼽 위를 여인의 몸에서 쏟아져 내린 오물이 뒤덮고 있었다. 오물로 인한 악취가 코를 찔러 왔다.

"이게 도대체 어떻게 된 거지? 여기서 아이를 출산한 건가?"

한성부 포도 나장 유영교가 소매로 코를 막고 눈살을 찌푸린 채 구역질까지 해대며 노중례에게 물었다. 노중례가 머리를 가로저었다.

"아닙니다. 아이를 잉태한 채로 죽은 것입니다."

"그런데 어떻게 아이가 이렇게 배 밖에 나와 있는 것인가? 아이가 살아서 자궁 밖으로 기어나오기라도 했단 말인가?"

"죽을 당시에 배 속에 있던 태아가 저절로 밀려나온 것입니다."

"어떻게 그런 일이 있을 수 있는가?"

"시신이 부패하면 복중에 있는 모든 장기가 팽창하여 오물이 쏟아져나오는데, 태아도 오물과 함께 산도(産道, 아이를 낳을 때 태아와 그 부속물이 모체 밖으로 배출되는 통로)를 통해서 밀려나온 것입니다."

노중례는 우선 차비노(差備奴, 관아에 딸린 노비)들과 함께 시신을 물로 씻은 뒤, 계곡 위쪽 양지바른 평지로 옮겼다. 그리고 식초로 여인과 태아의 몸을 깨끗하게 닦아냈다. 중례가 시신을 씻기고 닦아내는 동안 유영교는 멀찌감치 떨어져 등을 돌리고 있었다. 중례가 시신 수습을 끝냈다는 신호를 하자, 유영교는 재수없는 일이 없기를 바라며 땅에다 침을 몇 번 뱉고는 느린 걸음으로 다가왔다. 그리고 죽은 여인의 몸을 이리저리 살폈다.

"자살인가?"

말은 그렇게 했지만 자살의 흔적은 없었다. 그저 자살이었으면 하는 바람일 뿐이었다. 자살이라면 사건 처리도 간단하고 범인을 찾는 수고도 덜 수 있었기 때문이다.

유영교는 특히 부녀자의 시신과 관련된 사건은 넌더리를 내곤 했다. 우선 검시부터 자유롭지 못했고, 범인 색출 과정도 복잡했다. 부녀자 시신은 신분이 밝혀지기 전까지는 함부로 옷을 벗길 수도 없고, 신체 곳곳을 면밀하게 조사하기도 쉽지 않았다. 또한 관련된 사람들이 부녀자인 경우가 많아 탐문도 쉽지 않았다. 필요하면 부인네의 방을 수색하기도 해야 하고, 신체를 조사하기도 해야 하지만, 그 일은 홀로 할 수 있는 일이 아니었다. 반드시 그 일에 밝은 여인네를 동원해야만 하는데, 마땅한 사람을 찾기도 쉽지 않았다. 때로는 의녀를 동원해야 하는데, 나라에서 그간 키워낸 의녀라고는 고작 다섯 명이 전부였고, 그들은 모두 궁궐에 매인 처지라 데려올 수도 없었다. 그러니 뱃심이 좋고 겁이 없는 무녀와 함께 조사해야 하는데, 그런 무녀를 구하는 것도 결코 쉬운 일이 아니었다. 거기다 얼마 전에 맡았던 부녀자 살인사건으로 여러 차례 곤욕을 치른 경험이 있던 터라 더욱 넌더리를 냈다.

유영교는 그런 생각에 인상을 잔뜩 찌푸리며 시신의 머리 쪽을 살피다가 얼굴에 살짝 희색을 보였다.

"어, 이거 조짐머리에 네 가닥 자색 댕기네."

그 말에 노중례는 이미 알고 있었다는 말투로 말했다.

"조짐머리에 댕기 모양이 필시 궁궐 내인(內人, 궁녀)이 아닐까 싶습니다."

"잘됐네. 의금부로 넘기면 되겠어. 그나저나 장안이 꽤나 시끄럽게 생겼는걸……."

궁녀가, 그것도 임신한 채로 시신으로 발견되었으니, 한바탕 소란이 일어날 게 뻔했다. 궁녀가 임신했으면 당연히 용종(龍種, 왕의 자손)이어야 하는데, 이렇게 한적한 계곡에서 죽은 것을 보면 용종일 리는 없었다. 그렇다면 궁녀가 웬 잡놈과 놀아나다 임신 사실을 알고 배가 불러오자 두려워서 스스로 목숨을 끊었거나, 그것이 아니면 간부(姦夫, 간통한 남자)가 궁녀의 입을 다물게 하려고 살해했을 게 분명했다.

"빨리 의금부로 넘기자구."

시신의 신분이 궁녀가 확실하다면 의금부로 넘어갈 확률이 높았다. 아니 무슨 일이 있어도 의금부로 넘겨야 한다는 것이 유영교의 바람이었다.

사실, 궁궐과 관련된 사건을 수사하는 것은 여러 면에서 골치가 아팠다. 더구나 임신한 궁녀라니, 생각만 해도 골칫거리가 한두 가지가 아니었다. 궁궐이라는 곳이 한성부 포도 나장 따위가 쉽게 드나들 수도 없는 곳이고, 궁녀들 또한 쉽게 접할 수 없는 존재들이었다. 그러니 애초에 의금부로 넘기는 것이 상책이라는 생각뿐이었다.

유영교는 일단 노중례에게 시신을 한성부 검안소로 옮기라고 지시하고는 재수없다는 듯 다시 땅에다 침을 몇 번 뱉은 뒤, 내빼듯이 빠른 걸음으로 가버렸다. 자신은 더이상 이 사건에 관계하고 싶지 않다는 의미였다.

노중례와 차비노들은 시신을 거적에 말아 지게에 지고 산 아래로 내려온 뒤, 다시 수레에 옮겨 싣고 한성부로 돌아왔다.

노중례가 검안소에 시신을 막 눕히고 있는데, 판관 윤동진이 서리 서달수를 뒤에 달고 다급하게 들어와 다그치듯 물었다.

"죽은 여인이 궁인이라는 것이 사실인가?"

"아무래도 그런 것 같습니다."

윤동진이 여인의 조짐머리와 댕기를 유심히 살피고 있는데, 유영교가 들어와 연신 콧잔등을 긁어대며 말했다.

"조짐머리와 네 가닥 자색 댕기까지 하고 있으니, 궁인이 분명합니다. 그러니 빨리 의금부에 통지하고 넘기시죠."

그러면서 유영교는 금속으로 된 작은 물건 하나를 내밀었다.

"시신이 누워 있던 곳에서 이런 것도 발견되었습니다."

유영교가 내민 것은 개구리첩지였다. 첩지는 궁녀들이 가리마 위에 꽂는 장식품인데, 일반 궁녀들의 첩지 모양이 개구리 같다고 해서 개구리첩지라고 했다. 일반 나인들을 '개구리첩지 나인'이라고 부르는 것도 그 때문이었다.

조짐머리에 네 갈래 자색 댕기, 거기다 개구리첩지까지 나왔으니, 이 여인이 궁녀인 것은 명확해졌다. 그쯤 되자, 윤동진도 고개를 끄덕이며 여인의 신분이 궁인임을 확신했다.

"어쨌든 검시는 해야 하지 않겠나? 의금부에 검안서를 첨부해야 하니, 빨리 검시를 해보세."

유영교도 고개를 끄덕이며 동의했다.

"그렇습죠. 빨리 검시하고, 의금부로 넘기시죠."

그때부터 윤동진의 지시에 따라 노중례는 검시 항목을 채워나가기 시작했고, 유영교는 노중례의 검시 과정을 들여다보며 곧잘 의견을 보탰다.

여인의 몸에는 치명적인 상흔은 보이지 않았다. 구타의 흔적도 없었고, 그렇다고 심하게 부딪힌 자국도 없었다. 몇 군데 멍울이 있긴 했지만 그것은 죽은 뒤에 돌에 짓눌린 흔적이었다. 액사(縊死, 목이 졸려 죽음)의 가능성도 없었다. 자상 이외에 여인의 목엔 액흔(扼痕, 목 졸린 자국) 같은 것은 보이지 않았다. 혹여 물속에 머리를 처박아 익사시킨 것은 아닌지 살펴보았지만 역시 아니었다. 물속에 머리를 처박을 경우 결국 호흡곤란으로 죽게 되는데, 이때 는 가슴에 푸른 멍울이 생기고, 손톱 밑이 푸르게 변해 있어야 했 지만, 전혀 없었다. 물에 익사시킨 후에 계곡에 버린 것은 아닌지 조사해보았지만 역시 아니었다. 익사 시신은 살빛이 누렇고 복부 에 물이 차 있어야 했지만, 그렇지 않았다.

"그렇다면 남은 건 독살밖에 없지 않은가?"

유영교의 그 말에 노중례도 동의했다. 하지만 독살의 흔적이 별 로 보이지 않았다. 은비녀를 인후 깊숙이 넣어보았지만 전혀 검은 빛을 띠지 않았다.

"그 참 귀신이 곡할 노릇일세. 내가 보기엔 분명히 타살인데, 사 인을 알 수가 없으니⋯⋯."

유영교의 그 말에 윤동진도 답답한 표정을 지었다.

"독살이라도 입이나 목에서 독이 검출되지 않는 경우도 있습니 다. 특별한 독을 사용했다면 충분히 가능한 일입니다."

중례의 그 말에 윤동진이 물었다.

"도대체 어떤 독이길래 아무 흔적도 남기지 않는단 말인가?"

"독의 종류는 다양합니다. 중국에는 우리나라에서 구할 수 없는 독약이 아주 많은데, 그중에는 은비녀로는 알아낼 수 없는 것도 많 습니다. 또 은비녀로 알아낸다 하더라도 꼭 입이나 목구멍을 통해 알아내는 것은 아닙니다. 항문이나 음문도 조사해야 하고, 필요하 면 내장도 조사해야만 알 수 있습니다."

"에허이, 그러면 또 누굴 데려와야 한다는 거 아니야. 내가 이래서 부녀자 시신만 발견되면 골치가 딱 아프다니까."

유영교는 손으로 뒷골을 치며 골치 아프다는 표정을 지었다. 검시에 필요한 여인을 어디선가 데려와야만 했다. 의녀가 됐든 무당이 됐든 아니면 애 받는 늙은 산파나 겁 없는 무수리라도 데려와야 할 판이었다. 섣불리 여인의 항문과 음문까지 다 검시했다간 무슨 뒷소리가 날지 알 수 없는 일이었다. 더구나 망자가 궁인인데다 아이까지 임신했고, 그 아이가 혹시 용종이라도 된다면 뒷감당이 되지 않는 일이었다.

"그냥 애 밴 궁인이 죽었다고 하고, 의금부로 넘깁시다."

유영교는 의금부로 사건을 이첩하는 것이 능사라며 그렇게 말했다. 하지만 그때까지 묵묵히 검안서를 뒤적거리고 있던 서리 서달수가 말도 안 되는 소리라며 손사래를 쳤다.

"검시도 제대로 하지 않았는데, 의금부에서 시신을 받아줄 리가 있겠는가? 괜히 퇴짜만 맞고 아예 이 사건을 우리가 도맡게 될 게 뻔해. 의금부 서리들 모가지가 얼마나 뻣뻣한지 유포교 자네도 잘 알지 않는가? 괜히 일이 잘못되어 판관님 얼굴에 먹칠하지 말고 우선 적당한 여인부터 물색하여 검시부터 제대로 하세."

서달수의 말이 백번 옳았다. 설사 궁인의 시신이라고 해도 의금부에서 사건을 받아준다는 보장도 없었다. 거기다 초검도 제대로 안 된 시신을 의금부에서 덜컥 받을 리가 만무했다. 유영교도 입맛만 다실 뿐 의금부 이첩을 고집하지 않은 것도 그런 현실을 잘 알고 있었기 때문이다.

"서활인원에 의술에 밝은 무녀가 하나 있는데, 그 아이를 데려오면 어떨까요?"

서달수가 마침 생각이 난 듯이 한 말이었다.

"서활인원?"

윤동진이 그렇게 되묻자, 서달수는 확신에 찬 말투로 말을 이어 갔다.

"그렇습니다. 일전에 서활인원에 들른 적이 있는데, 그곳에 머무는 무녀의 딸이 웬만한 의원 못지않은 의술을 보였습니다. 거기다 시신도 겁없이 만지고 부인병에는 아예 도가 텄다고 합니다. 어디 그뿐이랍니까? 얼마 전에는 고봉현에 역병이 돌았는데 그곳에서도 숱한 병자를 치료하고 왔다 합니다. 돈의문(서대문) 밖에서는 명의라고 소문이 자자하답니다."

"그래요? 도대체 무녀의 딸이 누구한테 그런 의술을 배웠답니까?"

"거 왜 있잖습니까? 탄선이라고…….

"아, 서활인원의 역병잡이 대사 말이오?"

"그렇습니다."

그러면서 서달수는 중례를 돌아보며 말했다.

"참, 중례 자네 일전에 고봉현에 역병 잡으러 가지 않았나? 거기서 역병잡이 대사를 만났다고 하지 않았는가?"

"그렇습죠."

"그럼, 자네가 서활인원에 가서 그 여인을 데려오게. 이미 안면을 익혔으니, 가서 잘 부탁하여 꼭 그 여인을 데려오게."

서달수의 그 말에 윤동진이 말까지 내주며 말했다.

"내가 글을 하나 써 줄 테니, 어서 다녀오게."

윤동진의 말에 이어 유영교도 시간이 없다며 어서 데려오라고 성화였다. 이미 찬바람이 불어 늦가을이었지만 시신이 급속히 부패되고 있는 상황이라 머뭇거릴 여유가 없는 것이 사실이었다. 중례는 그렇게 떠밀리듯 서활인원으로 가야 했다.

3. 하늘이 낸 인재들

탄선은 오전 내내 병자들을 돌보고 오후가 되어서야 겨우 짬을
내 차를 한 잔 마셨다. 활인원이란 그야말로 밀려드는 병자와 갈
데 없는 유랑민의 소굴이나 다름없었다. 방마다 헐벗고 굶주린 행
려병자들이 들어차 있었고, 마당에는 유랑민들이 아무데나 자리를
잡고 널브러져 있었다. 하지만 탄선이 머물고 있는 별청만큼은 병
자나 유랑민들이 넘보지 못하는 공간이었다.

별청은 활인원 뒤쪽에 따로 있었다. 활인원은 다른 관청에 비해
공간이 매우 넓은 편이었다. 활인원 전체 규모는 별청을 포함하여
160여 칸이나 되었다. 활인원은 전체가 높은 담으로 둘러싸여 있
었는데, 남문인 정문을 열면 오른쪽엔 사령들이 출입을 통제하며
지내는 사령청이 있고, 왼쪽엔 아전들이 업무를 보는 아전청이 있
었다. 사령청과 아전청을 지나면 정면으로 보이는 곳이 치료를 하

는 의청이고, 의청 동서쪽에는 병실로 쓰는 수십 개의 방들이 늘어서 있었다. 또 의청 뒤뜰을 지나면 중문이 나오는데, 중문을 열고 들어서면 중앙에 있는 것이 제조청으로 불리는 곳으로 그곳에서 활인원 제조와 의관, 참봉, 별제와 서리들이 업무를 보았다. 제조청 좌우로는 수십 칸의 작은 방들이 있는데, 이곳을 차지하고 있는 것은 무당들이었다.

흔히 무녀청으로 불리는 이곳엔 늘 사람들이 북적댔다. 근동의 백성들이 무당들에게 점을 보기 위해 모여들기 때문이다. 물론 백성들은 유랑민들과 달리 동쪽과 서쪽으로 난 측문을 이용했다. 조정에서는 몇 번이나 무당들을 활인원에서 내쫓고자 했지만 현실적으로 불가능한 일이었다. 활인원은 무녀들이 없으면 전혀 운영되지 않았기 때문이다. 활인원 운영을 위한 재정은 대부분 무당들이 내는 무세에 의존하고 있었고, 또 손이 부족할 때는 무녀들의 힘을 빌리지 않고는 아무것도 되지 않았다. 심지어 무녀들은 간병인 일은 물론 잡인의 일까지 도맡아 하고 있었다. 그런 까닭에 무녀들은 활인원에 없어서는 안 될 터줏대감이나 다름없었다.

탄선이 머물고 있는 별청은 제조청 뒷마당 끝에 있는 뒷문을 열고 나간 뒤, 활인원에 딸린 텃밭을 지나야 들어갈 수 있었다. 북문을 이용하면 바로 들어갈 수 있었지만, 북문은 늘 잠겨 있었다.

별청은 활인원 속에 있는 별개의 공간이었다. 활인원 전체를 둘러싼 담이 있었지만, 별청은 그 속에다 다시 담을 쌓고 마련한 살림집이었다. 이곳엔 병자나 유랑민이 함부로 들어올 수 없도록 사령들이 철저히 출입을 통제했다. 별청은 활인원에서 살림을 하는 승려와 무녀들의 생활공간이었기 때문이다.

활인원에서 고정적으로 생활하는 승려는 탄선을 포함하여 여연, 혜거, 법민 등 넷이었는데, 때때로 여러 명이 교대로 머물다 가곤 했다. 이들 중 탄선은 의승으로서 의관을 대신하였고, 여연은 매골 승들을 관리하거나 잡다한 일들을 처리하는 청지기 역할을 하였으며, 혜거와 법민은 식재료를 구하거나 음식을 만들고, 빨래와 불 때는 일을 하였다.

무녀 중에 별청에서 생활하는 이는 종심뿐이었다. 나머지 무녀들은 무녀청에 머물렀다. 승려와 무녀 외에 별청에 머무는 이는 소비가 유일했다. 물론 사람들은 소비도 무녀로 알고 있었지만, 소비는 탄선과 함께 병자를 돌보는 의원이었다.

탄선은 별청 대청에 앉아 차를 마시며 그들의 거처를 둘레둘레 무심히 쳐다보고 있었다. 탄선이 역병을 몰아내기 위해 고봉현에 머물다가 서활인원으로 돌아온 지도 벌써 열흘 남짓 되었다. 어느덧 계절은 여름을 지나고 추석도 훌쩍 넘겨 시월의 찬바람에 휩싸여 있었으니, 탄선이 고봉현에서 보낸 날이 무려 다섯 달도 넘었다. 탄선 일행이 그간 사투를 벌인 덕에 역병은 다행히 고봉현에서 사그라졌다.

하지만 활인원에 복귀해서도 탄선은 잠시도 쉴 틈이 없었다. 활인원은 그런 곳이었다. 단 하루도 병자가 밀려들지 않는 날이 없고, 늘 방방이 병자가 가득 들어차 있었다. 그럼에도 조정에서는 변변한 의관을 보내주지 않았다. 보낸다는 의원이란 고작해야 마의(馬醫, 수의사) 경험밖에 없는 두어 명이 전부였다. 활인원의 병자들은 갈 곳 없는 유랑민에 불과한 까닭에 굶주린 들짐승이나 매한가지로 취급한다는 뜻이었다. 그래서 그저 몇 끼 밥 먹여주고 내보내면 된다고 여겼다. 그런 까닭에 약재도 제대로 공급하지 않았고, 재정도 제대로 지원하지 않았다. 심지어 활인원의 우두머리라고 할 수 있는 제조는 혜민국 제조를 겸하는 까닭에 활인원엔 출근조차 하지 않았다. 기껏해야 한 달에 두어 번 와서 슬쩍 훑어보고 고개 몇 번 끄덕이다 갈 뿐이었다.

어쩌면 그런 현실이 탄선이 활인원에 머물러야겠다고 결심한 이유였는지도 모른다. 기실, 활인원이란 이름도 탄선의 머리에서 나왔다. 이성계의 아들 방원이 왕위에 오르고, 스스로 불자임을 내세우던 이성계마저 죽자, 조선 조정은 어떻게 해서든 불교의 잔재를 지우려고 애를 썼고, 그 결과로 만들어진 이름이 활인원이었다.

탄선이 처음 그곳에 머물 때만 해도 청사 현판은 대비원(大悲院)이었다. 대비원이란 이름 그대로 '크게 자비를 베푸는 집'이라는 뜻인데, 성리학을 국시로 삼은 조선 관료들의 눈엔 '자비'라는 단어가 몹시 거슬렸던 모양이다. 부처의 냄새가 물씬 나는 명칭이라는 것이다. 그래서 현판을 바꾸고자 하기에 탄선이 청한 명칭이 '사람을 살리는 집'이라는 뜻의 활인원(活人院)이었고, 이방원은 기꺼이 그 명칭을 받아들였다.

활인! 사람을 살리는 일, 탄선은 그것보다 중요한 것은 없다고 생각했다. 알고 보면 종교도 학문도 정치도 모두 사람 살리는 것이 목적이 되어야 했다. 물론 부처나 임금이 해야 할 일도 마찬가지였다. 따지고 보면 사람이 만든 모든 것이 생존을 위한 도구일 뿐이었다. 나라도 무기도 학문도 문자도 의술도 집도 밭도 논도 죄다 사람이 생존을 위해 고안한 도구였다. 그런 의미에서 보자면 활인원이란 탄선에겐 나라요, 집이요, 밭이요, 논이었으며, 활인원에서 행한 모든 일이 부처이고 유학이고 의술이었다.

탄선도 한때는 유학도였다. 그런 사실을 알고 언젠가 소비가 그에게 왜 유학을 버리고 부처를 택했냐고 물었을 때 탄선은 이렇게 말했다.

"나를 살리기 위함이 첫째고, 다른 이를 살리기 위함이 둘째고, 세상을 살리기 위함이 셋째다."

그랬다. 탄선이 자신의 가문과 속명과 벼슬과 가족을 모두 버리고 절로 들어간 것은 순전히 살아남기 위함이었다. 공자를 숭배하는 유자(儒者)로 살면 충절을 위해 목숨을 버리거나 변절자가 되어 부끄러움을 모르고 권좌에 목줄을 매고 살아야 했다. 하지만 유자를 포기하고 불자(佛子)가 되자, 충절도 변절도 권좌도 무상한 일이 되었고, 오로지 자신을 살리고 남을 살리는 활인의 길만 남게 된 것이었다.

탄선이 차 한 잔의 여유에 젖어 그런 감상에 빠져 있는데, 사령 하나가 별청으로 손님을 이끌고 왔다. 놀랍게도 옛친구 양홍달이 임금의 하사품을 가지고 왔다.

"수고했네. 자네가 아니었으면, 도성 안까지 역병이 퍼졌을 것이고, 그리되었으면 궁궐도 무사하지 못했을 것이네. 그 공을 높이 평가하여 성상께서 하사품을 내리셨네."

임금은 쌀과 콩을 내리고 별도로 승복 두 벌을 지어 보냈다. 탄선은 무릎을 꿇고 두 손을 높이 들어 승복을 받아들었다.

탄선은 임금의 하사품을 양홍달이 가지고 오리라고는 생각하지 못했다. 양홍달을 다시 만난 것은 실로 이십여 년 만이었다. 그럼에도 양홍달은 늘 만났던 사이처럼 친근한 말투였다.

그들은 한 스승 밑에서 의술을 익힌 친구 사이였다. 그들은 공민왕 시절의 이름난 태의였던 장만경에게서 의술을 익혔고, 장만경의 추천으로 함께 의관이 되었다. 하지만 그들은 출신의 차이로 출세의 속도가 달랐다. 탄선은 개성 명문가의 자제로 이색 문하에서 성리학을 배운 유의(儒醫, 유학자이면서 의원인 사람을 지칭하는 말)였지만, 양홍달은 노비 출신의 어머니에게서 태어난 천출이었다. 그로 인해 양홍달은 뛰어난 의술에 비해 벼슬도 제대로 받지 못하고 행려병자나 돌보는 대비원(활인원의 전신)의 의원으로 지냈지만, 탄선은 출세가도를 달리며 태의가 되어 우왕 시절에 삼십대의 나이로 이미 전의시 판사에 올라 있었다. 그 시절, 탄선은 어떻게 해서든 양홍달을 태의로 발탁하려고 애를 썼다. 양홍달의 의술이 대비원에서 썩기엔 너무 아까운 재주라고 생각했던 것이다.

그러던 차에 두 사람의 운명을 가르는 엄청난 사건이 발생했다. 요동 정벌에 나선 이성계가 창끝을 돌려 위화도에서 회군을 단행했고, 이어서 권좌에 오른 뒤에는 공양왕을 내쫓고 고려왕조를 몰락시킨 뒤, 조선을 세웠다. 이 때문에 두 사람의 처지는 완전히 달라졌다. 탄선의 집안은 정몽주와 함께 고려왕조 편에 섰다가 몰락하였고, 탄선 역시 두 왕조를 섬길 수 없다며 벼슬을 버렸다. 그렇다고 차마 목숨을 끊을 순 없어 탄선은 유학의 길을 접고 스스로 머리를 깎은 후, 절간으로 들어갔다.

그런 탄선과 달리 양홍달에겐 조선의 건국이 행운으로 다가왔다. 그는 뛰어난 의술로 이성계의 총애를 받아 태의로 발탁되었고, 이방원이 왕자의 난을 일으킨 뒤에는 그쪽에 줄을 서서 사대부 벼슬을 받을 수 있는 특전을 얻었다. 그래서 2품 벼슬인 공조 전서를 역임했으며, 이방원의 총애에 힘입어 검교 한성 부윤이 되었다. 그야말로 일거에 권문세가의 반열에 오른 셈이었다.

양홍달의 성공은 비단 거기서 그치지 않았다. 자신의 아우 양홍적은 물론 아들들인 양제남과 양회남에게 의술을 전수하여 자신의 집안을 최고의 의원 가문으로 만들어놓았다. 그렇듯 양홍달은 난세를 틈타 천출의 설움을 딛고 한낱 천인 출신 의관으로서는 상상도 할 수 없는 고관의 자리에 올라 이제 임금의 하사품까지 들고 탄선 앞에 나타난 것이다.

"얼마나 고생이 많은가? 이곳 활인원생활은 누구보다도 내가 잘 알지 않는가?"

양홍달은 두 손으로 탄선의 손을 꼭 잡으며 말했다.

"그래도 자네가 의술을 버리지 않고 이렇게 활인원을 지켜주니, 참으로 든든하네."

양홍달은 탄선이 말할 틈도 주지 않고 그런 말을 보탰다.

"반갑네. 자네가 여길 찾아줄 줄은 정말 몰랐네. 무려 이십 년 만이네그려."

탄선의 그 말에 양홍달은 손사래를 치며 말했다.

"이십 년 만은 무슨…… 자네는 모르겠지만 나는 매년 두세 번

은 꼭꼭 여길 왔었네. 비록 자네를 보고 가지는 못했지만, 늘 먼발
치에서 자네를 훔쳐보다가 가곤 했네. 어디 그뿐인 줄 아는가? 항
상 사람을 놓아 자네가 어찌 지내는지 알아보곤 했네.”

“아하, 그랬는가? 왜 그랬는가? 왔으면 얼굴이나 보고 가지 않
고선…….”

“그저 그러고 싶었네. 내가 혹 자네 앞에 나타나면 자네 마음이
아플 것 같기도 하고…….”

“그게 다 무슨 소린가? 나는 잘 살고 있네. 활인원에서 그야말로
사람 살리는 활인을 하고 있지 않은가? 이보다 좋은 삶이 어디 있
겠는가?”

“자네가 그리 생각한다니 다행이구만…….”

“그래, 왔으니 차라도 한잔 대접해야지. 대청에 오르게.”

하지만 양홍달은 해 떨어지기 전에 대궐로 돌아가야 한다면서
사양했다.

“다음에 별도로 시간을 내서 오겠네. 그때는 밤새워 못다 한 이
야기를 나누세.”

양홍달은 그렇게 서둘러 돌아갔다. 탄선도 굳이 잡지는 않았다.
너무 오랫동안 못 봐서 그런지 막상 말문이 트이면 무슨 말들이 쏟
아질지 알 수 없었다. 어쩌면 양홍달도 그 점을 겁내어 서둘러 돌
아가려 하는 것인지도 몰랐다.

뒤돌아보면 숨가쁘기 그지없던 세월이었다. 500년 고려왕조가
무너지고 조선왕조가 서면서 엄청난 인명이 희생되었다. 이성계는
권좌를 지키기 위해 왕씨들을 한배에 태워 바다에 빠트려 죽이기

도 했고, 고려왕조에 대한 충절을 버리지 않겠다던 선비들을 불에 태워 죽이기도 했다. 물론 그 희생의 그늘에 탄선의 가족들도 있었다. 하지만 세월은 결코 살생의 칼날을 휘두르던 이성계의 무리를 그냥 두지만은 않았다. 결국, 그들은 자기들끼리 패가 갈라져 죽고 죽이는 싸움을 벌였는가 하면 이성계의 아들들은 왕좌를 차지하기 위해 서로 칼을 겨누고 목숨을 건 혈투를 벌이기도 했다. 그 와중에 이성계는 자식들의 칼부림 속에서 피맺힌 절규를 쏟아내며 자기 자식에게 칼을 겨누다가 끝내는 세월의 벽을 넘지 못하고 황천으로 떠났다. 그가 죽인 수많은 목숨들의 복수극이었다. 욕심은 늘 다른 욕심들에 의해 무너지는 것이었다. 그것이 곧 인과응보의 진리였다.

탄선은 부릅뜬 눈으로 그 세월을 묵묵히 지켜보며 오직 사람 살리는 일에만 매달렸다. 그것도 부처의 옷을 입고 의술을 앞세워 역병과 싸우며 건져낸 목숨들이었다. 목숨 앞에선 내 편도 남의 편도 없었다. 누구의 목숨이든 상관없었다. 사람을 살리는 일이라면 어떤 일도 마다하지 않았다. 그것이 곧 왕을 배반하고 사람들의 목숨을 함부로 거둬 간 이성계에 대한 진정한 복수라 여겼다. 이성계가 사람을 죽이는 삶을 살았다면 탄선은 사람을 살리는 삶을 산다고 자부했다.

돌아가는 양홍달의 뒷모습을 보면서 탄선은 그런 번뇌들에 휩싸였다. 잊은 줄 알았던 모든 앙금과 상처와 고통들이 한순간에 되살아났다. 부처의 옷을 입고 활인의 길만을 달려왔던 자신이 단 한순간에 속세의 앙금과 숨겨둔 복수심에 사로잡히자, 탄선은 갑자기 현기증 같은 것이 밀려왔다.

"아, 이것이 그간 양홍달이 나를 만나지 못한 이유였구나."

그랬다. 지난 이십여 년 동안 오로지 질병과 싸워온 것이 바로 그 복수심과 상처와 앙금을 떨쳐버리기 위한 발버둥이었음을 이제야 깨달은 것이었다.

돌이켜보니, 양홍달에 대한 배신감과 섭섭함도 없지 않았다. 그렇듯 아껴주었던 벗이건만, 되레 그의 반대편에 서서 그들 역도들과 손을 잡고 영달과 출세를 향해 마냥 달렸던 것을 생각하면 부아가 치밀어올랐다.

탄선은 고개를 내흔들었다. 이것은 아니지. 내가 갑자기 왜 이러는 거지? 탄선은 갑자기 솟구쳐오른 복수심과 배신감이 당혹스럽고 의아했다. 이십여 년의 공든 탑이 하루아침에 무너지는 느낌이었다. 그래도 가슴속 저 아래에서 밀려올라오는 감정을 누를 길은 없었다.

"교활한 놈! 배은망덕한 놈!"

문득 탄선의 입에서 그런 욕설까지 쏟아졌다. 그런데 이상하게 욕을 한마디 쏟아내고 나니, 오히려 양홍달에 대한 배신감이 조금 사그라지는 느낌이었다.

"내가 그간 불도를 허투루 닦았어……."

탄선은 대청에 걸터앉아 한동안 푸념 섞인 한숨을 쏟아내며 넋 놓고 허공만 바라보았다. 제아무리 도를 닦는다 해도 묵은 감정의 찌꺼기는 저절로 사라지는 것은 아니었다. 어쩌면 그간 모든 것을 잊은 듯이 산 것이 되레 감정의 찌꺼기들을 더 단단하게 만들었는지도 모를 일이었다. 감정이란 숨기면 숨길수록 더욱 단단해지는 속성이 있는 게 분명했다. 사람에 대한 분노와 미움, 그리고 배신 감은 더욱 그랬다. 그것들은 세월이 흐를수록 더욱 단단하게 굳어 져 어느 순간 결코 깨트릴 수 없는 돌이 되어 가슴 한구석을 차지 하게 되는 것이었다.

"하긴 내가 불도를 제대로 닦은 적도 없지 않은가?"

이십여 년을 승복을 입고 목탁을 두드리긴 했지만, 그는 불자도 유자도 아닌 삶을 살고 있었다. 그저 세월의 풍파를 피하고 있을 뿐이었다. 유자로 남아 있었다고 해도 고려왕조와 함께 무너져버 린 가문을 일으켜세울 힘도 없었고, 변절을 하여 이성계의 바짓가 랑이를 잡았다고 한들 승냥이와 같은 그들 무리 속에서 살아낼 뻔 뻔함도 단단함도 없었다. 기껏 믿을 수 있는 것은 알량한 의술 하 나뿐이었다.

그래도 그 알량한 의술이 그를 지탱하는 힘이라면 힘이었다. 의 술 덕분에 지난 이십여 년을 한눈팔지 않고 오직 한길만 걸을 수 있었다. 다만 아쉬운 것이 있다면 자신의 길을 이어갈 든든한 제자 하나 길러놓지 못한 것이었다. 물론 소비가 있긴 했다. 하지만 소 비는 여인의 몸이었다. 비록 의술은 뛰어나지만 역량을 발휘하는 데는 한계가 분명했다. 그래서 소비를 볼 때마다 허전한 느낌이 찾 아드는 것은 어쩔 수 없었다.

양홍달을 만난 뒤에 앞뒤 없이 분노가 치밀어올랐던 것도 어쩌 면 그런 이유였는지도 몰랐다. 양홍달에 대한 감정이 배신감이 아 니라 질투심일 수도 있었다. 그 질투심의 근원은 양홍달이 누리고 있는 권력과 영화가 아니라 그가 키운 제자들이었다. 양홍달은 동생은 물론 자식들까지 모두 의원으로 키워냈고, 수많은 의생들을 제자로 두었다.

생각이 거기에 이르자, 탄선의 뇌리에 문득 스쳐가는 이름이 있었다.

"노중례……."

하지만 탄선은 고개를 내흔들었다. 욕심 중에 사람에 대한 욕심만큼 부질없는 것이 없었기 때문이다.

"버려야지, 암 버려야지……."

탄선이 밑도 끝도 없이 그렇게 중얼거리고 있는데, 소비가 웬 떠꺼머리총각을 이끌고 별청으로 들어섰다.

"스승님, 한성부에서 사람이 왔습니다."

한성부에서? 한성부에서 무슨 일로 내게…… 그렇게 뇌까리다 탄선은 소비를 따라 들어온 청년을 보고 깜짝 놀랐다. 방금까지 그의 머리를 혼란스럽게 했던 바로 그 노중례였다.

"아니, 자네는……."

탄선은 오래전에 곁을 떠난 상자라도 만난 듯 반가웠다. 노중례는 고봉현의 그 마을에서 일찌감치 떠났었다. 탄선이 오작인 한 사람을 붙여줬더니 그와 함께 며칠을 마을을 뒤진 끝에 기어코 범인들을 체포했다. 노중례의 말대로 살인자는 두 사람이었다. 놀랍게도 살인자는 망자의 아내와 간부였다.

노중례가 그들을 체포한 뒤, 죄인들을 고봉 현감에게 끌고 갔다는 말을 듣고 탄선은 노중례가 결코 예사내기가 아님을 다시 한번 확인했다. 그래서 인연이 닿는다면 한번 만났으면 하는 마음이 간절했다. 시신이나 다루는 천인 오작인이 문자를 아는 것도 놀라운 일인데, 의원들도 쉽게 접하지 못하는 『세원록』을 깨치고 활용하는 것도 모자라서 역병이 창궐한 마을에서 살인사건까지 해결한 것이 자못 믿기지 않는 일이었다.

탄선은 노중례를 하늘이 낸 인재가 분명하다고 생각했다. 비록 시절을 잘못 만나 천인 중의 천인이라는 오작인으로 살고 있지만, 자신처럼 활인의 삶을 펼칠 재목감으로 손색이 없다고 보았다. 아니, 천인이기에 오히려 활인을 위해 모든 열정을 아끼지 않을 것으로 여겼다. 조선이 건국된 이후로 승려도 오작인처럼 천인으로 전락했다. 그런데 그 천인 신분이란 것이 되레 어떤 일이든 가리지 않고 해내는 동력이 되었다. 역병이 창궐하여 아무도 가지 않으려는 고을들을 휘젓고 다닐 수 있었던 것도 어차피 천인으로 뒹구는 신세였기에 가능했는지도 몰랐다. 천인은 그렇듯 삶의 바닥에서 흙속에 뒹굴며 사는 인생이었다. 그렇게 그 어떤 인생도 고귀하지 않은 것이 없었다. 행려병자든 얼굴이 문드러진 나병 환자든 모두 귀하디귀한 목숨으로 여길 수 있었다. 그래서 탄선은 노중례가 오작인 신세라는 것이 마음에 들었다. 모든 목숨을 공평하게 대할 수 있는 가장 확실한 기반이라는 생각이었다.

그 어떤 신분이라도 하늘이 낸 귀한 인재는 반드시 세상을 위해 쓰일 수밖에 없었다. 하늘이 낸 인재는 어디에 있든, 어떤 처지든 반드시 빛을 발하는 것이 세상의 이치임을 탄선은 굳게 믿고 있었다. 스스로의 삶이 그 점을 일깨워주기도 했지만, 진정 그에게 그런 신념을 갖게 해준 것은 제자 소비였는지도 모른다.

소비는 지금의 국무(國巫, 국가 행사로 치르는 굿을 주관하는 무당) 가이(加伊)가 맡긴 아이였다. 그때 소비의 나이가 다섯 살 정도였는데, 아이를 맡기며 가이는 이렇게 말했다.

"이 아이는 젖먹이 때 누가 몰래 신당에 버려놓고 간 아이인데, 총기가 보통이 아닙니다. 네 살 때 절간에 데려간 적이 있는데 스님이 하는 염불을 한 자도 틀리지 않고 외우는 것이 보통이 아니다 싶었습니다. 그래서 불경을 배우게 했더니 문자를 금세 익히는 것은 물론이고 뜻을 풀어내는 것이 신통방통하여 머리가 어지러울 지경이었습니다. 아무리 봐도 한낱 무녀인 이년이 감당할 아이가 아니다 싶어 스님께 데려왔습니다. 스님께서 이 아이를 맡아서 한번 가르쳐보시면 어떻겠습니까?"

가이의 말대로 소비는 하나를 가르치면 열을 알고 열을 가르치면 스스로 열을 만들어내는 그런 아이였다. 처음에는 불경을 몇 권 가르쳤는데, 한 달도 되지 않아 모두 익히고 해석하여 탄선을 놀라게 하더니 스스로 의서를 접하고 익혀 자기 몸을 짚어가며 의술을 깨치는 것이 신기할 따름이었다. 그렇게 십여 년을 의술을 가르쳤더니 어느덧 탄선과 어깨를 겨눌 정도가 되었다. 거기다 부인병과 소아병은 탄선이 미처 깨치지 못하여 가르치지 못했는데, 스스로 의서를 찾아 익히더니 병자들을 척척 고쳐내기 시작했다.

소비는 총명할 뿐 아니라 착하고 담력도 좋고 호기심도 많은 아이였다. 병자가 찾아오면 학질이든 염병이든 가리지 않고 치료에 전념했고, 역병이 창궐한 마을을 도는 것도 두려워하지 않았으며,

심지어 종기를 찢고 고름을 짜는 것은 물론이고 때에 따라서는 죽은 병자의 시신을 확인하는 것도 마다하지 않았다. 의술을 위해 필요하다면 시신의 배를 가르고 내장을 꺼내 병증을 확인하는 것도 주저하지 않을 아이였다.

그런 소비를 보면서 탄선은 늘 이렇게 생각했다.

'하늘이 낸 인재는 결코 사람이 만든 신분과 제도의 틀 속에 가둬둘 수 없는 것이다.'

그런데 탄선은 노중례를 보고 다시 한번 그런 생각을 했다. 그래서 기회가 닿는다면 저 아이를 꼭 내가 한번 가르쳐보고 싶다고 욕심을 내보기도 했다. 하지만 그런 욕심을 구체화하기도 전에 헤어지는 바람에 아쉬움만 간직한 채 지내던 터였다.

"스님, 그간 평안하셨습니까? 전에 뵀었던 한성부 오작 노중례입니다."

"그렇지 않아도 꼭 한번 만나고 싶었는데……."

탄선은 공손하게 인사를 하는 노중례의 두 손을 덥석 잡고 말했다. 지나친 환대에 노중례는 다소 의아하기도 했지만, 탄선의 친절과 애정이 고맙고 황송하였다.

세상 그 누구도 오작인을 그렇게 반갑게 맞이하는 일은 없었다. 오작인의 일이란 것이 다 그렇듯 가는 곳마다 죽음이 기다리고 있었고, 그런 까닭에 흉사를 당해 슬픔과 고통으로 가득찬 사람들만 만나야 했다. 때론 홍역으로 죽은 아이를 대신 버려줘야 했고, 때론 망자의 몸을 씻기고 닦은 뒤, 옷을 입혀야 했다. 어떤 이는 단지 장애를 안고 태어났다는 이유로 동전 몇 푼 안겨주고 숨이 붙어 있는 아이를 몰래 버려달라고 부탁하기도 했다. 오작인의 수입이란 다 그렇게 얻는 것이었다. 하지만 중례는 적어도 인명을 해치는 일은 하지 않았다. 아무리 송장을 만지는 일을 하는 처지지만 차마 살아 있는 사람을 송장으로 만드는 일은 할 수 없었던 것이다. 그것이 산 사람으로서 지켜야 할 최소한의 도리라고 여겼다.

그러나 세상은 오작인에게 지켜야 할 도리 따위가 있다고 생각하지 않았다. 세상은 그저 오작인을 산송장 취급하기 일쑤였다. 오작인은 그저 사람이 죽어야 사람 구실을 하는 직업이었고, 산 사람보다 죽은 사람을 더 많이 만지는 직업이었다. 그런 만큼 산 사람에게서 인생을 보는 것이 아니라 죽은 이에게서 삶을 배우는 일이 더 많았다. 그래서 산 사람보다 죽은 사람이 더 친근하게 느껴질 때도 있었다. 적어도 죽은 이는 그를 냉대하거나 천시하지는 않았기 때문이다. 오작인의 삶은 그렇듯 냉대 그 자체였다.

그런 까닭에 중례가 처음에 오작인으로 살기로 결심하기도 쉽지 않았다. 반드시 아버지의 결백을 밝혀 이곳저곳으로 끌려가 공노비로 살고 있는 동생들을 되찾고 집안을 일으켜세우겠다는 마음 하나로 버티고 또 버텨온 세월이 어느덧 6년이었다. 열여섯에 처음 배운 오작 일이 손에 익는 데는 1년도 더 걸렸다. 처음엔 시신만 봐도 토악질이 나고 온몸이 떨려 아무것도 할 수 없었다. 그래도 버틸 수 있었던 것은 오로지 아버지의 결백을 밝히겠다는 일념 하나였다. 그런데 해가 지날수록 아버지의 결백을 밝히는 것은 더욱 요원해졌다. 그럼에도 오작 일을 지속할 수 있었던 것은 시신에서 인체의 신비를 배우는 것이 이상하게 흥미로워졌기 때문이다.

또한 시신을 통해 사인을 밝히고 이를 바탕으로 범인을 잡아내는 것에 일조하는 것이 결코 천박스러운 일만은 아니라는 생각도 들었다.

하지만 오작인을 흉물스러운 짐승 대하듯 하는 사람들의 시선은 늘 참기 어려웠다. 한성의 오작인 중에 자신이 최고라는 자부심을 가질 때도 있었지만 그를 대하는 사람들의 눈살 찌푸린 얼굴을 볼 때마다 가슴이 아리고 창자가 뒤집어지곤 하였다. 그럴 때면 차라리 질긴 목숨을 스스로 끊어볼까 하는 마음이 솟구친 적이 한두 번이 아니었다. 그런데 그때마다 늘 그를 살린 것은 죽은 아버지도 흩어진 가족도 아닌 망자들의 시신이었다. 언제나 그렇듯 시신은 죽은 자의 사연을 고스란히 담고 있었다. 특히 억울하게 죽은 시신은 사연이 더 많았다. 그 사연을 알아내 세상에 알리는 일을 하는 사람이 바로 오작인이었다. 죽고 싶은 마음이 들 때마다 자기보다 더 억울한 사람들이 시신으로 누워 제발 억울함을 풀어달라고 하는 것 같아 차마 죽을 수 없었다.

노중례의 지난 6년은 그렇게 버텨온 세월이었다. 그야말로 망자의 시신에서 힘을 얻고 밥을 구하고 생존의 이유를 찾으며 지탱해온 삶이었다. 그런 까닭에 산 자보다는 죽은 자가 더 친근했고, 산 자의 손보다는 망자의 손이 더 반가웠다. 세상 사람들의 손은 자신의 손을 죽은 자의 손보다 더 만지기를 싫어했기 때문이다.

그런데 탄선이 누구도 만지기를 꺼리는 자신의 손을, 늘 시신의 손만이 마음대로 잡을 수 있었던 그 손을 아무런 거리낌 없이 덥석 잡으며 반기는 통에 노중례는 울컥 눈물을 쏟을 뻔하였다.

"스, 스님……."

노중례는 자신도 모르게 손을 빼려 했다. 하지만 탄선은 노중례의 손을 단단히 잡고 이끌었다.

"들어오게, 대청으로 올라오게."

탄선은 노중례를 대청으로 끌어올린 뒤, 소비에게 차를 내오라고 했다. 노중례는 꿇어앉은 채 탄선을 마주보았다.

"혹여 나를 만나고자 왔는가?"

탄선은 이놈이 내 마음을 알고 찾아왔구나 싶어 그렇게 자신도 모르게 속내를 드러냈다. 이심전심이라는 것이 맞는 말이라고 뇌까리기까지 했다.

"저, 그게 아니옵고…… 판관님의 서신을 가지고……."

중례는 다소 당황스러운 마음으로 윤동진의 서찰을 내밀었다.

"한성부 판관이 내게 무슨 일로……."

탄선이 윤동진의 서찰을 읽는 동안 중례가 자초지종을 설명했다.

"궁인으로 생각되는 여인의 시신을 검시해야 하는데, 서활인원에 마땅한 여인이 있다고 해서 왔습니다. 이름이 소비라고……."

탄선은 무슨 말인지 알겠다는 뜻으로 고개를 끄덕이며 말했다.

"소비를 보내달라 이 말이지?"

"그렇습니다."

그때 마침, 소비가 차를 내오자, 탄선이 소비에게 서찰을 내밀었다.

"이 서찰 한번 보려무나."

소비가 서찰을 읽는 동안 노중례는 힐끔힐끔 그녀를 곁눈질로 보며 차를 마셨다.

"관청의 부탁이니 소녀가 가는 것이 좋지 않겠습니까?"

"네 생각이 그렇다니, 어서 따라나설 차비를 하거라. 보아하니 촉박한 일인 모양이다."

소비가 옷을 갈아입고 나오자, 탄선은 노중례를 별청 밖에서 기다리게 하고 소비를 방으로 잠시 불러들였다.

"저 사람에게 의술을 가르치고자 하는데 네 뜻은 어떠냐?"

"알겠습니다. 스승님의 뜻을 받들겠습니다."

탄선은 소비라면 능히 노중례를 활인원으로 이끌 수 있다고 믿었다. 소비 또한 스승이 왜 노중례에게 의술을 전하고자 하는지 잘 알고 있었다.

"알았다. 잘 다녀오너라."

4. 검안소에서

노중례는 자신이 타고 왔던 말에 소비를 태우고 말고삐를 잡았다. 미시(오후 3시)까지는 한성부에 당도해야 했다. 장정 걸음으로 가면 반 시진(1시간) 안에는 도착할 거리라 시간이 촉박하지는 않았다. 하지만 노중례는 발걸음을 급하게 놀렸다. 이상하게 어색해서 발걸음이 자꾸 빨라졌다. 뛰듯이 걸으며 노중례는 한 번씩 위를 훔쳐보곤 했지만, 소비는 그저 허리를 꼿꼿이 세운 채 앞만 응시하고 있었다. 노중례의 발걸음이 빨라지거나 호흡이 거칠어지거나 해도 그녀는 아무런 반응이 없었다. 그저 노중례가 말을 빨리 몰면 모는 대로 느리게 가면 가는 대로 아무 말 없이 그저 앞만 보고 있을 뿐이었다.

'본래 말이 없는 여인인가?'

노중례는 숨을 헐떡이며 그런 생각을 했다. 말만 없는 것이 아니라 표정도 별로 변화가 없었고, 감정도 잘 드러내지 않았다. 원래 여인들이란 말에 올려놓으면 겁이 나서라도 한 번씩 놀란 소리라도 내기 마련인데, 소비는 너무 태연하게 앉아 아무 소리도 내지 않았다. 그녀는 말에 올라탈 때부터 그랬다. 웬만한 여인은 말에 홀로 오르지 못해 손을 잡아주는 것도 모자라서 몸까지 떠받쳐야 하는데, 그녀는 그저 말에 아주 익숙한 양 자신이 훌쩍 올라탔다. 그녀가 올라탈 때 치마가 펄럭이며 속곳이 다 드러났지만 전혀 개의치 않았다.

'대담한 거야, 아니면 무딘 거야?'

노중례는 고개를 갸웃거리기도 했다. 하긴 시신을 살피러 간다는데, 아무 두려움이나 거리낌도 없이 대수롭지 않은 태도로 따라나서는 것부터 보통 여인네는 아니다 싶었다. 남자라도 시신을 대하는 일이라면 꺼림칙하게 여겨서 저어하기 마련이었다. 그런데 여인네가 아무렇지도 않게 검안소를 향해 가는 것을 보니 대담한 여인인 것만은 분명했다.

'그렇다고 겁나지 않느냐고 물어볼 수도 없고…….'

노중례는 계속 그런 말을 뇌까리며 걸었다. 그러면서 자꾸 그녀에게 눈이 갔다. 뭐라도 한마디 말이라도 건네고 싶었지만 무슨 말을 해야 할지 생각이 나지 않았다.

그러고 보니, 그가 여인과 단둘이서 있었던 적은 없었다. 물론 죽은 여인의 시신과 단둘이 있은 적은 있었다. 하지만 살아 있는 여인과 단둘이 있었던 기억이 없었다. 더구나 젊은 처자와 둘만 있었던 적은 더욱 없었다. 그래서 무슨 말을 해야 할지 알 수 없었다.

뭔가 말을 해야만 할 것 같은데, 머릿속에서 맴돌기만 할 뿐 도저히 입 밖에 나오지 않았다.

그녀는 포청에 당도한 뒤에도 전혀 망설이거나 두리번거리지도 않았다. 노중례가 안내하는 대로 곧장 관청 문으로 들어서더니 검안소를 향해 거침없이 따라왔다. 검안소로 안내하는 동안에도 노중례는 곁눈질로 뒤를 가끔씩 보면서 그녀의 발걸음을 살폈지만, 전혀 거리끼는 걸음이 아니었다. 검안소라 적힌 팻말을 보고도 표정 변화가 없었다. 노중례가 검안소 앞에서 잠시 기다리라고 해도 역시 두려운 기색이 없었다.

노중례는 검안소 앞에 그녀를 세워두고 먼저 검안소로 들어갔다. 검안대에 안치된 여인의 시신과 태아의 시신은 삼베로 잘 덮여 있었다. 노중례는 혹여 제대로 덮여 있지 않아 소비가 시신을 보고 크게 놀랄 수도 있겠다 싶어 먼저 들어와 검안대를 확인한 것이다.

노중례가 검안소 안의 상황을 살핀 뒤에 밖으로 나가자, 소비가 당도했다는 기별을 받고 유영교와 서달수, 윤동진이 차례로 왔다. 소비는 그들에게 공손하게 인사만 할 뿐 별다른 질문이 없었다. 노중례가 앞장서서 검안소 안으로 안내할 때도 역시 그녀는 아무 말이 없었다. 그렇다고 긴장한 기색도 없고, 두려워하는 몸짓도 없었다. 검안소 안의 강한 식초 냄새에도 눈살을 찌푸리지 않았고, 시신에서 나는 특유의 악취에도 전혀 위축된 기색이 없었다. 그리고 마침내 검안에 이르러 삼베 자락을 걷어냈을 때도 역시 표정 변화가 없었다. 오히려 그녀는 눈을 반짝거리며 여인의 시신과 태아를 번갈아가며 유심히 바라보았다.

"자, 그러면 검시를 시작해볼까?"

윤동진의 그 말에 노중례는 소비에게 말했다.

"낭자께서 해야 할 일은 간단합니다. 이 은비녀를 음문과 항문에 넣어주기만 하면 됩니다. 이것이 국법상 여인의 손을 거치지 않으면 뒷말이 날 것이기에 하는 수 없이 낭자를 모셔 온 것이니 수고를 좀 해주시오."

그렇게 말한 뒤 노중례가 은비녀를 소비에게 건네며 말했다.

"이 은비녀를 시신의 음문 깊숙이 넣어주십시오."

소비는 노중례의 주문대로 망설이지 않고 은비녀를 시신의 고샅 깊숙이 넣었다. 노중례는 은비녀를 넣어둔 채로 한동안 기다린 후에 소비에게 빼달라고 하였다.

은비녀는 말짱하였다. 노중례는 은비녀를 식초로 깨끗이 닦은 뒤에 시신을 엎어 뉘었다. 그리고 시신의 다리를 벌리면서 또 주문하였다.

"이번에는 항문 깊숙이 넣어주십시오."

소비는 여전히 표정 변화 없이 노중례의 요청대로 은비녀를 항문 깊숙이 넣었다. 그런데 항문에서도 은비녀의 색이 전혀 변하지 않았다.

"으음……."

노중례의 표정이 자못 심각해졌다. 인후와 음문, 항문 모두에서도 독 반응이 없다면 이제 남은 것은 장기의 독 반응을 직접 확인하는 것뿐이었다.

장기의 독 반응을 조사하는 가장 확실한 방법은 배를 갈라 장기에 은비녀를 넣어보는 것이었다. 하지만 생각만 해도 영 꺼림칙한 일이었다.

"에헤이……."

유영교가 먼저 사태를 파악하고 눈살을 찌푸렸다.

"며칠 동안 고기반찬 먹기 쉽지 않겠구만……."

유영교의 그 말에도 노중례의 신경은 오로지 소비에게 몰려 있었다. 일단 그녀부터 먼저 내보내고 시신의 배를 갈라도 갈라야 한다는 생각이었다.

"낭자의 할일은 끝났습니다. 이제 가셔도 됩니다."

그러자 소비는 갈 생각은 하지 않고 이렇게 물었다.

"제가 혹 태아를 살펴봐도 되겠습니까?"

"태아를요?"

"제가 보기에는 이 여인은 독으로 죽은 것이 아닌 것 같습니다."

"그러면요?"

"태아의 정수리 쪽에 푸른 멍울이 보이지요? 저것은 침을 찌른 자국입니다."

"태아의 머리에 침을요?"

"그렇습니다. 이 태아는 장침에 찔려 배 속에서 먼저 사망했을 겁니다."

노중례는 처음 듣는 말이었다. 자신이 보아온 어떤 의서에서도 그런 내용을 본 적은 없었다. 그는 적어도 검시에 필요한 의서라면 모두 읽었다고 자부했다. 『세원록』은 물론이고, 『평원록』과 『무원록』도 훤히 꿰고 있는 그였다.

"낭자께선 도대체 무슨 근거로 그런 말씀을 하는 게요?"

노중례는 짐짓 화난 말투로 따지듯이 물었다. 하지만 소비는 차분한 어조로 말했다.

"태아를 낙태시키는 방법에는 여러 가지가 있는데, 그중에는 침으로 낙태시키는 방법도 있습니다. 산모의 배에 장침을 찔러 복중 태아의 백회(百會, 머리 정 가운데 있는 독맥 혈)를 관통하는 방법입니다. 그렇게 되면 태아가 절명하게 되고, 이후에 산모의 고살과 음문에 시침을 하여 산도가 열리게 한 후 사산을 유도하게 됩니다. 하지만 이 방법은 매우 위험합니다. 자칫 산도가 열리지 않으면 산모도 함께 죽기 때문이지요. 이 여인은 누군가로부터 그런 시술을 받았는데, 이후 산도가 열리지 않아 변을 당한 것입니다."

그 말을 듣고 노중례는 둔기로 머리를 가격당한 듯 멍한 느낌에 사로잡혔다. 난생처음 듣는 말이었지만 침술에 대해선 문외한인 까닭에 마땅히 반박할 말이 생각나지 않았다. 그래도 쉽게 물러설 노중례가 아니었다.

"낭자는 어떻게 그렇게 확신하시오?"

"이 여인의 배꼽 아래 한 치쯤에 푸른 멍울이 보이시나요?"

그 말에 노중례는 시신의 배꼽 아래쪽을 유심히 살폈다. 희미하긴 하지만 아주 작고 푸른 멍울이 보였다. 하지만 노중례는 별로 대수롭게 보지 않은 것이었다. 그 정도 시반은 다른 시신에서도 쉽게 발견되는 것이었다. 노중례는 이 정도 시반이 무슨 의미를 갖겠냐는 눈빛으로 소비를 쳐다보았다.

"이 멍울이 바로 장침을 시침한 자리입니다."

그 말에 노중례는 여인의 멍울과 태아의 멍울을 번갈아 확인했다. 그러고 보니 태아의 정수리에 있는 푸른 멍울은 아예 신경조차 쓰지 않았었다. 애초에 여인의 시신에만 관심을 두고 태아의 시신은 자세히 보지도 않았다는 생각에 아차 싶었던 것이다.

"이 여인의 고샅에도 자세히 보면 시침자국이 있습니다. 여기엔 끝이 둥근 원침 넷을 놓았습니다."

소비가 그 작고 푸른 멍울만 보고도 어떤 침을 놓았는지까지 설명하자, 노중례는 더이상 아무 말도 하지 못했다.

"그러면 자네 말은 이 여인이 살해된 것이 아니란 뜻인가?"

판관 윤동진이 끼어들었다.

"그렇습니다. 이 여인은 태아를 사산하다 변을 당한 것입니다."

"태아는 몇 개월 된 아이인가?"

"육 개월 된 태아입니다."

"그렇다면 낙태죄를 적용해야 하는 것인가?"

윤동진은 법을 헤아려보았다. 태아를 낙태한 경우, 태아가 사람의 형상을 이루지 못했을 때는 장 100대에 처할 수 있고, 형체를 이뤘는데 낙태한 경우에는 도형 2년에 처하게 된다. 사람의 형상을 이룬 경우라면 7개월 이후를 말하는데, 이 태아의 경우는 6개월이라 하니, 여느 사건이라면 범인을 잡아도 장 100대로 끝날 일이었다. 하지만 낙태한 산모가 궁녀이기에 단순히 낙태죄를 적용할 순 없는 일이었다. 누군가 궁녀와 상간을 한 것이 분명하고 또한 아이까지 잉태시켰으니, 최소한 교수형감이었다.

"어쨌든 검안이 끝났으니 빨리 의금부로 넘겨야죠."

유영교는 하시라도 빨리 이 사건에서 벗어나고 싶은 얼굴이었다. 그러자 서달수가 은근히 유영교의 속을 긁었다.

"그래도 유영교 자네는 의금부에 몇 번 들락거려야 할걸."

비록 사건은 이첩되지만, 담당 나장으로서 의금부에 가서 조사 내용을 진술해야 한다는 것을 일깨운 것이다. 사실, 어떤 이유로든 의금부에 가는 것은 누구나 꺼리는 것이었다. 혹 조사 내용을 진술하다 예상치 못한 과오라도 발견되면 곤혹을 치르기 십상이기 때문이다. 더구나 망자가 궁녀인 까닭에 의금부에서도 매우 까다롭게 굴 게 뻔했다.

서달수의 말을 듣고 유영교는 재수없다는 듯 바닥에 침을 한 번 탁 뱉더니, 그대로 검안실을 빠져나가버렸다. 윤동진 또한 뒷머리를 긁적이며 유영교 뒤를 따라갔다.

"듣던 대로 의술이 대단한 처자네. 어떻게 그런 걸 다 알아그래. 중례 자네는 이 처자 발끝도 못 쫓아가겠어. 수고하게, 나는 먼저 가네. 이따 검안서 작성할 때 보세."

서달수는 노중례의 어깨를 두어 번 두드리고는 슬금슬금 검안실을 빠져나갔다. 하지만 노중례는 그대로 멍하니 서서 여인의 시신과 태아를 번갈아 쳐다보고 있을 뿐이었다.

"저도 그만 가봐야 할 것 같습니다."

소비의 그 말에 노중례는 퍼뜩 정신을 차렸다.

"아, 네, 네……."

노중례는 멍한 얼굴로 소비를 뒤따라가 검안소 밖에서 배웅했다. 소비는 가볍게 목례를 하더니 말없이 가버렸다. 노중례는 그녀가 간 뒤에도 한참 동안 그 자리에 그대로 서 있었다. 그리고 검안소 안에 다시 들어왔을 땐 이상하게 참담한 기분에 사로잡혔다.

사실, 노중례에게 있어서 시신을 다루는 오작의 일이란 생업을 뛰어넘는 특별한 의미가 있었다. 그것은 그의 일생을 건 눈물겨운 전투였기 때문이다.

"이따위 실력으로 아버지의 결백을 밝히려 했으니……."

노중례는 검안소 벽에 기대어 앉은 채로 그렇게 중얼거리고 있었다.

5. 여의(女醫) 소비

집을 나선 소비는 준수방 쪽으로 길을 잡았다. 어제 포청 일로 도성에 들어온 차에 오랜만에 집에서 잤는데, 어머니가 대군댁에서 꼭 와달라 한다고 하였다. 대군의 어린 아들이 아픈데 궁궐 태의에게 보여봤지만 큰 차도가 없다는 것이었다.

소비는 대군댁엔 가본 적이 없었지만, 대군을 먼발치에서 본 적은 있었다. 어머니를 만나기 위해 성수청(星宿廳, 국무당으로 하여금 나라의 복을 빌게 하는 관청)으로 가던 길이었다. 그러다 만초천 옆 큰길을 걷게 되었는데, 아래 백사장에서 귀티가 나는 선비 하나가 남자 종 몇을 데리고 나와 굶주린 걸인들에게 주먹밥을 나눠주는 광경을 보았다. 도대체 어느 집 선비가 손수 나와 걸인들을 돌보나 싶어 소비는 걸음을 멈추고 잠깐 동안 서서 바라보았다.

귀티가 나는 양반집 선비가 손수 걸인들에게 밥을 나눠주는 것은 흔히 볼 수 있는 풍경은 아니었다. 걸인들을 직접 찾아 나서서 밥을 나눠주는 부자도 없거니와 설사 어느 부유한 선비가 그런 뜻을 품었다 하더라도 청지기에게 종을 딸려 붙여 나눠주면 될 일이었다. 그런데 직접 소매를 걷어붙이고 걸인들에게 밥을 건네주는 모습을 보자, 그가 누구인지 자못 궁금하였다. 그래서 그 광경을 지켜보던 사람에게 물으니, 놀랍게도 그 선비는 임금의 셋째 아들 충녕대군이라 하였다.

충녕대군에 대해서 소비는 들은 말들이 있었다. 길을 가다가 굶주린 사람을 보면 그냥 지나치지 못하고 가진 돈을 다 털어 주는 왕자라고 했다. 어느 겨울날, 추위에 떨고 있는 걸인 아이를 보고 집으로 데려가 배불리 밥을 먹이고 따뜻한 옷을 입혀 내보낸 것도 모자라 아랫사람에게 명하여 그 아이를 활인원에 데려다놓도록 한 적도 있었다.

소비가 그런 일들을 되새기며 준수방 대군댁에 이르렀을 땐, 대문 앞에 사람들이 줄을 서 있었다. 얼핏 보아도 굶주린 걸인이나 유랑민들이었는데, 늘어선 줄이 수십 명이나 되었다. 그 줄을 따라갔더니 장정 몇 명이 사람들에게 곡식을 한 됫박씩 퍼주고 있었다.

"가져가서 주린 배라도 채우시오. 자, 또 다음 사람 오시오."

소비는 그들 장정 중 한 사람을 유심히 바라보았다. 비록 면발치에서 본 적이 있을 뿐이지만 한눈에 충녕대군을 알아볼 수 있었다. 그는 몸집이 제법 크고 하얗고 통통한 얼굴에 귀티가 흘렀다.

소비는 목례를 하며 장정들 사이로 지나갔다. 그리고 대문 안으로 들어섰을 때, 아낙 한 사람을 발견하고는 물었다.

"국무당집에서 왔습니다. 대군부인마님의 부름을 받고 왔는데, 어디로 가면 되겠습니까?"

그러자 그 아낙은 안으로 가지 않고 대문 쪽으로 가더니, 곡식을 나눠주던 충녕에게 고했다. 충녕이 쌀바가지를 놓고 소비에게 다가왔다.

"국무 가이가 보냈느냐?"

"네, 이 댁 아기씨께서 편찮으시다 하여……."

"자네가 바로 부인이 말하던 활인원 여의(女醫, 여자 의사)로구나. 안채에서 자네를 눈이 빠지게 기다리고 있네. 어서 따라오게나."

충녕이 앞장서서 안채로 안내하였고, 소비는 그의 뒤를 따랐다. 안채에 이르자, 충녕이 부인 심씨를 불러냈다.

"부인, 나와보시오. 부인이 청한 여의가 왔소."

그 말에 대군부인 심씨가 급한 걸음으로 대청 아래까지 내려왔다.

"어서 오게나. 자네 이야기는 국무에게 많이 들었네. 자네가 국무의 수양딸 소비인가?"

"그렇습니다. 소인도 어머니께 마님의 말씀을 여러 차례 들었습니다."

심씨가 소비의 손을 이끌어 안으로 들이는 사이 충녕은 다시 바깥으로 나갔다. 방안에는 두세 살쯤 되어 보이는 사내아이가 누워 있었다. 심씨 부인은 소비에게 간절한 음성으로 말했다.

"자네가 소아를 잘 고친다고 하여 내가 자네를 꼭 청해 오라고 부탁하였네. 우리 향(훗날의 문종)이 좀 봐주게. 이제 갓 두 돌이 지났는데 사나흘 전부터 아이가 일어나려 하지도 않네. 엄마 엄마 하며 말도 잘하던 아이인데, 말도 하지 않고 잘 울지 않네. 태의도 다녀갔는데, 아직 호전될 기미가 없네."

"우선 아기씨를 제가 한번 보겠습니다."

소비는 아이의 왼쪽 검지손가락부터 살폈다. 손가락 마디를 살펴보니, 명관(命關, 손가락 셋째 마디)에 검푸른 핏줄이 선명했다. 명관의 핏줄 색깔이 검푸른 빛을 보인다는 것은 병증이 심각하다는 뜻이었다. 태의가 다녀갔다면 이미 그 정도는 파악했을 게 분명했다.

"태의는 무엇이라고 하였습니까?"

"자세히 말은 안 하고 고개만 갸웃거리다 갔네. 침이든 약이든 함부로 쓸 수 없으니, 그저 몸을 보양하는 약을 보내겠다고 했네."

"태의 누가 다녀갔습니까?"

"전하께서 양태의를 보내주셨는데……."

양태의라면 조선 최고의 의원으로 불리는 양홍달을 가리키는 것이었다. 탄선에게 듣기로는 양홍달은 약에는 밝으나 침과 뜸은 잘 모르고, 여느 병에는 밝으나 부인병과 소아병은 잘 모른다고 하였다. 사실, 조선에서 부인병과 소아병에 밝은 의원은 거의 없었다. 특히 영아의 병을 제대로 고치는 의원은 전무한 형편이었다.

양홍달이 함부로 진단하지 않은 것은 호신을 위한 것이었다. 영아의 경우 진맥이 쉽지 않은데다 문진이 불가능하고 오직 아이의 몸 상태와 증상, 그리고 반응을 보고서 판단해야 하는데, 결코 쉽지 않은 일이었다. 또한 잘못된 판단으로 약을 썼을 경우 십중팔구 목숨을 잃게 되니, 두려울 수밖에 없다. 더구나 명관에 핏줄이 선명한 것을 알았다면 열에 아홉은 죽는다는 사실 정도는 간파했을 터였다. 그러니 양홍달이 별다른 처방을 하지 않고 발길을 돌린 것은 당연했다. 잘못 처방했다간 목이 달아날 것인데, 겁없이 치료할 수 없었을 것이다.

소비는 아이의 고환을 살펴보았다. 이미 고환의 색깔이 흰색을 띠고 있었다. 이 역시 양홍달이 파악하지 못했을 리 없었다. 고환의 색이 그렇게 빛을 잃었다면 죽음이 머지않았다는 뜻이기 때문이다.

소비는 다시 아이의 검지 맥을 보았다. 돌이 지난 아이라 이마는 이미 단단해져 맥을 살필 필요가 없어졌고, 두 돌이 겨우 지난 상황이라 아직 손목의 맥은 제대로 형성되어 있지 않은 시기였다. 그래서 선택해야 하는 진맥법이 호구삼관맥(虎口三關脈)이었다. 호구삼관맥은 검지를 통해 진맥하는 것을 말한다. 이 경우 남자아이는 왼손, 여자아이는 오른손을 보는데, 검지의 색깔과 무늬를 먼저 살핀 뒤에 맥을 짚어야 한다.

검지를 관찰할 때 손바닥으로부터 첫번째 마디를 풍관(風關)이라 하는데, 이곳에 붉은 무늬가 보이면 경기가 들린 것이다. 두번째 마디를 기관(氣關)이라 하는데, 여기에 검은색 무늬가 나타나면 난치병에 걸린 것이다. 그리고 세번째 마디인 명관에 검푸른 핏줄까지 보인다면 목숨이 위험한 상태이다.

그런데 대군의 아이는 둘째 마디에 이미 검은 무늬가 보이고, 셋째 마디인 명관에 검푸른 핏줄까지 나타났다. 만약 그 핏줄이 손톱까지 이어지면 살릴 수 없는 지경에 이른 것을 의미했다. 다행히 아이는 아직 그 상태는 아니었다.

소비는 아이의 검지 맥을 짚어보았다. 숨을 한 번 쉴 동안 맥은 기껏 세 번밖에 뛰지 않았다. 다시 맥을 짚어보자, 이번에도 세 번밖에 뛰지 않았다. 적어도 예닐곱 번은 뛰어야 정상이었다. 맥이 극히 약한 상태라 당장 죽는다 해도 이상할 것이 없는 지경이었다. 그나마 다행인 것은 그래도 맥이 일정하게 뛴다는 점이었다. 소비는 그 점에 희망을 걸었다.

하지만 아이의 콧마루에도 검푸른색이 감돌고 이마에도 푸른빛이 보였다. 거기다 인당(印堂, 양 눈썹 사이)에도 푸른빛이 보였다. 그리고 기저귀에 녹색이 도는 묽은 변이 묻어 있었다. 뭔가에 크게 놀란 게 분명했다. 하지만 그저 심한 경기라면 양홍달도 치료를 했을 것이다.

"혹 거품을 토한 적이 있습니까?"

"약간 누런 거품과 흰 거품을 몇 번인가 토했네. 그런 뒤에는 도통 젖을 빨지 않네."

"처음에는 심하게 울지 않던가요?"

"처음엔 심하게 울고 경련을 일으키며 몸을 뒤틀더니, 그뒤에는 울지도 않고 젖을 먹지도 않네."

아이가 입술을 잔뜩 오므리고 있는 것을 보고 소비는 입술을 뒤집어 자세히 살폈다. 몇 개의 작은 돌기가 보였다. 소비는 다시 아이의 눈을 살폈다. 다행히 눈빛은 맑고 눈알이 뒤집히지는 않았다.

그때서야 소비는 이렇게 말했다.

"객오에 촬구가 겹친 것입니다."

객오(客忤)는 어떤 물건을 보고 심하게 놀라서 생기는 소아병이다. 소아가 객오에 걸릴 경우 마치 간질에 걸린 것처럼 거품을 쏟아내고 배를 뒤틀며 경련을 일으킨다. 하지만 눈이 뒤집히지는 않는다. 양홍달도 객오를 의심했을 것이 분명했다. 하지만 객오 증세보다 심각한 것은 촬구였다. 촬구(撮口)는 입이 주머니를 졸라맨 듯 오므라드는 소아병이다. 이럴 경우 숨을 몰아쉬면서 젖을 제대로 빨지 못하게 된다. 양홍달은 촬구는 발견하지 못한 것이 분명했다. 촬구는 막 태어난 아이에게만 생기는 것으로 생각했을 것이기 때문이다.

"객오와 촬구가 무엇인가?"

심씨가 소비에게 그렇게 물었을 때, 충녕이 들어서며 대답을 대신했다.

"객오는 놀라서 생기는 경기의 일종이고, 촬구는 입이 오므라드는 병이오. 그런데 내가 알기론 촬구는 신생아나 걸리는 병이라던데?"

그 물음에 소비가 대답했다.

"그렇습니다. 대군께서 알고 계신 대로 촬구는 대개 태어난 지 일주일 이전의 아이가 걸리는 병입니다. 그런데 아기씨께서는 두 돌을 넘겼는데, 촬구에 걸렸다 하니 이상하게 여기실 것입니다. 사실, 두 돌을 넘긴 아이에겐 촬구가 나타나는 경우가 거의 없습니다. 하지만 간혹 두 돌이 넘은 아이에게도 촬구가 나타나는 경우가 있는데, 대개 객오가 원인이 됩니다. 객오가 심해지면 입안에 부스럼이 생기는 경우가 많은데, 이 부스럼으로 인하여 간혹 촬구가 유발됩니다."

소비의 말에 충녕은 놀란 표정을 감추지 못했다. 궁궐의 노성한 태의조차도 알아내지 못한 병명을 이제 갓 스물이나 됐을 법한 여인이 단번에 알아내는 것이 신통할 따름이었다.

대군부인 심씨가 급한 음성으로 끼어들었다.

"그래서 고칠 수 있다는 말인가? 없다는 말인가?"

"병을 좀더 일찍 파악하고 치료했더라면 금방 나았을 것입니다. 하지만 이미 병증이 며칠이나 진행된 터라 아기씨는 비장과 심장이 많이 상했을 것입니다. 일단 침으로 객오를 잡고, 몇 가지 약재로 촬구를 잡을 것이지만, 이후에도 회복되는 데 시간이 좀 걸릴 듯합니다."

"알겠네. 빨리 손을 써보게."

"여러 곳에 시침을 해야 하고, 약재도 써야 합니다. 다만 부탁이 있습니다. 아기씨께서 침에 놀랄 수 있으니, 마님께서 아기씨에게 젖을 물리고 계셔야 합니다."

그 말에 심씨가 얼른 가슴을 헤치고 아이를 안아 젖을 물렸다. 그러자 소비는 아이의 발과 손 그리고 배에 침을 꽂았다. 침을 꽂을 때마다 아이가 움찔움찔 놀랐다. 하지만 울지는 못했다. 그리고 일각쯤 지났을 때, 침으로 아이의 검지손가락에 생긴 검은 혈관을 따자 아이가 비로소 짧게 소리를 내며 울었다.

"됐습니다. 이제 아기씨를 뉘이시고, 가슴을 드러내고 옆으로 누워 계십시오. 그리고 아기씨의 코에 젖꼭지를 살짝 갖다댄 채 계십시오. 아기씨가 젖냄새를 맡으면 한결 마음이 평안해지실 테니까요."

소비의 말대로 심씨가 가슴을 드러내고 그런 자세를 취하자, 소비는 침으로 아이의 중완(中脘, 위의 중앙에 위치한 혈)을 깊숙이 찔렀다. 그리고 용천혈과 협곡, 백회에도 침을 놓았다. 그렇게 일각쯤 지나자, 아이의 얼굴에 핏기가 돌아왔다. 고환을 살펴보니, 분홍빛을 띠며 역시 핏기가 돌아왔다. 소비는 안도의 한숨을 쏟아냈다. 그리고 환약을 꺼내들고 말했다.

"마님께서 이 환약을 씹어서 아기씨에게 먹이십시오."

심씨가 환약을 아이에게 먹이자, 소비는 아이의 입을 벌려 대나무 침으로 입속에 돋아난 부스럼을 터뜨렸다. 그러자 아이가 소리를 내며 울기 시작했다. 하지만 울음소리가 우렁차지는 않았다.

"향이가 우네요, 대군, 향이가 울어요. 이제 우리 향이가 살아났나봐요. 살았어. 향이야, 어미다, 어미를 알아보겠느냐? 엄마라고 해봐! 엄마!"

"엄마, 엄마, 엄……"

그 소리에 심씨가 눈물을 왈칵 쏟아내며 소리쳤다.

"향이야! 어미는 네가 죽는 줄 알았다."

심씨의 그런 모습을 보고 있던 충녕도 옆에서 눈물을 글썽이며 말했다.

"이제 치료가 다 끝난 것인가?"

"아닙니다. 객오는 치료했지만, 아직 촬구 치료는 시작하지 않

있습니다. 그래도 아기씨가 이미 두 돌을 넘긴 터라 찰구는 아주 심하지는 않습니다."

말은 그렇게 했지만 소비는 걱정되는 것이 있었다. 며칠간 병증을 잡지 못한 탓에 비장과 심장에 열이 많이 차 있는 상태였다. 혹여 이 열이 훗날이라도 종기를 유발하지 않을까 염려되었다. 하지만 괜히 그런 말을 입 밖에 내뱄자 대군 부부의 근심만 키울까 하여 더이상 언급하지 않았다.

"이제 찰구 치료를 해야 할 터인데, 대군께서는 볶은 누에와 꿀을 구해다 주실 수 있습니까?"

"알았네, 내 사람을 시켜 얼른 가지고 오게 하겠네."

충녕이 급한 걸음으로 나가자, 소비가 심씨에게 일렀다.

"이제 젖을 물려보시지요."

심씨가 젖을 물리자 아이가 젖을 빨기 시작했다. 심씨가 그 모습을 보고 눈물을 펑펑 흘리며 말했다.

"고맙네. 정말 고맙네. 우리 향이를 살려준 이 은혜는 결코 잊지 않겠네."

그러면서 한동안 눈물을 훔친 뒤에 심씨가 말을 이었다.

"사실은 급한 마음에 자네를 부르긴 했지만, 그저 지푸라기라도 잡는 심정이었을 뿐이네. 유모가 자네 의술이 신통방통하다며 꼭 맡겨보라고 해서 자네를 불러달라고 했지만, 이렇게 낫게 해주리라고는 생각하지 않았네. 그런데 자네가 이렇게 내 아들을 살려내니 정말 믿기지가 않네. 자네 원하는 것이 무엇인가? 무슨 청이든 내 들어줌세."

"청이라뇨? 그런 것 없습니다. 아기씨께서 무사해서 그저 다행일 따름입니다."

"그럴 순 없네. 내 이렇게 큰 신세를 졌는데, 사람의 도리가 그런 것이 아니네."

"아직 치료가 완전히 된 것이 아닙니다. 치료가 우선이니, 나중에 말씀드리겠습니다."

"알았네, 알았네. 나중에라도 꼭 내게 청을 넣어주게. 무슨 청인들 못 들어주겠는가. 내가 들어줄 수 있는 청이면 뭐든 들어주겠네."

"알겠습니다. 그리고 치료를 더 해야 하니, 이제 아기씨를 반드시 뉘어주십시오."

소비는 손과 발에 다시 침을 놓았다. 약간 따끔했는지 아이가 다시 울음을 터뜨렸다. 울음소리가 종전보다 많이 커진 상태였다. 소비는 손과 발에서 침을 빼고 이번에는 다리와 팔에 침을 놓았다. 하지만 이번에도 아이는 울었지만 금세 그쳤다. 그러자 소비가 말했다.

"아기씨, 이제 일어서보세요."

그 말에 심씨가 놀란 표정으로 아이에게 말했다.

"향아, 일어설 수 있겠느냐?"

소비가 대신 대답했다.

"일어서실 수 있을 겁니다. 아기씨, 손을 짚고 일어서보세요."

그 말에 아이가 벌떡 일어섰다. 그리고 이내 걸었다.

"아이고, 우리 향이가 걷네. 우리 향이가 걸어. 이제 우리 향이가 정말 살아났구나."

그때 바깥에서 충녕이 뛰어들듯 들어왔다.

"정말 걷는구나. 향이야, 이리 온. 아비에게 오려무나."

아이가 충녕에게 걸어가 안기자, 충녕이 아이를 번쩍 안아올렸다.

"네가 살아났구나, 네가 정말 살았구나. 이 아비는 네가 죽는 줄만 알았다, 죽는 줄만 알았어. 이놈아, 다시는 아프지 마라, 이 아비 간이 다 녹는 줄 알았다."

"대군마님, 아직 아기씨를 그렇게 높이 들면 아니 됩니다."

충녕이 당황한 얼굴로 급히 아이를 내려놓았다.

"내 기쁜 마음에 그저…… 허허허."

"대군, 누에와 꿀은 어찌되었습니까?"

충녕은 아차 싶었는지 다시 밖으로 뛰쳐나갔다. 그리고 이내 누에와 꿀을 가지고 들어왔다. 소비는 누에를 가루로 만들어 꿀에 갠뒤에 아이의 입술에 발랐다.

"아기씨, 이 꿀을 다 빨아 드시면 아니 됩니다."

그러면서 충녕과 심씨에게 당부했다.

"제가 약재를 구해 올 터이니, 두 분께서는 입술에 꿀에 갠 누에가루가 사라지지 않도록 자주 발라주십시오."

충녕과 심씨가 입을 맞춘 듯 동시에 대답했다.

"알았네. 그리하겠네."

"소인은 한 시진 안에 돌아오겠습니다. 혹 그간 아기씨께 특별한 증상이 있으면 꼭 기억해두었다가 제게 말씀해주십시오."

소비가 약재를 구하기 위해 나간 뒤에 충녕은 갑자기 궁금증이 생긴 얼굴로 부인 심씨에게 물었다.

"저 여의가 국무당 가이의 딸이 분명하오?"

"그렇습니다."

"그러면 아비는 누구요?"

"아비는 모른답니다."

"아비를 모르다니, 그게 말이 되오?"

"국무당은 시집도 가지 않고 쭉 홀로 지낸 사람입니다. 그러니 딸을 낳았을 리 없지 않습니까?"

"그렇다면, 저 소비라는 여의는 누구의 딸이오?"

"국무도 모른답니다. 누가 몰래 신당에 버려놓고 간 아이를 키운 것이랍니다."

"신당에 버리고 갔다…… 그러면 의술은 누구에게 배웠답니까?"

"국무가 그러는데, 어릴 때부터 하도 총명하여 자기는 통 감당이 되지 않는 아이라 활인원 스님에게 맡겼답니다."

"활인원 스님이라면……."

"탄선 스님이라고 의술에 밝은 스님이 있습니다."

"탄선이라면 역병잡이로 소문난 그 중 말이오?"

"그렇습니다. 원래 그 스님이 고려조에서는 태의였다 합니다. 그런데 대군께서는 그 여의에 대해 왜 그렇게 꼬치꼬치 물으십니까?"

"별 뜻은 없고, 너무 신통해서 그럽니다. 한낱 천한 무녀의 딸이 저렇듯 뛰어난 의술을 행한다는 것이 어찌 흔한 일이겠습니까? 거기다 궁궐의 태의조차도 알지 못하는 병을 단번에 고쳐내니, 얼마나 대단한 여인이오? 그저 활인원에서 무녀 취급이나 받으며 지내기는 실로 아까운 인재요."

"아까운 인재지요. 하지만 인재면 뭐하겠습니까? 이 나라 조선에서 여인이 재능이 뛰어나봐야 누가 알아주겠습니까? 더구나 의술을 익혔으니, 기껏 천한 의녀로밖에 더 살겠습니까?"

"어허 부인, 그것은 아니지요. 의녀가 비록 신분은 천하지만 사람을 살리는 일을 하는 여인들 아니오. 또한 신분이 천하다고 해서 의술마저 천하게 여길 수는 없는 것이지요."

"그거야 대군의 말씀이 백번 옳습니다만, 세상인심이 어디 그렇습니까? 여자는 여자로 태어난 죄로 평생 남자 그늘에서 지내야 하는 것이 현실이고, 더구나 여인이 의술이 아무리 뛰어나도 결코 태의의 자리에 오르지 못하니, 그저 여자로 태어난 것이 죄인 것이지요."

그 말에 충녕은 갑자기 말문이 막혔다. 심씨의 말이 한 치도 틀린 구석이 없으니, 마땅히 대꾸할 말도 생각나지 않았다.

충녕은 가끔 심씨와 대화를 하다보면 그렇게 말문이 막힐 때가 있었다. 충녕은 다른 어떤 이와 말씨름을 해서 져본 적이 거의 없는데, 이상하게도 아내 심씨에게는 약했다.

8년 전, 그러니까 열두 살 어린 나이에 처음 만났을 때부터 그랬다. 당시 열두 살 소년이었던 충녕은 두 살 많은 심씨를 아내로 맞아들여 꼬마 신랑이 되었다. 그 무렵에 충녕은 잠시도 책을 손에서 놓지 않을 정도로 독서광이었다. 그 나이에 이미『논어』『맹자』
『대학』『중용』은 물론이고『시경』『서경』『주역』까지 줄줄 외우고
다닐 정도였다. 또한『춘추』와『예기』에 이어『자치통감』까지 욕심
을 내고 있었다.

부왕인 이방원은 그런 충녕을 기특하게 여겨 툭하면 할아버지
태상왕(이성계) 앞에서 경전 구절을 외우게 하였다. 태상왕은 그
무렵에 노환으로 병석에 누워 있었지만 충녕이 경전을 외우고 해
석하면 환하게 웃으며 박수를 치곤 했다. 비록 무인이었지만 태상
왕은 젊은 시절부터 유술(儒術, 유학 경전을 외우거나 해석하는 것)
을 좋아했다. 그래서 소년 시절의 이방원은 태상왕을 기쁘게 하기
위해 여러 사람이 보는 앞에서 유학 경전을 외거나 해석하여 박수
를 받곤 했고, 그런 이방원을 태상왕은 늘 자랑스럽게 여겼다. 이
방원이 태상왕 앞에서 충녕으로 하여금 유술을 하도록 하는 것은
태상왕이 기뻐하는 모습을 다시 보고자 함이었다.

이방원은 태상왕인 아버지 이성계 앞에만 서면 죄인 신세였다.
난을 일으켜 정도전과 남은 같은 개국공신들을 죽였을 뿐 아니라
이복동생들인 방번과 방석도 죽이고, 설상가상으로 아버지를 왕
위에서 내몰기까지 했으니, 당연한 일이었다. 그런 까닭에 이성계
는 한때 이방원을 마치 간악한 도적이나 강도처럼 생각하여 얼굴
보기도 싫어했다. 그래서 조사의를 앞세워 왕위를 되찾기 위해 반
군을 일으키기까지 했다. 하지만 이미 대세는 굳어졌고, 그는 늙고
병들어 있었다. 그리고 어느덧 고희를 넘겨 죽음을 앞두고 있었다.
그쯤 되자, 모두 자신의 업보거니 하고 이방원을 용서하고 그저 못

사내들처럼 손자의 재롱에 박수 치고 웃는 할아비가 되어 있었다. 이성계는 특히 손자 충녕이 유술을 하는 것을 보고 있노라면 그 옛 날 왕이 되기 이전에 방원을 기특하게 여기며 사람들 앞에서 자랑 을 일삼던 기억들이 되살아나는 모양이었다. 이방원은 그런 아 버지의 모습을 되살리기 위해 충녕의 총명함을 이용하곤 했던 것 이다.

그렇듯 충녕은 왕실에서 둘도 없는 천재 소년이었다. 그런 까닭 에 충녕을 가르치던 스승은 물론이고, 조선에서 내로라하는 학자 들로 구성된 세자시강원의 학관들도 충녕에 대한 칭찬을 아끼지 않았다. 그러니 충녕이 다소 자만하여 한껏 어깨에 힘을 주고 다른 이를 깔보는 태도를 가질 만도 하였다. 더구나 이제 겨우 열두 살 어린 소년이었으니, 지식만 알고 덕은 모르던 나이였다. 두 살 많 은 신부 심씨에게도 그런 태도를 보였던 것이 분명하다. 특히나 상 대가 여자였고, 스스로 하늘 같은 지아비라고 생각했으니, 그 자만 한 태도가 도드라졌던 모양이다.

"대군, 많이 아는 것은 좋은 일이나 많이 아는 것이 다른 이를 업신여기는 수단이 되면 오히려 모르는 것보다 못한 법입니다."

충녕이 심씨에게 들었던 첫번째 충고였다. 무슨 말을 했다가 그 런 핀잔을 들었는지 기억나지 않지만, 충녕은 그 말 한마디에 할말 을 잃고 입을 다물고 말았었다.

이후로 충녕은 함부로 책 읽는 티를 내지도 않았고, 지식 자랑도 하지 않았다. 특히 심씨 앞에서는 매우 조심스러워했다. 그럼에도 충녕은 곧잘 심씨에게서 충고인지 조언인지 알 수 없는 말들을 듣곤 했다. 그럴 때마다 충녕은 마치 면박을 당한 느낌에 사로잡히곤 했다. 학문을 해도 자신이 심씨보다 훨씬 더 깊이 했고, 책을 읽어도 수십 배는 더 읽었을 터인데, 이상하게 한 번씩 심씨의 말에 정곡을 찔린 듯 아무 대꾸도 못했다.

아내 심씨는 여느 여인과 달리 문자를 깨친 여인이었다. 하지만 기껏 천자문에 겨우 논어를 익힌 수준이었다. 그것도 논어의 정수를 깨치지는 못했다. 그런데도 때때로 사물의 이치를 다 깨친 듯이 한마디씩 던질 때 이상하게 충녕은 말문이 탁 막혀 반론을 제기하지 못했다.

불교에 대한 견해만 해도 그렇다. 두 해 전에 심씨가 절간을 다녀온 것을 두고 충녕이 옳다구나 싶어 면박을 주듯 이런 말을 했다.

"불씨(佛氏)의 말들이란 그저 잡변에 불과한 것으로 사람을 현혹하고 윤리를 그르치는 것으로 가득찬 요설이오. 그런데 부인은 성인(공자)의 가르침을 국시로 삼은 왕실의 며느리가 되어 어찌 불씨의 염불을 좇아 절간을 드나드는 것이오?"

사실, 평소부터 심씨가 불공을 드리기 위해 사찰을 드나드는 것을 매우 못마땅하게 여기던 터였다. 충녕이 아는 불교란 그저 사람을 현혹하여 절간의 재산을 늘리고 중들의 배를 불리게 하는 망령된 요설에 불과했다. 하지만 백성들의 대다수는 부처를 섬기고 절간을 제집 드나들듯 했다. 이른바 유학자라는 사람들의 집안도 마찬가지였다. 유학을 앞세워 공자와 맹자의 도를 논하는 유생들의 집안을 들여다보면 부모들은 한결같이 부처를 섬기고, 아내와 딸들은 절간에 공양미를 바치기에 여념 없었다. 충녕은 그런 현실을 개탄하였지만, 정작 자신의 아내와 장모가 불공을 드리는 것을 막지 못하는 처지였으니, 지아비로서 또 가장으로서 한번 마음을 단단히 먹고 심씨를 몰아세운 것이었다.

하지만 심씨는 조금도 망설이지 않고 이렇게 대꾸했다.

"부처의 가르침이 한낱 요설이라면 어째서 부처를 섬기는 사람이 그리도 많은 겁니까? 우리 조선이라는 나라는 그저 중국의 동쪽 귀퉁이에 있는 작은 나라일 뿐인데, 공자의 도를 조선처럼 심하게 섬기는 나라가 세상에 또 어디 있답니까? 그에 비해 불교를 믿는 사람들은 서역은 물론이고 우리보다 수십 배나 큰 대국 중국에도 차고 넘칩니다. 그건 왜 그런 것입니까? 그 많은 사람들이 모두 요설에 놀아난 것입니까? 또한 유학은 어디까지나 학문이지 신앙은 아니지 않습니까? 또 유학이 신앙이고 종교라면 유학을 국시로 둔 이 나라는 종교가 지배하는 나라입니까? 고려조에도 불교를 섬겼지만, 승려가 정치를 하지 못하게 하는 법이 있었습니다. 그렇다면 조선에서 유학이 종교라면 유학자는 정치를 하지 않아야 하지 않습니까?"

"어허, 부인 내 말을 오해했구려. 내 말은 그런 뜻이 아니라……."

"고려조에만 하더라도 절간에서 유학을 공부하는 것은 흔한 일이었습니다. 그래도 아무런 문제가 없었고, 아무도 문제삼지 않았습니다. 그런데 지금에 와서 부처를 믿는 것이 무슨 문제가 되는지 모르겠습니다."

"어허, 부인 내 말을 좀 들어보시오. 불씨의 말에 윤회설이라는 것이 있는데, 그에 따르면 전생엔 사람이었다가 현생엔 사람이 되기도 하고, 또 후생엔 개가 되기도 한다고 합니다. 그런데 어찌 사람이 짐승이 되기도 하고, 짐승이 사람이 되기도 한단 말이오? 그게 가당키나 한 말이오?"

그 말에도 심씨는 지지 않았다.

"그것은 대군께서 그 뜻을 제대로 모르고 하는 말씀입니다. 전생에 사람으로 태어나 게으르게 지내면 소가 된다고 하는 것은 게으르게 살지 말라는 교훈을 주기 위함일 뿐입니다. 또한 윤회란 것이 사물과 사람과 짐승이 모두 돌고 돌아 하나의 인연으로 연결되어 있다는 것인데, 그것을 쉽게 설명하기 위해 그런 말을 한 것을 곧이듣고 그런 식으로 비판하시니, 가히 옳은 비판은 아니라 봅니다. 그거야말로 부처님을 비난하기 위해 유학자들이 괜히 시비를 거는 말들일 뿐인 겁니다."

들어보니, 심씨의 말이 이치에 어긋나지 않았다. 또한 충녕 자신도 지금껏 제대로 불경을 익힌 적이 없었다. 그저 불씨(부처)를 비난하는 책자 몇 권을 읽고 그대로 읊은 것이고, 그 정도면 심씨가 쉽게 수긍하고 머리를 숙일 것으로 생각했다. 하지만 심씨는 되레 불교의 정수를 꿰뚫은 듯 충녕에게 일침을 가했고 충녕은 마땅한 논리를 찾지 못했다. 그래서 다소 뜨악한 얼굴로 할말을 찾고 있는데, 심씨가 한마디 더 보탰다.

"저는 유학의 깊은 뜻은 모르지만 공자가 성인이라면 함부로 남을 비난하지는 않았을 것이라 믿습니다. 유학에 도가 있다면 불교에도 도가 있고, 유학이 성인의 도를 가르치는 것이라면 결국 불교의 도와도 맞닿아 있을 것이라 믿습니다. 그래서 군자라면 감히 남을 헐뜯지 않고, 군자의 학문이라면 다른 학문을 헐뜯어서는 안 된다고 생각합니다. 그러니 군자라 자부하는 대군께서는 아무리 아녀자에게라도 함부로 다른 이나 다른 종교나 다른 학문을 헐뜯는 말을 하지 않으셨으면 합니다."

이후로 충녕은 다시는 심씨 앞에서 불교를 공격하는 말을 하지 않았다. 또한 심씨가 사찰을 드나드는 일도 간섭하지 않았다.

사실, 평소에 심씨는 고분고분하고 예의바른 여인이었다. 하지만 몇 가지 문제에 있어서는 매우 예민했다. 특히 남자라고 해서 여인을 업신여기거나 유학을 한다고 해서 불교를 경시하는 것에 대해서는 아주 단호하고 공격적인 태도를 보였다. 그럴 때면 충녕은 아내 심씨가 은근히 무섭기까지 했다.

"그나저나 어쩌다 향이가 객오에 걸린 걸꼬⋯⋯. 뭘 보고 단단히 놀란 것은 분명한데, 도통 감이 잡히지 않네⋯⋯ 음."

충녕은 그렇게 은근슬쩍 향이가 경기에 든 곡절이 있지 않겠느냐는 말로 화제를 돌린 뒤, 일어섰다. 따지고 보면 아이가 뭔가를 보고 놀라서 병이 든 것이라면 필시 어미의 책임이 아니냐는 말투이기도 했다. 하지만 심씨는 별다른 대꾸 없이 아이를 안고 어르기에 정신이 없었다.

충녕이 대문간으로 다시 나갔다. 대문은 이미 닫혔고, 곡식을 받기 위해 늘어섰던 사람들이 모두 사라지고 없었다. 충녕은 대문 바깥으로 나가 우두커니 서서 하릴없이 시선을 이리저리 던졌다.

"한 시진 안에 온다더니……."

충녕은 자신도 모르게 그런 말이 툭 튀어나왔다. 그리고 자신의 그 말에 스스로도 당황했다. 소비라는 그 여의를 기다리고 있는 자신이 한편으론 낯설고 한편으론 의아했다.

"왜지? 내가 왜 그 여의를 이렇게 애타게 기다리고 있는 거지?"

그렇게 반문하며 충녕은 자신이 소비를 기다리는 이유는 오로지 향이의 병을 하시라도 빨리 낫게 하고자 하는 마음에서 비롯된 것이라고 스스로에게 답했다. 하지만 그런 생각을 하면서도 왠지 멋쩍은 기분이 들었다. 그래서 이내 대문을 닫고 사랑채로 돌아와 서안(書案, 책상) 위에 펼쳐진 『자치통감』을 집어들었다. 하지만 글이 눈에 잘 들어오지 않았다.

충녕은 벌떡 일어나 밖으로 나가 덕출을 호출했다.

"자네는 대문 밖에 기다리고 있다가 아까 왔던 여의가 오거든 얼른 데리고 오게."

그렇게 일러놓고 충녕은 다시 『자치통감』을 보았다. 하지만 계속 같은 부분을 읽었는데 쉽게 내용이 들어오지 않았다. 그가 읽고 있던 곳은 삼국지의 적벽대전 편이었는데, 건성으로 읽은 탓에 전쟁 상황이 어떻게 돌아가는지 선뜻 기억이 나지 않았다.

그러다 결국, 충녕은 책을 덮고 벌렁 드러누웠다. 책이라면 와병 중에도 손에서 놓지 않았던 그였다. 더구나 그토록 읽고 싶어하던 『자치통감』이었다. 특히 삼국지 부분은 잠자는 시간도 아까울 정도로 흥미로운 부분이었다. 그런데 갑자기 흥미가 뚝 떨어졌다.

"여인의 몸으로 어떻게 그 젊은 나이에 그런 의술을 익혔을꼬?

그런 여인이야말로 태의가 되어야 마땅하지 않은가?"

머릿속에는 그런 물음만 맴돌았다. 그러다 문득 세 살 위의 큰형인 세자의 말이 떠올랐다.

"내가 자네하고 무슨 말을 하겠는가? 입만 열면 성인 같은 소리만 하는데, 자네와 나는 도가 다르니 내 일엔 간섭하지 마라."

충녕은 '도가 다르다'는 큰형의 말을 곱씹어보았다.

충녕의 큰형인 세자 제(양녕대군)가 그런 말을 한 것은 지난봄 3월이었다. 그달 20일에 매형 이백강의 집에서 연회가 있었는데, 세자가 이백강의 기생첩인 칠점생의 손을 이끌고 나가는 것을 보았다. 충녕은 얼른 뒤를 따라나섰다. 또 무슨 사달이 날지 알 수 없어 어떻게든 세자 형님을 만류해야 한다는 생각뿐이었다.

세자는 요즘 눈에 드는 여인만 있으면 누구든 가리지 않고 엽색 행각을 일삼고 있었다. 세자가 그런 일을 벌이기 시작한 것은 2년 전, 그러니까 갑오년(1414년) 정월부터였다. 그때 세자의 나이 스물한 살 되던 때였는데, 궁궐로 기생을 끌어들여 상간을 했다. 이후 이 일은 결국 부왕 이방원의 귀에 들어갔고, 분노한 이방원은 세자를 모시는 환관들에게 매질을 했다. 하지만 세자는 이후에 더욱 대담해졌다. 장안에서 절색이라는 기생들은 모두 찾아다니기 시작했고, 그러다 초궁장을 알게 된 것이다.

초궁장은 백부인 상왕(정종)이 사사로이 통정하던 기생이었다. 그런데 큰아버지와 상간하던 여인을 조카인 세자가 동궁으로 끌어들여 함께 지내고 있었으니, 왕실로선 부끄럽고 민망하기 짝이 없는 일이었다. 이방원이 그 사실을 알고 대로하여 당장 초궁장을 궁궐에서 내쫓고 그와 관련된 자들을 모두 추포하여 물고장을 냈다. 그런 일이 있고 난 뒤로부터 충녕은 세자가 더이상 엽색 행각을 하지 못하도록 따라다니며 간섭을 하곤 했다. 혹여 세자가 또 그런 일을 벌이면 부왕과 세자의 관계가 극도로 악화될 것이고, 그것은 곧 어머니인 모후 민씨에게 큰 근심거리가 될 것이 뻔했기 때문이다. 이미 모후 민씨는 부왕 이방원이 친정을 쑥대밭으로 만든 통에 심한 마음병을 앓고 있는 상황이었다. 그런데 만약 부왕과 세자마저 관계가 악화되어 서로 대립이라도 한다면 모후 민씨의 마음병은 더욱 깊어질 게 분명했다. 그래서 충녕은 어떻게 해서든 세자의 행동을 제지하여 부왕과 세자 사이가 나빠지지 않도록 하기 위해 단단히 마음을 먹은 터였다.

세자가 칠점생을 데리고 궁궐로 가려는 것을 막아선 충녕이 말했다.

"친척끼리 이같이 하는 것이 어찌 옳겠습니까?"

그러자 세자가 고개를 내흔들며 내뱉은 말이 그것이었다.

"도가 같지 않다…….."

충녕은 피식 웃었다. 왜 하필 이런 순간에 큰형의 말이 떠올랐을까 싶었다. 큰형은 충녕을 여자라고는 부인밖에 모르는 성인군자라고 비아냥거렸었다.

"성인군자라…….."

충녕은 자신이 정말 여자라고는 아내밖에 모르는 남자일까 하고 반문해보았다. 충녕은 고개를 가로저었다.

"형님 말대로 다만 도가 다를 뿐인 게지."

그렇듯 이런저런 생각으로 망상에 사로잡혀 있다가 충녕은 한순간 까무룩 잠이 들었다.

"대군마님! 그 여의가 왔습니다. 일어나십시오."

덕출은 몇 번이나 충녕을 불렀던 모양이다. 그래도 일어나지 않자, 안으로 들어와 충녕을 흔들어 깨웠다. 충녕은 퍼뜩 눈을 떴다. 그리고 안채로 달려가니, 소비가 와서 향이를 치료하고 있었다.

"이 약은 천남성과 용뇌를 섞어 생강즙에 갠 것입니다. 이것을 가지고 손가락으로 이렇게 아기씨의 잇몸을 문질러주시면 됩니다. 마님께서 직접 해보시겠습니까?"

소비가 시키는 대로 심씨가 약으로 아이의 잇몸을 문지르자, 아이가 소리를 내며 울었다. 따갑고 쓰라린 모양이었다. 다행히 울음소리는 매우 우렁찼다. 그리고 바르기 싫다고 손사래를 치기도 했다.

"아기씨께서 이제 기운이 많이 돌아오신 모양입니다."

"고맙네. 자네의 은혜는 잊지 않겠네."

"그래도 아직 완전히 치료된 것이 아닙니다. 제가 환약을 드릴 테니 매일 세 번씩 씹어서 모유와 함께 먹이도록 하십시오. 십 일 정도 환약을 계속 먹으면 완치될 것입니다. 그 중에 혹시라도 아픈 증세를 보이면 제게 기별을 주십시오."

"알았네. 치료비는 자네 어머니께 따로 보내겠네."

"치료비는 보내시지 않으셔도 됩니다. 다만 마음이 불편하시면 활인원에 곡식이나 조금 보태주십시오."

"알았네. 활인원에 곡식을 보내겠네."

그러자 소비가 당부할 말이 있다며 몇 마디 더 보탰다.

"그리고 당분간 아기씨는 사찰이나 성황당 같은 곳에 데려가시면 안 됩니다."

그 말에 심씨가 뭔가 찔리는 것이 있는 표정으로 물었다.

"사찰에 데려가는 것이 이 아이 병과 무슨 연관이 있는가?"

"객오는 어린아이가 평소에 보지 못하던 물건이나 형상에 놀라걸리는 병입니다. 그런데 사찰엔 사천왕과 같은 무서운 형상이 있을 뿐 아니라 평소 보지 못하던 부처상이 있으니, 아기씨가 다시놀랄 수 있습니다."

그러자 심씨는 눈물을 글썽이며 말했다.

"결국, 내가 이 아이를 병들게 한 것이구나. 두 돌 되기 전날에아이를 사찰에 데려갔는데, 그것이 화근이었구나. 이를 어쩌면 좋겠는가."

"아마도 아기씨께서는 심(心)이 여린 듯하니 천둥 치고 벼락 치는 날에도 조심해야 할 듯합니다."

"알았네, 자네 말을 가슴 깊이 새기겠네."

"그럼 소인은 이만 가보겠습니다."

소비가 간 뒤에 심씨가 충녕에게 말했다.

"의술만 뛰어난 것이 아니라 심성도 아주 착한 여인이네요. 대군께서 혹여 훗날 첩을 두시려거든 저런 여인을 얻으면 잘 어울리겠습니다."

그 말에 충녕은 당황스러운 표정으로 말했다.

"첩은 무슨 첩을 얻는다는 게요? 부인은 별말씀을 다 하시오."

그러자 심씨가 싱긋 웃으며 충녕을 슬쩍 쳐다보더니 말없이 돌
아누워서 향이에게 젖을 먹였다.

6. 미궁 속에서

눈발이 날리고 바람이 제법 매서웠다. 아직 동짓달도 되지 않았는데, 북풍이 예사롭지 않은 것을 보니, 올겨울 추위가 만만치 않을 듯했다. 중례는 어둠이 깊이 내릴 때까지 기다렸다 집을 나섰다. 이종사촌형 박학지의 집을 방문할 땐 늘 그랬다. 비록 사촌 관계라 하더라도 오작인의 천한 신분으로 드러내놓고 중앙 관리의 집을 마음대로 드나들 수는 없는 노릇이었다.

아버지 노상직이 의주 목사를 죽인 살인자로 죽은 뒤, 중례의 가족은 모두 연좌되어 관노비 신세가 되었다. 6년 전, 그러니까 경인년(1410년) 2월이었다. 중례는 한 해 전에 열다섯의 나이로 생원시에 합격하였고, 그해 봄에 성균관 입학례를 앞두고 있었다. 그런데 청천벽력 같은 소식을 들은 것이다. 의주 판관으로 나가 있던 아버지 노상직이 살인죄로 평양 감영 옥사에 갇혀 있다는 것이었다. 놀랍게도 노상직이 살해한 인물은 상관으로 모시고 있던 의주 목사 윤철중이었다.

아버지가 살인죄로 평양 감영에 갇혀 있다는 소리를 듣고 중례는 머릿속이 하얘졌다. 아버지가 살인을 저지른 것도 믿을 수 없는 일인데, 피해자가 윤철중이라는 것이 납득이 되지 않았다.

노상직과 윤철중은 한 스승 밑에서 수학한 사형사제지간이었다. 두 사람은 사부학당 시절부터 함께 공부했고, 성균관에서도 함께 지냈으며, 과거 동년(同年, 같은 해에 함께 과거에 합격한 사이)이기도 했다. 윤철중이 갑과 1등으로 장원이 되고, 노상직은 병과로 합격했다. 이후로 관계가 더욱 돈독해져 친형제나 다름없이 지냈다. 두 사람 다 외동으로 자라 형제가 없던 탓에 서로를 형제처럼 여긴 것이다. 그런 까닭에 노중례도 윤철중을 백부라고 불렀다.

관가에 진출한 이후 두 사람은 같은 관청에서 근무하길 학수고대했지만, 쉽게 이뤄지지는 않았다. 그러다 윤철중이 의주 목사로 나가기 전에 비로소 두 사람은 교서관에서 판교(정3품)와 교리(종5품)로 함께 근무했고, 이후 윤철중이 의주 목사로 발령나자, 노상직을 판관으로 발탁하여 데리고 갔던 것이다. 그런데 그렇듯 믿고 따르며 형님으로 모시던 윤철중을 아버지가 살해했다는 사실이 도저히 믿기지 않았다. 분명히 누명을 썼거나 어떤 음모에 휘말린 것이 분명하다고 생각했다.

중례는 청지기를 앞세우고 급히 평양 감영으로 달려갔다. 그런데 감영에 도착하자 더욱 놀라운 일이 벌어져 있었다. 아버지가 살인을 인정하는 유서를 써놓고 옥사에서 자진을 했다는 것이다. 중례는 아버지의 시신을 확인하고 유서의 진위 여부도 가려보려 했지만, 감영에선 어림도 없는 일이라며 그를 옥사에 근접도 못하게 했다. 아버지가 남긴 유서는 물론이고 아버지의 시신조차 볼 수 없었다. 그래서 아버지와 동문수학한 사람들에게 도움을 청해보려 했지만, 그 역시 전혀 불가능했다.

노상직과 윤철중의 스승은 왕비 민씨의 아버지 여흥 부원군 민제였다. 그런 까닭에 민제의 제자들 중에 노상직과 막역한 사이가 여럿 있었다. 그중에는 민제의 아들 민무구도 있었고, 이무, 조희민, 강사덕 같은 권력자들도 있었다. 그런데 그들은 모두 임금의 눈 밖에 나 죽거나 유배되는 처지가 되었다. 몇 해 전에 민무구 형제의 옥사가 벌어지는 바람에 민무구와 친분이 있던 사람들은 모두 숙청되었다. 그나마 윤철중과 노상직이 무사했던 것은 의주에 지방관으로 가 있던 덕이었다. 그러니 권좌에 앉은 사람 중에 중례가 도움을 청할 마땅한 사람이 있을 리 없었다.

중례가 그렇듯 백방으로 도움 청할 사람을 찾는 사이 설상가상으로 어머니마저 쓰러지고 말았다. 남편 노상직이 살인죄로 갇혔다는 말을 듣고 혼절한 뒤에 제대로 잠도 못 자고 음식도 삼키지 못한 그녀는 쓰러진 후 중풍 증세를 보였다. 그리고 그로부터 두 달도 못 돼 그만 죽고 말았다. 중례는 졸지에 아버지에 이어 어머니까지 잃고 말았다.

그런 상황에서 죽은 노상직에 대한 심리는 일사천리로 진행되었다. 비록 노상직은 죽고 없었지만, 노상직이 상관을 죽인 살인죄를 저질렀기 때문에 심리는 계속되었던 것이다. 1심은 당시 평안 감사였던 정재술이 맡았는데, 정재술은 노상직이 윤철중을 살해한 증거가 명백하고, 스스로 자백한 유서까지 남긴 후 자살하였다며 살인죄를 적용하는 것이 마땅하다는 판결을 내렸다. 이어 정재술이 올린 판부(판결문)는 형조로 올라갔고, 형조에서 역시 같은 내용의 판부를 작성하여 임금에게 올렸다. 그리고 이윽고 참형이 결정되어 노상직은 시신 상태에서 목이 잘렸고, 중례는 그때서야 비로소 아버지의 시신을 수습하여 장례를 치를 수 있었다.

노상직에 대한 심리는 불과 반년 만에 이뤄졌는데, 이는 유례없이 빨리 진행된 것이었다. 여느 살인사건이었다면 기본적으로 심리가 3년 이상 걸리기 마련인데, 노상직 사건의 경우는 이미 범인이 자결하고 없는 상태여서 그런지 몰라도 지나치게 빨리 진행되었다. 거기다 참형의 집행도 임금의 결정이 떨어지기 무섭게 바로 이뤄졌다. 그리고 노상직의 참형에 이어 가족들에게 연좌형이 떨어졌다. 아버지 노상직의 재산은 모두 몰수하고 2남 1녀의 자녀들은 모두 공노비로 삼는다는 내용이었다. 그래서 중례는 한성부, 남동생 상례는 전라도 수군, 막내이자 여동생인 재희는 해주 감영으로 뿔뿔이 흩어지고 말았다.

노중례는 어금니를 콱 깨물며 걸었다. 상례와 재희는 어떻게 살고 있는지, 살아 있기는 한 것인지 하는 생각이 들자, 콧날이 시큰거렸지만 애써 눈물을 참았다. 그러다 박학지의 집에서 멀지 않은 곳에 있는 옛집의 솟을대문을 보자, 그만 자신도 모르게 흑흑 소리를 내며 울음이 울컥 쏟아졌다.

그 집은 조부께서 송도(개성)에서 한양으로 옮겨올 때 지은 것이었다. 노중례는 한참 동안 대문을 망연히 바라보았다. 대문을 열지 않더라도 집안의 모습이 눈앞에 훤히 그려졌다. 대문을 열면 마당이 드러나고 양쪽으로 행랑채와 창고가 늘어서 있었다. 그리고 다시 중문을 열고 들어가면 정면엔 안채가 보이고, 오른쪽엔 사랑채, 맞은편엔 곡간과 부엌이 있었다. 안채 중심엔 대청이 있고, 대청 오른쪽엔 안방이 있었으며, 대청 왼쪽엔 건넌방들이 여러 개 있었다. 그 건넌방의 맨 안쪽에 큰 방이 하나 있고, 그 옆으로 나란히 방이 셋 더 있었다. 원래 안방은 조부와 조모가 머물렀고, 건넌방의 큰 방엔 부모님이 생활했다. 그리고 그 옆으로 붙은 작은 방들을 세 남매가 썼다. 그러다 조부와 조모가 돌아가신 뒤엔 안방은 부모님이 썼고, 건넌방의 제일 큰 방은 중례가, 작은 방들에는 상례와 재희가 머물렀다.

안채 뒤에는 뒷마당이 있었는데, 그곳에 있던 우물의 물맛이 아주 달고 시원했다. 우물 위에는 큰 느티나무가 한 그루 있었는데, 여름날이면 상례와 함께 그 아래 평상에 누워 더위를 식히곤 했었다. 때로는 거기 누워 있다 까무룩 잠이 들 때도 있었는데, 그럴 때면 짓궂은 상례가 차가운 우물물을 바가지에 떠 와 손가락으로 탁탁 튕겨서 잠을 깨웠다. 깜짝 놀라 일어난 중례가 혼을 낼라치면 상례는 깔깔대며 안채로 달아나곤 했다.

중례는 아직도 뒤뜰에 가면 상례가 깔깔대며 뛰어다니고 있을 것만 같아 또다시 울음이 울컥울컥 솟구쳤다. 중례는 눈물을 훔치며 몇 번이나 다짐했다. 언젠가는 꼭 그 집을 되찾아 동생들과 함께 살겠다고.

중례의 옛집에서 박학지 집까지의 거리는 몇십 보밖에 되지 않았다. 박학지의 어머니는 중례의 큰이모였다. 어머니에게는 형제가 많았다. 무려 11남매였고, 그중 아들이 둘이고 딸이 아홉이었다. 어머니는 그중 막내로 아홉째 딸이었고, 학지의 어머니는 11남매의 맏이였다. 두 자매는 나이 차이가 무려 스무 살이나 되었고, 그런 까닭에 중례의 어머니는 맏언니를 어머니처럼 따랐다. 더구나 11남매 중에 두 자매만이 개성에서 한성으로 이사를 왔기에 중례의 어머니는 큰언니에게 더욱 의지했다. 하지만 큰이모는 중례가 열 살이 될 때쯤 한성에 염병이 돌아 그만 죽고 말았다. 그때, 일곱 명의 자녀 중에 다섯 명이 염병에 걸려 목숨을 잃고, 남은 사람이 학지와 막내 여동생 하나뿐이었는데, 여동생이 개성으로 시집가는 바람에 한성엔 학지밖에 없었다.

학지는 비록 중례 어머니의 조카였지만, 나이는 오히려 중례 어머니보다 두 살 많았다. 그래서 벌써 나이가 마흔을 넘긴 지 3년이나 되었다. 하지만 벼슬은 높지 않았다. 서른 중반에야 겨우 문과 병과로 합격하여 9품으로 벼슬살이를 시작하였고, 이런저런 한직을 돌다 작년까지 충청도 고을에서 현감을 지낸 후, 운좋게 줄이 닿아 형조 좌랑이 되어 도성으로 돌아왔다.

"이모부의 판부와 윤철중의 검안서를 어렵게 찾았네. 하지만 이모부가 남긴 유서는 찾지 못했네. 판부를 가져올 순 없어서 필사를 하여 가져왔네. 그러니 자네가 가져가서 자세히 살펴보고 내가 도울 일이 있으면 다시 말해주게."

중례가 박학지에게 아버지의 판부와 윤철중의 검안서를 찾아봐달라고 한 것이 벌써 1년 전이었다. 그때 중례는 학지가 형조 좌랑이 되어 도성으로 돌아왔다는 소식을 듣고 달려와서는 아버지의 판부와 윤철중의 검안서를 꼭 찾아봐달라고 청을 넣었었다. 하지만 박학지는 그때 막 형조의 일을 맡은 터라 중례의 청을 들어줄 엄두를 못 냈다. 더구나 박학지의 근무지는 형조의 분도관(훗날의 장례사)이었다. 형조는 상복사, 고율사, 장금사, 분도관 등 네 개의 부서로 나눠져 있는데, 상복사는 지방관이 올린 판부를 검토하고 2심을 맡아 재판을 진행하는 곳이고, 고율사는 법령과 사건 조사를 하는 곳이며, 장금사는 형벌과 옥사에 관한 일을 맡고 있었다. 그리고 마지막 분도관은 노비의 호적을 다루는 곳이었다. 그 때문에 분도관 좌랑인 박학지가 노상직의 판부와 윤철중의 검안서에 접근하기는 쉽지 않았다. 판부는 상복사에서 관리하고 검안서는 고율사에서 관리하고 있었기 때문이다.

"형님, 어떻게 판부와 검안서를 필사했습니까? 쉽지 않았을 텐데요."

"자네도 알다시피 이제 나도 형조 밥을 먹은 지 1년을 넘기지 않았나. 그러니, 녹사나 서리 따위를 구워삶는 일 정도는 어렵지 않게 되었네. 사실, 나도 이모부 사건이 여러모로 개운치 않았네. 그래서 판부를 자세히 살펴봤는데, 나로서는 별다른 특이점을 발견할 수 없었네. 자네가 좀더 자세히 살펴보게. 포청에서 여러 사건을 많이 경험했으니, 자네가 판부와 검안서를 직접 살펴보면 혹 이제껏 몰랐던 것들을 새로 발견할 수도 있지 않겠나."

중례는 곧 학지에게서 판부와 검안서를 건네받아 집으로 와서 밤새 살폈다. 학지가 형조에서 필사해 온 판부는 당시 평안 감사였던 정재술이 작성한 것이었다. 형조에서 작성한 판부도 살펴보았는데, 내용이 거의 같아서 정재술의 판부만 필사했다고 했다. 정재술의 판부와 함께 필사해 온 윤철중의 시신에 대한 검안서는 정재술 휘하의 도사 한문수가 작성한 것이었다. 검안서는 본래 사건이 발생한 지역의 수령이 작성하게 되어 있으나 살해된 사람이 의주 수령이다보니, 평양 감영에서 직접 검안서를 작성하게 된 것이라고 기록되어 있었다.

중례는 판부와 검안서를 바탕으로 사건 당시의 상황을 재현해보았다.

경인년(1410년) 정월 20일, 사정(巳正, 오전 10시)경에 의주 책방 오치수가 등청하지 않는 윤철중의 처소로 갔다가 방에서 엎어진 채 쓰러져 있던 윤철중을 발견했다. 발견 당시 윤철중은 이미 사망한 상태였다.

오치수는 이 사실을 급히 판관 노상직에게 알렸고, 노상직은 곧장 평양 감영에 보고했다. 이후, 평양 감영에서 직접 도사 한문수를 의주로 보내 사건을 조사하기 시작했다. 조사 과정에서 한문수의 지휘 아래 검시를 했는데, 검시 결과 윤철중은 비상(砒霜, 비석에 열을 가하여 승화시켜 결정 상태로 만든 독극물)에 의해 독살된 것으로 판명되었다.

윤철중이 독살된 것이 확인되자, 한문수는 윤철중의 주변인들을 상대로 탐문 수사를 하였고, 그 과정에서 판관 노상직이 피의자로 체포되어 감영으로 압송되었다.

노상직이 윤철중을 살해한 범인으로 지목된 이유는 노상직의 방에서 비상이 발견되었기 때문이다. 이후 정재술이 직접 노상직을 신문했는데, 노상직은 범행 일체를 강력하게 부인했다. 또한 비상이 왜 자신의 방에서 나왔는지도 모른다고 하였다. 그래서 감영 옥사에 가둔 채 신문을 지속했는데, 그 과정에서 노상직이 유서를 써놓고 옥사에서 목을 매고 자살해버린 것이다.

노상직의 유서에 따르면 노상직이 윤철중을 살해한 이유는 중국 상인과 벌인 밀거래 때문이었다. 노상직은 의주 판관의 직위를 이용하여 윤철중 몰래 중국 상인과 밀거래를 벌이고 있었는데, 그 사실을 윤철중이 알고 캐묻자, 결국 윤철중을 살해하여 자신의 비리를 감추고자 했다는 것이었다.

하지만 노상직이 남겼다는 유서는 사라지고 없었다. 필사본 판부와 검안서를 건네받을 당시에 박학지에게 유서에 대해 물어보았지만, 박학지 역시 유서는 찾지 못했다고 했다.

"유서를 찾았다면 서체라도 확인할 수 있으련만……."

중례는 안타까운 마음에 그렇게 중얼거렸다. 사실, 노상직이 윤철중을 죽인 살인범으로 확증된 것은 유서 때문이었다. 그런데 정작 그 유서는 사라지고 없으니, 아버지의 결백을 증명할 길이 사라져버린 셈이었다.

중례는 절망감에 사로잡혔다. 아버지의 판부와 윤철중의 검안서를 보기만 하면 뭔가 아버지의 결백을 증명할 방법을 찾을 수 있을 것으로 확신했는데, 판부와 검안서를 본 뒤에 오히려 더 막막해졌다. 판부의 내용으로만 본다면 아버지가 윤철중을 죽인 살인범이라는 것은 빼도 박도 못하는 사실이었다.

"도대체 아버지가 왜?"

그렇게 반문하며 중례는 아버지가 윤철중을 죽인 살해 동기에 대해서 다시 생각해보았다. 도대체 아버지는 중국 상인과 왜 밀거래를 했으며, 그 밀거래 품목은 무엇이었을까? 그러고 보니, 밀거래를 했다는 말만 있지 구체적으로 무엇을 밀거래했는지는 판부에 없었다. 또한 밀거래를 몇 번이나 하고, 얼마의 이익을 취했는데, 그렇게 취한 이익금은 어떻게 했는지도 전혀 언급되지 않았다.

돌이켜보니, 노상직이 죽은 이후 중례는 아버지의 유품조차도 보지 못했다. 당시만 하더라도 중례는 이제 겨우 갓 열여섯 살밖에 되지 않은 소년이었다. 세상 물정을 몰랐을 뿐 아니라 살인사건과 같은 그런 험악한 사건 앞에서 무엇을 해야 할지 감조차도 잡을 수 없었던 때였다. 거기다 설상가상 어머니마저 건강을 잃고 쓰러져 병상에 누웠다가 허망하게 세상을 떠버렸고, 주변에선 하나같이 살인자의 종자라고 상종조차 하지 않았다. 그런 가운데 갑자기 연좌형이 내려져 공노비 신세가 되어버렸으니, 그가 아버지 사건에 대해 제대로 대처하지 못한 것은 당연했다.

"그래도 내가 좀더 영악했더라면……."

중례는 그런 후회가 밀려들었다. 비록 열여섯 살밖에 되지 않았지만, 그때 그는 당당히 생원시에 합격할 정도로 문리를 깨친 선비였다. 글줄깨나 읽었고, 세상을 알 만큼 안다고도 생각했었다. 그런데 막상 그런 일에 직면하자, 바보처럼 아무것도 하지 못했다는 것이 너무나 후회스러웠다.

그렇게 몰수당할 재산이었다면 집을 팔고 가산을 정리해서라도 아버지의 결백을 밝히는 데 사용했어야 했다. 뒷구멍으로 돈을 넣어서라도 정재술을 만나보았어야 했고, 형조의 관리를 매수해서라도 진작 아버지의 유서를 살펴봤어야 했다. 오작인이 된 뒤에야 안 일이지만 조선에서 일어난 모든 재판 뒤에는 그런 협잡과 비리가 판을 쳤다. 물론 그 비리의 중심엔 돈이 있었다. 중례는 돈 한 푼 제대로 쓰지 못하고 살인자의 자식이 되어 노비 신세로 살게 된 자신이 너무나 한심하게 여겨졌다.

"세상천지가 어떤지도 모르고, 그까짓 책 몇 권 읽었다고 거들먹거리고 다녔으니……."

중례는 당시의 일을 떠올리면 떠올릴수록 자꾸 자괴감만 들었다. 유학 경서 몇 권 읽고 생원시에 합격한 뒤에는 세상에서 가장 똑똑한 놈이라도 된 양 행세했는데, 정작 자신 앞에 닥친 불행 앞에선 손가락 하나 제대로 움직이지 못하고 나락으로 떨어졌다는 생각에 절망감만 찾아든 것이다.

중례는 그날 이후 며칠 동안 잠도 자지 않고 식음도 전폐한 채 방바닥에 시체처럼 널브러져 있었다. 그간 지푸라기처럼 붙잡고 있던 희망의 끈이 완전히 사라졌다고 생각하니 앞이 캄캄하여 아무런 의욕도 생기지 않았다. 이제 아버지의 결백을 증명할 길도 없고, 가문을 다시 일으킬 방도도 모두 사라졌다. 오직 그런 절망감에만 사로잡혀 하염없이 누워 있다보니, 손가락 하나도 까닥할 수 없었다. 그러다 한순간 아주 깊은 잠에 빠져들었다. 이후로 꿈인지 생시인지 알 수 없는 상황이 이어졌다. 아버지를 만나 그간의 사연을 모두 듣고 온 듯도 했고, 동생들을 만나 함께 춤추고 노래하며 잔치를 즐긴 듯도 하였다. 그런 가운데 희미하게 들려오는 목소리가 있었다.

"정신 좀 차려보시오."

하지만 중례는 여전히 꿈결에서 헤어 나오지 못했다.

"눈을 좀 떠보시오."

그 소리에 중례는 겨우 눈을 떴다.

"이제 정신이 좀 듭니까?"

"뉘시오?"

"일전에 만났던……."

"아, 그……."

소비였다.

"어떻게 낭자께서……."

"제가 지난번에 급히 가느라 전하지 못한 말이 있어 한성부에 다시 갔다가 서리께서 집을 가르쳐주셔서 왔는데 쓰러져 있길래……."

"내가 며칠이나 이렇게 누워 있었습니까?"

"서리께서 하시는 말씀이 닷새는 보이지 않았다고 하더이다. 그간 아무것도 먹지 않고 잠만 잤던 모양인데, 무슨 괴로운 일이라도……."

"아니, 그저……."

"침을 놓아 일시적으로 정신은 들게 해뒀지만, 몸을 추스르자면 뭐라도 먹어야 하오. 우선 물부터 마시고, 죽을 쑤어놓았으니 배를 채워야 합니다. 원기 회복에 필요한 환약을 좀 놓고 갈 테니 식후에 드시오. 그리고 잠이 오면 다시 푹 주무시오."

"고맙소, 낭자. 이 은혜를 어떻게……."

"은혜는 무슨 은혜랍니까? 죽 한 그릇 쑨 것이 전부인데요. 참, 그리고 저희 스승님께서 한번 보자고 하시더이다."

"무슨 일로 저를……."

"의술을 배울 의향이 있으면 오라 하시더이다."

"제가 의술을요?"

소비는 그 물음에 잠시 말없이 중례를 물끄러미 쳐다보다, 말했다.

"스승님께서 누구에게 의술을 가르치고자 욕심을 낸 것은 이번이 처음이십니다."

중례는 잠시 생각에 잠겼다가 고개를 끄덕였다.

"알겠습니다. 스님께 조만간에 시간을 내서 꼭 찾아뵙겠다고 전해주시오."

소비가 간 뒤에 중례는 그녀가 시킨 대로 물도 마시고 죽도 먹은 뒤, 환약까지 챙겨 먹고 다시 깊은 잠에 빠졌다. 그리고 다시 일어났더니 새벽이었다. 소비가 자신의 집을 찾아와 침으로 정신을 깨우고 죽을 쑤어 차려놓고 간 것이 꿈인지 생시인지 헷갈렸다. 그래서 주변을 둘러보니, 물그릇이며, 죽이며, 환약이며 하는 것이 실제로 있었다.

"꿈은 아닌 것이 분명한데……."

그렇게 뇌까리며 중례는 소비가 던져놓고 간 제안을 생각해보았다.

"의술을 배운다?"

그렇지 않아도 지난번 검시 후에 충격을 받고 의서를 구해서 봐야겠다는 생각을 했다. 소비의 놀라운 의학 지식을 접하고는 스스로가 너무나 초라하게 느껴진 탓이었다. 하지만 생각만 했을 뿐 의서를 직접 구해서 보지는 못했다. 책값이 워낙 비싸서 사 보는 것은 물론이고 빌려 볼 엄두도 낼 수 없었다. 그래서 혹 활인원의 그 스님에게 다짜고짜 떼를 쓰면 의서를 구할 수 있지 않을까 하는 생각도 했다. 그래서 조만간 시간을 내서 활인원을 방문해볼 마음도 품었다. 하지만 마음만 가졌을 뿐 쉽사리 실행으로 옮기지는 못했다.

"이제 와서 의술을……."

중례는 고개를 내저었다. 그간 그토록 오작 일에 열심을 냈던 것도 결국은 아버지의 결백을 밝히겠다는 일념 때문이었다. 그런데 아버지의 결백을 밝힐 방도가 완전히 사라졌다고 생각하니 모든 것이 쓸모없게 여겨졌다.

중례는 방문을 열어젖혔다. 그러자 동짓달의 차가운 바람이 얼굴을 할퀴듯이 덮쳐왔다. 순간 몸이 와르르 떨리고 정신이 번쩍 들었다. 그는 반사적으로 문을 닫고 이불로 몸을 감쌌다. 그러고 나니 갑자기 생기가 돌았다. 동시에 배가 고팠다. 그는 허겁지겁 남은 죽을 먹기 시작했다.

가끔은 그렇게 냉기와 허기가 생의 욕구를 되찾아주곤 했다. 따지고 보면, 하루아침에 종놈 신세가 된 그에게 살아야 되겠다는 마음을 불러일으킨 것도 허기였다. 열여섯 살이면 한창 성장할 때라 그런지 늘 배가 고팠다. 하지만 하루에 한끼도 제대로 먹지 못하던 시절이었다. 관청에선 끊임없이 일을 시켰지만, 먹을 것은 스스로 해결해야 했다. 그래서 무슨 일이든 해야 했다. 염장이를 거들며 시신을 닦아주는 일이든, 죽은 태아를 버려주는 일이든 밥이 되는 일이면 닥치는 대로 해야 했다.

노비가 된 뒤에 무려 1년여 동안 관청 헛간에서 잠을 자야 했다. 재산이 몰수되고 노비 신세가 되고 나니, 몸 뉘일 방 한 칸이 그렇게 절실했다. 방 한 칸 딸린 초가를 세낼 처지라도 된 것은 노비 신세가 된 지 2년쯤 지나서였다. 2년이란 세월은 그럭저럭 오작인 일도 몸에 익게 하고, 노비로 사는 법도 가르쳤다. 그렇게 되기까지 늘 그는 찬바람을 피할 수 있는 곳이면 어디서든 잤다. 그래서 늘 따뜻한 구들방이 그리웠다. 냉기만 없는 곳이라면 남의 집 부엌이라도 마다하지 않고 잤다.

돌이켜보면 그간 중례에게 삶을 가르친 것은 허기와 냉기였다. 그 누구도 그 어떤 책도 허기와 냉기만큼 뛰어난 선생은 되지 못했다.

그런 지난날들이 스쳐가자, 중례는 다시 생기가 솟는 것 같았다. 그 시절에 비한다면 지금의 절망감은 그저 사치에 지나지 않는 것이란 생각이었다.

"그래, 의술을 익혀보자. 그러면 혹 새로운 길이 보일지도 몰라."

중례는 그런 말로 자신을 위로하며 힘을 냈다.

7. 길 위의 왕자 충녕

충녕은 노대에게 말고삐를 잡게 하고 집을 나섰다. 노대는 청지기 오갑수의 아들인데, 몸이 단단하고 발이 빨랐다. 또한 말귀도 잘 알아듣고 입이 무거워 충녕은 늘 그를 믿음직스럽게 생각했다.

"오늘은 서활인원으로 가자."

이틀 전에 오갑수를 시켜 서활인원에 곡식을 보냈었다. 소비가 아들 향을 고쳐준 것에 대한 보답이었다. 오갑수에게 곡식을 보내면서 탄선과 약속을 잡아 오라고 했더니, 이틀 뒤가 좋겠다고 전해와서 활인원을 방문하는 길이었다.

말 위에 앉은 충녕은 머리가 복잡했다. 요 며칠간 벌어진 일 때문에 영 심사가 편치 않았다. 세자가 집으로 들이닥친 것이 사흘 전이었다. 세자는 잔뜩 화가 나서 충녕을 보자마자 윽박지르듯 소리쳤다.

"자네가 종들을 시켜 이오방을 잡아다 매질을 했는가?"

이오방은 세자가 좋아하는 악공이었는데 몇 년 전부터 세자에게 기생을 소개하는 역할을 하고 있었다. 그래서 세자가 매우 총애하는 통에 동궁을 제집 드나들듯 하는 자였다. 충녕은 언젠가는 한번 놈을 물고장을 내고 말리라고 벼르고 있다가 며칠 전에 노대를 시켜 이오방을 잡아오게 했다. 충녕이 이오방을 잡아오게 한 것은 기생 칠점생 사건 때문이었다. 지난번 이백강이 베푼 연회에서 세자가 이백강의 기생첩 칠점생을 동궁전으로 데려가 취하려다 충녕의 제지로 뜻을 이루지 못했는데, 그뒤에 이오방이 몰래 칠점생을 데리고 동궁전으로 들어가 기어코 세자에게 바쳤다. 이 말을 듣고 충녕은 이오방이 다시는 그런 짓을 못하게 하기 위해 겁을 주려 했다.

"네놈이 겁없이 일국의 세자를 농락하고 타락시켜 나라를 혼란에 빠트리고 있으니, 이 나라의 왕자로서 너를 더는 두고 볼 수 없다."

충녕이 이오방을 노려보며 노기어린 음성으로 그렇게 말했지만, 이오방은 별로 주눅든 기색이 없었다.

"소인은 그저 세자 저하의 명을 따랐을 뿐입니다요. 소인이 무슨 힘이 있어 세자 저하의 명을 거역하겠습니까요?"

이오방이 그렇게 뻣뻣한 태도를 보이자, 옆에 섰던 노대가 이오방의 배를 걷어찼다.

"네놈이 동궁전을 함부로 출입하더니, 간이 배 밖에 나왔구나!"

이오방이 배를 싸안고 소리쳤다.

"에구구, 나 죽네!"

하지만 충녕은 거기서 멈추지 않았다.

"저놈을 매로 쳐라!"

그 말에 노대가 매질을 하자, 이오방이 죽는다며 비명을 질러댔다. 충녕이 매를 멈추게 하고 말했다.

"이후로 네놈이 또다시 동궁에 기생을 소개했다는 소리가 들리면 그때는 이 정도로 끝나지 않을 것이야. 알겠느냐?"

"알겠습니다요, 대군마님, 다시는 그런 짓을 하지 않겠습니다요."

이오방에게 그렇게 다짐을 받아뒀지만, 그길로 이오방이 동궁으로 달려가 충녕에게 매질을 당했다고 고했던 모양이다. 그 말을 듣고 세자는 분이 나서 얼굴이 뻘겋게 달아올라 있었다.

"왜 이오방에게 매질을 했는가?"

그러자 충녕이 정색을 하고 되물었다.

"저하께서는 어째서 일국의 세자가 되어서 그런 자와 어울려 난잡한 행동을 일삼으십니까?"

"뭐라? 난잡한 행동? 지금 말 다 했는가?"

"그러면 칠점생을 동궁으로 끌어들인 것이 난잡한 행동이 아니란 말씀이십니까?"

"그러고 보니, 자네가 나를 감시하고 있는 게로군. 어째서 나의 일거수일투족을 그렇듯 잘 아는가? 내가 기생을 취하든, 후궁을 들이든 그게 자네하고 무슨 상관인가?"

"왜 상관이 없습니까? 저하께서 그런 일을 하시면 아바님께서

분노하시고, 어마님께서 근심하실 것을 왜 모르십니까? 거기다 칠
점생이 누구입니까? 칠점생은 매부의 첩입니다. 첩도 엄연히 아내
인데, 친척으로서 매부의 아내와 동침을 한단 말입니까?"

"누가 칠점생이 매부의 첩이라 하던가? 칠점생은 그저 장안의
기생 중 하나일 뿐일세. 장안의 사내치고 칠점생과 놀지 않은 자가
몇이나 된단 말인가?"

"저하께서 그저 장안의 필부와 같습니까? 저하께서는 장차 이
나라를 다스릴 국본이십니다. 국본께서 어찌 그런 망측한 일을 한
단 말입니까? 신하와 백성들에게 부끄럽지도 않습니까?"

"국본은 사내가 아닌가? 그리고 상왕께서도 한때 기생을 첩으
로 두셨고, 부왕께서도 십여 명의 후궁을 두셨는데, 나는 왜 기생
을 취해서도 안 되고 후궁을 둬서도 안 된단 말인가?"

"그 일로 어마님께서 그토록 마음고생을 하시는 것을 보고 계시
지 않습니까? 자식 된 도리로 어마님께 또다시 그런 아픔을 드려
야 하겠습니까?"

"누가 들으면 자네야말로 천하의 효자라고 하겠구만. 그래, 자
네는 효자 하시게. 나는 이대로 살겠네. 그러니 내 일에 간섭하지
말란 말일세. 그리고 또다시 나를 감시하거나, 내 행실을 아바님께
일러바치거나, 내 사람을 잡다 매질을 하는 일이 있으면 나도 더
이상 참지 않을 걸세. 두고 보게나!"

세자는 그렇게 말하고는 휙 돌아서 가버렸다.

그런데 충녕과 세자가 말다툼을 벌인 일이 모후의 귀에 들어갔
던 모양이다. 이튿날 왕비 민씨가 급히 충녕을 호출하여 말했다.

"네가 동궁이 부리는 자를 잡아다 매질을 했다는 것이 사실이냐?"

"그렇습니다."

"왜 그랬느냐?"

"이오방이란 그자가 형님을 망치고 있는 꼴을 더는 두고 볼 수 없었습니다."

"그렇다고 함부로 사람을 잡아다 매질을 해서 되겠느냐?"

"그냥 다짐만 받아두려 한 것인데, 그자의 태도가 워낙 뻣뻣하여 놔둘 수가 없었습니다."

"충녕 너에게 그런 구석이 있는 줄은 정녕 몰랐다. 거기다 세자와 말다툼까지 벌였다 하니, 참으로 걱정이구나."

"어마님, 형님을 저대로 두시면 안 됩니다. 형님 주변에 있는 한량들을 모두 쳐내고 국본으로서 더이상 부끄러운 일을 하지 않도록 막아야 합니다."

그러자 민씨가 한숨을 길게 내쉬며 충녕에게 타이르듯 말했다.

"충녕, 너의 뜻을 모르는 것이 아니다. 이 어미도 세자 때문에 늘 가슴이 조마조마하다. 하지만 그래도 네가 나서서는 안 된다. 네가 나서면 형제간에 분란만 생길 뿐이다. 그렇지 않아도 신하들 사이에 너의 행동을 두고 말들이 많다. 네가 세자의 자리를 넘본다고 하는 자들도 있다. 심지어 어떤 이는 너를 도성에서 멀리 내보내야 한다는 자도 있다."

"그것은 모두 소자의 뜻을 곡해하여 하는 말들입니다. 그런 말들이 무서워 형님의 그릇된 행동을 그대로 두고 봐서야 되겠습니까? 형님은 장차 이 나라의 국왕이 될 몸입니다. 이대로 그냥 두면 큰 사달이 날 수도 있습니다."

"네 말대로 세자는 장차 왕이 될 사람이다. 그래서 네가 나서서는 안 된다고 하는 것이다. 이 어미는 혹 세자가 왕이 된 뒤에 너를 해할까 몹시 근심스럽다. 충녕아, 왕이란 자리가 그렇다. 왕위를 지키기 위해서는 무슨 짓이든 하고, 왕의 권위에 도전하는 자는 절대 그대로 두고 보지 않는단다. 네 외숙들을 보고도 모르겠느냐? 네 외숙들이 잘못이 있어 모두 죽었느냐? 아니다. 네 외숙들이 죽은 것은 모두 네 아바님이 나를 미워하여 그렇게 한 것이다. 이 어미가 후궁들을 두고 시기하고 질투한다고 하여 그리한 것이다. 이 어미가 외숙들을 믿고 자신에게 덤빈다 하여 오로지 이 어미를 겁박하고 누르기 위해 그리한 것이다. 이렇듯 왕은 아내에게조차 불안을 느끼고 권력을 앞세우고 심하면 칼을 휘두르는 그런 사람이다. 세자라고 다를 것이 있겠느냐? 그러니 너는 자중하고 더이상 세자의 일에 간섭하지 말아라. 세자의 일은 모두 아바님과 신하들이 처리할 일이다. 네가 할 일이 아니란 말이다."

"알겠습니다, 어마님. 소자 다시는 형님의 일에 나서지 않겠습니다. 다만 걱정스러운 것은 저러다 형님과 아바님 사이에 큰 사단이라도 날까 하는 것입니다."

어머니를 안심시키기 위해 충녕은 말은 그렇게 했지만, 영 개운치가 않았다. 세자를 저대로 두면 나라에 큰 근심이 될 게 분명했기 때문이다. 굳이 동생으로서가 아니라 유학을 배우는 한 선비의 눈으로 봐도 세자의 엽색 행각은 끊어놓지 않으면 안 될 일이었다.

고래의 왕들을 상고해보건대, 젊은 시절부터 엽색 행각을 벌인 왕치고 폭정을 일삼지 않은 자가 없었다. 멀리 하나라의 걸왕과 은나라의 주왕을 거론하지 않더라도 고려조의 의종이나 충혜왕만 하더라도 나라를 어지럽히고 몰락으로 이끌고 가지 않았던가? 그러니 형을 그대로 두면 기어코 걸주에 이르지 않는다는 보장이 없었다. 그런 마음 때문에 충녕은 어두운 얼굴로 중궁전에서 물러갔다.

왕비 민씨는 충녕이 나가는 모습을 보면서 앞으로 형제간에 혹 피를 보는 일이 있지 않을까 몹시 염려되었다. 충녕은 어릴 때부터 올곧은 행동만 하는 아이였다. 부모의 말이라면 항상 따랐고, 늘 부모의 기대에 맞게 행동했다. 거기다 못 말리는 책벌레에 심성이 착하고 정의감이 남달랐다. 그래서 불쌍한 사람에게 자기 옷을 벗어 주고 오기도 했고, 불의를 보면 절대 물러서지 않았다.

하지만 민씨는 그런 충녕의 성정이 걱정이었다. 왕자의 신분으로 그런 성정을 가지고 산다는 것은 결코 쉽지 않은 일이었다. 거기다 충녕은 다재다능한 아이였다. 어릴 때부터 늘 형들보다 뛰어났다. 품성도 좋고 머리도 좋고 언변도 좋았다. 그래서 충녕이 가는 곳엔 늘 칭찬이 자자했다.

"차라리 충녕이 장남이라면……."

언젠가 민씨는 자신도 모르게 그렇게 중얼거리고는 스스로 깜짝 놀란 적이 있었다. 혹 누군가 듣지 않았을까 싶어 주변을 둘러보기까지 했다. 말이 씨가 된다는 말이 있지 않은가. 혹여 자신의 그 중얼거림이 씨가 되어 세자가 내쫓기고 충녕이 세자가 되는 일이 생긴다면 그것이 모두 자기 탓이라는 자책까지 하였다.

사실, 임금인 남편 이방원도 은연중에 그런 속내를 비친 적이 있었다. 하지만 그때 민씨는 절대 있을 수 없는 일이라고 딱 잘라 말했었다. 그때만 하더라도 세자가 저렇듯 난잡한 행동을 하고 다니지 않았다. 그저 매사냥을 좋아하여 서연을 게을리하는 정도였다. 그럼에도 남편은 세자를 몹시 못마땅하게 생각했었다. 그런데 설상가상으로 엽색 행각을 일삼고 있는 상황이라 어쩌면 남편의 생각이 더욱 충녕 쪽으로 기울어져 있을지도 몰랐다.

만약 임금이 장남 제를 세자에서 폐하고 충녕을 세자로 세운다면 장남이 앞으로 어떤 일을 겪을지 보지 않아도 알 것 같았다. 유배는 면하지 못할 것이 분명하고, 자칫하면 목숨을 잃을 수도 있겠다고 생각하니 민씨는 등골이 서늘했다. 이미 남편 이방원이 이복동생들인 방번과 방석을 죽이고, 동복형인 방간과 칼부림을 벌인 끝에 유배 보낸 것을 낱낱이 경험한 그녀였다. 장남과 충녕 사이에도 그런 일이 벌어지지 말라는 법은 없었다.

민씨는 급한 마음에 상궁을 시켜 대전으로 가겠다는 기별을 넣었다. 민씨가 대전을 찾는 것은 실로 오랜만이었다. 남편이 친정 동생 넷을 모두 죽인 이후로 스스로 대전을 찾아간 일은 없었다. 하지만 막상 자식들의 목숨이 달린 일이라고 생각하니 남편에 대한 원한 같은 것은 문제가 되지 않았다.

민씨가 스스로 대전에 발걸음을 하자, 이방원은 다소 어색하고 의아한 기색을 드러냈다.

"중전께서 어인 일로 대전에……."

남편의 달갑지 않은 표정에도 민씨는 주저하지 않았다.

"전하, 아무래도 전하께서 직접 나서서 충녕을 좀 말려주셔야 되겠습니다."

"뭘 말려달라는 겁니까?"

"들으셨습니까? 세자가 어제 충녕의 집에 가서 한바탕 말다툼을 벌였답니다."

"충녕과 세자가요?"

"충녕이 세자가 부리는 이오방이라는 악공을 잡아다 매질을 한 모양인데, 그것을 세자가 알고 충녕을 찾아가 따졌던 모양입니다."

"알았습니다. 내 충녕을 불러 단단히 일러두겠습니다."

"단단히 일러야 합니다, 전하."

"알았습니다. 그러니 걱정 마셔요."

그런 다짐을 받아두고는 민씨는 중궁전으로 돌아갔다.

"하여튼 저 성격하고는……."

이방원은 다짐을 받아두듯 하는 중궁의 말투가 몹시 거슬렸다. 민씨의 말투는 항상 단호하고 분명했다. 그녀는 두리뭉실하거나 에둘러 표현하는 일이 잘 없었다. 어떤 일에든 직설적이고 투명했으며 음흉스럽게 속내를 감추지 않았다. 거기다 합리적이고 언변도 좋았다. 이방원은 처음엔 그녀의 그런 성격이 좋았다. 하지만 왕이 된 뒤에는 그녀의 말투가 귀에 거슬리고 부담스러웠다. 전에는 자신의 판단에 도움을 주는 조언 정도로 생각했던 말들이 왕이 된 뒤부터는 이상하게 자기를 가르치고 압박하는 말로 들렸다.

"에이, 참……."

오랜만에 민씨를 보자, 갑자기 지난 일들이 한꺼번에 되살아났다. 그녀를 처음 봤을 때부터 그녀의 남동생 넷을 모두 죽일 때까지의 일들이 동시다발적으로 뇌리를 스쳐가자 이방원은 입맛이 썼다.

그녀는 스승 민제의 둘째 딸이었다. 열여섯 살에 성균관에 갓 입학했을 때, 그는 민제의 집에 갔다가 처음 그녀를 보았다. 그때 그녀는 방원보다 두 살 많은 열여덟 살이었으니, 성숙한 외모에 지성까지 갖춘 여인이었다. 그런 그녀에 비하면 그는 한낱 함경도 촌놈에 지나지 않았다. 비록 함경도에서는 전쟁 영웅 이성계의 아들로서 남부럽지 않은 그였지만 개성에서는 그저 변방 출신 시골뜨기였을 뿐이었다. 그런 까닭에 그녀를 볼 때마다 괜히 주눅이 들고 밑도 끝도 없는 부끄러움에 시달렸다.

그녀는 여느 여인들과 달리 사내 앞에서 낯을 가리지도 않고 할 말을 묻어놓지도 않았다. 늘 당당하고 분명했으며, 당찼다. 거기다 웬만한 선비보다 시도 잘 지었고, 문장도 뛰어났다. 의견이 분명하고 우유부단하거나 망설이는 경우도 없었다. 심지어 남편감도 직접 보고 자기가 결정했다. 그래서 여러 집안에서 그녀에게 사주단자를 내밀었다가 퇴짜를 맞았다. 방원의 넷째 형 방간도 그녀에게 사주단자를 넣었다가 퇴짜를 맞은 사람 중 하나였다. 그만큼 그녀는 도도하고 당돌했다.

방간이 퇴짜를 맞은 이후로 방원은 그녀에게 사주단자를 넣을 엄두를 내지 못했다. 그런데 뜻밖의 일이 벌어졌다. 민제의 집에서 방원에게 먼저 손을 내밀었다. 내막을 알아보니 그녀가 방원을 남편감으로 지목했다는 것이었다. 방원은 그녀로부터 혼담이 들어왔다는 소식을 듣고 천하를 다 얻은 듯 좋아했다.

방원은 결혼을 한 뒤에도 그녀와 함께 살고 있다는 사실이 꿈인가 싶을 때가 많았다. 그저 그녀와 함께 있는 것만 해도 좋았는데, 한 이불을 덮고 살게 되었으니, 더 바랄 것이 없었다. 그러다 하루는 그녀에게 이렇게 물었다.

"부인은 왜 나를 낭군으로 택한 겁니까?"

그러자 그녀는 망설이지 않고 이렇게 말했다.

"서방님껜 용의 기상이 있습니다."

그 말에 방원은 잔뜩 고무되어 학업에 더욱 열중하였고, 이듬해 열일곱 살로 문과에 합격하여 벼슬을 얻었다. 그리고 고속 승진하여 스물두 살에 문관의 꽃이라고 할 수 있는 전리사 정랑 자리에 올랐다. 또한 그해에 아버지 이성계가 위화도회군에 성공하여 조정의 실권자로 부상했다. 그때 방원에게 그녀가 이런 말을 하였다.

"이제 더 큰 꿈을 꾸셔야지요."

"더 큰 꿈이라면?"

"고려왕조는 이제 허깨비만 남았습니다. 언제까지 허깨비를 섬기며 살 것입니까?"

"혁명이라도 하란 말이오?"

"그러셔야지요. 망설일 일이 아닙니다."

그녀의 말에 힘입어 방원은 혁명을 위한 일이라면 어떤 일도 망설이지 않았다. 정몽주를 격살하여 고려왕조를 무너뜨릴 때도, 정도전을 죽이고 아버지 이성계를 왕위에서 밀어낼 때도, 그리고 넷째 형 방간과 혈투를 벌여 기어코 왕위를 차지할 때도 방원은 결코 주저하지 않았다. 그녀가 천군만마가 되어 뒤에 버티고 있으니 두려울 것이 없었다. 그렇게 그녀는 18년 동안 방원의 유일한 여인이자 가장 확실한 후원자였다.

하지만 그들의 아름다운 시절은 거기까지였다. 막상 왕위에 오르자, 방원은 그녀가 부담스러워지기 시작했다. 물론 그 빌미는 방원이 먼저 제공했다. 방원은 왕이 되자 왕실의 안정을 위해 후궁들을 몇 명 들였다. 물론 처음엔 순전히 왕실의 안정이 목표였다. 민씨도 방원의 뜻을 존중하여 전혀 문제삼지 않았다. 그런데 방원은 거기서 그치지 않았다. 정식 절차를 거쳐 여러 후궁을 맞이한 뒤에도 방원은 또다시 후궁들을 들였다. 그러다보니 자연스럽게 중궁에 발걸음하는 일이 줄어들었다. 그러자 왕비 민씨가 대전으로 찾아와 무서운 얼굴로 이렇게 따지고 들었다.

"성상께서는 어찌하여 예전의 뜻을 잊으셨습니까? 제가 상감과 더불어 어려움을 지키고 같이 환란을 겪어 국가를 차지하였사온데, 이제 나를 잊음이 어찌 여기에 이르셨습니까?"

그녀는 눈물까지 보이며 그런 말을 하였고, 이후엔 아예 식음을 전폐하고 분노를 드러냈다. 그녀를 분노케 한 것은 단순히 방원이 후궁을 더 들인 일 때문이 아니었다. 방원이 완전히 마음을 빼앗긴 여인이 있었는데, 그녀를 후궁으로 맞이한 것을 용납할 수 없었던 것이다. 그 여인은 왕비 민씨가 너무도 잘 아는 궁녀였다. 바로 민씨를 보필하던 중궁전 궁녀였다. 그것도 민씨의 수족이나 다름없는 여인이었다.

사실, 방원은 왕자 시절에 이미 비슷한 일을 저지른 적이 있었다. 민씨가 자매처럼 여기던 몸종을 건드려 아이를 배게 했던 것이다. 하지만 그때 민씨는 너그럽게 그 일을 받아들였다. 또한 방원이 왕이 된 뒤에 그녀를 후궁으로 삼아 효빈으로 책봉한 것도 전혀 반대하지 않았다. 하지만 이번에 또다시 자신의 수족인 신씨 성을 쓰는 궁녀(훗날의 신빈 신씨)를 후궁으로 삼은 것에 대해서는 용납하지 않았다. 이미 여러 후궁을 둔데다 신씨는 민씨가 너무나 아끼고 총애하는 궁녀였는데, 하필 그 아이를 취하여 후궁으로 삼는 남편이 너무나 야속하고 가증스럽게 여겨졌던 것이다. 거기다 신씨를 후궁으로 들인 뒤로는 아예 중궁전에 발걸음을 뚝 끊어버렸으니, 민씨의 분노가 배가되는 것은 당연했다.

어쨌든 그들 부부는 이 사건 이후 관계가 극도로 악화되었다. 민씨도 단단히 화가 났지만, 방원 역시 민씨가 투기를 한다며 무섭게 대응했다. 심지어 조정 대신들을 모아놓고 왕비의 투기가 도를 넘었다며 폐위를 운운하는 지경까지 치달았다. 방원은 민씨가 자신에게 그렇듯 방자한 태도를 보이는 것이 모두 민무구를 비롯한 처남들의 세력을 믿기 때문이라고 판단했다. 그들 처남들은 지난날 정도전과 방간의 무리를 제거할 때 사병을 동원하여 방원의 거사를 성공시킨 최대 공신들이었다.

"외척이 발호하면 왕실이 무너지는 법, 왕실이 무너지도록 내버려둘 수는 없지. 두고 봐라, 그 오만한 행동이 어떤 결과를 낳는지……."

이후 방원은 민씨의 집안을 휩쓸어버렸다. 민무구와 민무질이

어린 세자를 끼고 권력을 도모한다는 명분 아래 처남 넷을 모두 죽여버렸다. 더불어 민무구와 친밀했던 민제의 제자들도 모두 숙청해버렸다. 그들은 알고 보면 방원 자신과도 동문수학한 벗들이었지만, 전혀 개의치 않았다. 또한 민씨 집안과 친분이 있는 자들은 모두 요직에서 밀어냈고, 혹 그들 중에 작은 잘못이라도 저지른 자들은 모두 관직에서 내쳤다. 기실, 평양 감영에서 노상직이 윤철중을 죽였다는 판부가 올라왔을 때도 그들 둘이 모두 민무구와 친분이 깊은 자들이라는 사실만으로도 죽어 마땅하다고 생각하고 앞뒤 가리지 않고 판부에 수결을 했을 정도였다.

그런 지난날들이 스쳐가자, 방원은 자신도 모르게 한숨을 토해냈다. 그도 이제 옛날 같지 않았다. 그렇게 악착같은 세월의 후유증인지 몰라도 그의 몸에 병마가 찾아들었다. 잊을 만하면 이곳저곳에 종기가 솟구치는데다, 며칠 전에는 입이 돌아가는 일도 있었다. 설상가상으로 급하게 약을 지어 먹다가 졸도하는 사태까지 있었다.

"인과응보인가……."

요즘은 툭하면 회의감이 밀려들고, 다른 건 몰라도 왕비 민씨에게 너무했다는 자책감도 찾아들었다. 더구나 세자 제의 온갖 폐행으로 왕실의 위신이 추락할 대로 추락하자, 이게 모두 부부 사이의 불화 때문에 일어난 일처럼 여겨졌다.

"거기다 자식들까지……."

민씨로부터 세자가 충녕과 크게 다퉜다는 말을 듣고 나니, 개경에서 넷째 형 방간과 목숨을 걸고 시가전을 벌였던 일들이 떠올랐다.

"정말 업보인가?"

혹 충녕과 세자도 자신과 방간처럼 형제간에 혈투를 벌이는 사태가 일어나지는 말아야 한다는 생각에 방원은 먼저 세자부터 불렀다.

"충녕의 집에 찾아가서 한바탕 소란을 피웠다는 말이 사실이냐?"

그 물음에 세자가 멋쩍은 표정으로 대답했다.

"소란을 피운 게 아니라, 형으로서 따끔하게 혼을 낸 것입니다. 충녕 아우가 함부로 사람을 잡아다 매질을 했다는 말을 듣고 단지 주의를 준 것일 뿐입니다."

"충녕이 아무런 이유도 없이 매질을 했을 리는 없지 않느냐?"

"이유가 있든 없든 함부로 사람을 잡아다 매질을 하는 것은 옳지 않습니다. 어찌 아버님께서는 충녕이 하는 일이면 모두 옳다 하십니까?"

세자는 심사가 잔뜩 뒤틀려 있었다. 어릴 때부터 아버지는 늘 충녕만 두둔했다. 장남인 자신보다 충녕을 늘 믿음직스럽게 생각했고, 충녕의 이름만 나와도 만면에 웃음이 가득했다. 반대로 세자인 자신을 보는 눈은 늘 찡그려 있었고, 하는 행동마다 늘 못마땅해했다. 거기다 신하들이 모두 보는 자리에서 자신과 충녕을 비교하며 핀잔을 주곤 하였다. 언젠가 재상과 육경이 모두 모인 자리에서 충녕이 『시경』의 시를 술술 읊어대자, 대번에 그 자리에서 자신에게 '어찌 너는 이렇지 못하느냐'고 무안을 주는 통에 몹시 화가 난 적도 있었다.

"충녕이 하는 일을 모두 옳다고 하는 것이 아니라, 그 이오방이라는 놈이 너의 수족이 되어 장안의 온갖 여인들을 동궁으로 끌어들여 너를 타락시키고 있다 하니, 너를 위해 그자를 혼낸 것이 아니더냐?"

"아바님껜 세자인 저는 늘 틀렸고, 충녕은 항상 옳지요. 예, 충녕은 제가 보기에도 보통 사람은 아닙니다. 뛰어난 머리에 지극한 효성에 덕스러운 행동에 착한 마음까지 있으니, 조선 제일의 선비지요. 그러니 세인들이 모두 입이 마르도록 칭찬하지 않겠습니까? 어디 그뿐입니까? 저를 가르치는 스승님들조차 충녕이라면 칭찬과 찬사 일색 아닙니까? 그런 뛰어난 사람과 저 같은 평범한 사람이 어찌 같을 수 있겠습니까?"

그렇듯 세자가 충녕에 대한 강한 열등감을 드러내자, 방원은 은근히 걱정이 되었다. 사실, 자신이 민씨 형제들을 모두 죽인 것도 알고 보면 부인 민씨에 대한 열등감에서 비롯되었다. 젊은 시절에는 그 점을 인정하지 않았으나, 막상 지천명의 나이가 되니, 비로소 인정할 수 있는 일이었다. 열등감은 그렇듯 무모하고 잔인한 살인도 자행할 수 있는 무서운 비수였다. 그런데 세자가 그 비수를 아우 충녕에게 들이대는 상황이었다.

"세자야, 내가 너에게 유독 엄한 태도를 보인 것은 네가 미워서가 아니다. 너에게 기대하는 바가 크기 때문이다. 누가 뭐래도 너는 장차 이 나라의 왕이 될 세자다. 그런데 어찌 네가 보통 사람이겠느냐? 충녕은 책을 좋아하고 지식이 풍부하지만 마음이 넉넉하지 못하여 아량이 좁고 겁이 많아 세상을 호령할 만한 인재가 되지

못한다. 거기에 비하면 너는 호탕하고 호방하며 아량이 넓고 배포
가 크지 않으냐?"

방원은 그렇게 세자를 다독거렸다. 그 말을 듣고 세자는 기분이
좋아졌는지 금세 인상을 풀었다.

"성격이야 제가 호방하지만, 충녕 아우 또한 결코 범상치 않은
사람입니다."

"그거야 그렇지. 하지만 제왕은 학업만 뛰어나다고 될 수 있는
것이 아니며, 덕이 많다고 될 수 있는 것이 아니지 않으냐? 제왕이
란 모름지기 사람을 거느릴 줄 알고 담이 커야 하는 법인데, 그 점
에 있어서는 네가 아우보다 한 수 위라 할 수 있다."

어느새 세자의 얼굴에 웃음이 잦아들었다. 방원도 세자의 표정
이 밝아지는 것을 보고 안심이 되었다.

"그러니 세자는 군자로서 어른으로서 충녕을 다독거리고 아껴
줘야 할 것이다. 알겠느냐?"

"물론입니다. 제가 형인데, 어찌 아우를 포용할 수 없겠습니
까?"

"그래, 그럼 됐다. 나가보거라."

대전에 들어올 때와 달리 돌아가는 세자의 발걸음이 한결 경쾌
했다. 방원은 세자의 그런 모습을 보고 나자, 한숨이 쏟아졌다.

"저렇게 속내를 감추지 못해서야 어떻게 너구리 같은 정승들과
여우 같은 육경들을 상대할꼬? 쯧쯧……."

방원은 세자에 이어 충녕도 불러들였다.

"충녕아, 너는 또 어찌하여 세자의 심기를 건드렸느냐?"

"소자가 형님을 위한다는 마음이 앞서 사려 깊지 못했습니다. 용서하소서."

"앞으로 세자의 일에 절대 나서지 말거라. 굳이 네가 나서지 않아도 이 아비가 세자를 잘 단속할 것이니라. 내 약속하마."

"소자도 늘 형님의 일에 나서지 않겠다고 다짐하곤 합니다. 하지만 형님이 옳지 않은 길을 가는 것을 뻔히 보고도 차마 눈을 감을 순 없었습니다."

"네 마음을 아비인 내가 왜 모르겠느냐? 하지만 네가 나서면 형제간에 우애만 나빠질 뿐이다."

"우애에 금이 가는 일은 절대 없도록 하겠습니다."

"어허, 그 녀석 고집하고는……."

그러면서 방원은 충녕이 장남이었다면 하는 생각을 했다. 누가 봐도 자신의 아들 중에 제왕감은 충녕이었다. 그래서 가끔은 장남이 아니라고 해서 왕이 될 수 없는 것도 아니라는 생각을 하기도 했다. 따지고 보면 자신의 처지도 그랬다. 다섯째 아들로 태어났지만 아버지의 아들들 중에 제왕이 될 기상을 가진 사람은 자신뿐이라고 늘 생각했었다. 그런데 아버지는 계모 강씨의 아들 방석을 세자로 삼았었고, 방원은 결코 그것을 용납할 수 없어 기어코 아버지를 밀어내고 왕위를 차지했다.

"『대학연의』를 보느냐?"

방원은 은근히 충녕의 속내를 떠보려 했다. 『대학연의』는 제왕의 국가경영법을 서술한 책이었다.

"가끔 봅니다."

방원은 잠시 충녕의 얼굴을 지그시 바라보다 말했다.

"알았다. 그만 가보거라."

충녕은 여전히 부왕의 어제 그 표정을 잊지 못했다. 마음 한구석이 찜찜하기도 하고, 설명할 수 없는 야릇한 감정이 생기기도 했다. 그 때문에 밤새 잠을 설치고 아침이 되어서도 쉽게 그 느낌에서 벗어날 수 없었다.

활인원으로 가는 도상에서 충녕은 여전히 부왕의 물음을 곱씹고 있었다. 부왕이 『대학연의』를 운운한 의도가 자못 궁금하고 의아스러웠다. 『대학연의』를 보느냐는 것이 제왕의 자리에 관심이 있느냐는 말로 들렸다. 그 물음을 듣고 충녕은 아주 짧은 순간이나마 어떻게 대답할까 고민했었다. 그런데 고민했다는 그 사실이 계속 마음을 짓누르고 있었다.

'선비라면 누구나 『대학연의』를 읽지 않는가?'

그런 말로 자신이 했던 말을 정당화하려 했지만, 여전히 개운치 않았다. 충녕은 자신도 모르게 한숨을 길게 쏟아냈다.

"대군마님, 무슨 근심이 있으십니까?"

고삐를 잡고 가던 노대가 걱정스러운 표정으로 물었다.

"아니다. 근심은 무슨……."

"세자 저하 때문이십니까?"

"어허, 아니래두."

세자 형님 때문이 아니라는 말은 사실이었다. 세자 때문이 아니라 자기 자신 때문이었다. 여태껏 그런 생각을 한 번도 하지 않았는데, 막상 부왕의 물음을 듣고 나니, 정말 자기 마음속에 그런 마음이 있는 것이 아닌지 의심스러웠다.

부왕의 물음은 왕위에 관심이 있느냐는 것이 분명했다. 그렇다면 『대학연의』를 가끔 본다는 자신의 대답을 아바님은 어떻게 받아들이셨을까? 왕위에 관심이 있다는 말로 받아들이셨을까? 만약 그렇다면 아바님은 어떤 선택을 하실까? 형님을 폐위시키시고 나를 세자로 세우려 하실까? 만약 그런 일이 벌어진다면 형님은 어떻게 되는 걸까? 그렇듯 충녕의 머릿속은 물음이 꼬리를 물고 또 꼬리를 물었다. 그러다 결국 이런 물음에 다다랐다.

'정말 나는 왕이 되고 싶은 것일까?'

부왕의 마음을 확인하기에 앞서 자신의 마음을 먼저 확인하는 것이 순서였다. 하지만 만약 왕이 되고자 하는 마음이 조금이라도 있다면 그것은 역심이었다. 세자의 자리를 훔치는 도둑질이자, 우애를 배신하는 일이었다.

정말 충녕은 지금껏 단 한 번도 세자의 자리를 탐낸 적이 없다. 세자의 폐행을 저지한 것도 그저 부모와 왕실, 그리고 형제를 생각하는 순수한 마음에서 비롯된 행동이었을 뿐이었다. 누가 뭐래도 그것은 분명한 사실이었다. 누가 물어도 자신할 수 있는 일이었다. 그런데 충녕은 갑자기 혼란스러워졌다. 부왕의 물음을 들은 이후로 갑자기 자신의 순수성이 무너지고 있는 느낌이었다. 부왕이 그렇게 물었다는 것은 어쩌면 셋째인 자신에게도 기회를 줄 수 있다는 속내를 드러낸 것이란 생각이었다. 그리고 막상 부왕의 그런 속내를 확인하자, 충녕은 내면 깊숙이 숨겨뒀던 알 수 없는 욕망이 꿈틀대기 시작한 느낌이었다. 그러면서 그는 이런 물음으로 치달았다.

'내가 만약 왕이 될 수 있다면 어떻게 할 것인가?'

정말 부왕이 자신에게 기회를 준다면 받아들일 것인가 하는 물음이었다.

충녕은 고개를 내흔들었다.

'도대체 내가 무슨 생각을 하는 것인가?'

충녕은 가당치도 않은 일이라고 생각했다. 설사 부왕이 세자로 삼으려 해도 거절하는 것이 마땅한 일이었다. 혹여 불상사가 일어나 큰형님이 세자 자리에서 쫓겨난다 하더라도 둘째 형 효령이 있지 않은가.

"대군마님, 그러다 말에서 떨어지십니다."

힐긋힐긋 충녕을 올려다보던 노대가 충녕의 몸이 흔들리자, 고삐를 잡지 않은 손으로 충녕의 허리를 떠받치며 한 말이었다.

"어구구!"

노대의 말대로 충녕은 하마터면 말에서 떨어질 뻔하였다.

"고민은 나중에 하시고, 떨어지지 않게 조심하십시오. 낙마하면 크게 다칠 수도 있습니다."

"알았다. 내 조심하마."

"자고로 말 위에서는 잡념을 버리라고 했습니다."

"어허 그놈, 오늘따라 잔소리가 심하구나. 알았다 이놈아!"

그렇듯 충녕은 노대 덕분에 복잡한 상념의 수렁에서 헤어 나왔다. 그러자 설핏 웃음이 쏟아졌다. 시쳇말로 헛물만 잔뜩 켠 것이 아닌가 싶었던 것이다.

"떡 줄 사람은 생각도 않는데, 원⋯⋯."

"떡이라뇨?"

"그놈 귀도 참 밝다. 잔소리 말고, 활인원으로 어서 가자. 좀더 서둘러 가자!"

8. 인연의 실타래

중례는 아침을 먹고 바로 집을 나섰다. 밤새 내린 눈이 녹으면서 길이 질척거렸다. 발목까지 올라오는 겨울 짚신에 두꺼운 버선을 신었는데, 눈 녹은 물이 짚신을 뚫고 버선으로 배어들어 발을 적시는 바람에 발가락이 몹시 시렸다. 특히 지난겨울에 동상에 걸렸던 오른쪽 엄지발가락이 가려운가 싶더니 어느새 쑤시기까지 하였다. 마음 같아선 잠시 쉬면서 발을 닦고 천으로 엄지발가락을 감싸고 싶었지만, 그럴 시간이 없었다. 오후에는 한성부 검안소로 가야 했다. 청계천 중류에서 젊은 여종의 시신 한 구가 발견되었는데, 신시(오후 3시)에 검시가 예정되어 있었다. 그래서 오전 중에 활인원으로 가서 탄선을 만나고 빨리 돌아와야 한다는 생각에 마음이 급했다.

이른 아침에 활인원으로 향한 것은 지난번처럼 헛걸음을 하지 않기 위해서였다. 그저께 어스름에 탄선을 만나기 위해 활인원으로 갔는데, 탄선은 만나지도 못했고 소비도 보지 못했다. 하필 탄선과 소비가 함께 출타하고 없었던 것이다. 홍제천 다리 밑에 진을 치고 있던 걸인 무리 중에 환자가 무더기로 발생했다는 소식을 듣고 나갔다고 했다. 중례는 저녁도 거르고 밤늦게까지 탄선을 기다렸지만, 자정에 이르도록 그들은 돌아오지 않았다. 그래서 별수없이 그곳 수무당 종심에게 모레 아침에 다시 오겠다는 말을 전해달라고 하고는 돌아와야 했다. 다음날 예정된 한성부 업무 때문에 그곳에서 밤을 지새울 수는 없었던 까닭이다.

중례는 하시라도 빨리 가기 위해 줄곧 뛰듯이 걸음을 재촉했다. 그리고 사초(巳初, 오전 9시)에 조금 못 미쳐 활인원에 도착했는데, 활인원 안엔 이미 사람들이 북적거렸다. 의청 앞마당에는 사람들이 줄을 서서 진료를 기다리고 있었고, 평상엔 누워 있는 환자들이 여럿 보였다. 그리고 평상 앞쪽엔 추위를 피하기 위해 몰려든 사람들이 모닥불을 피워놓고 둘러서서 불을 쬐고 있었다. 중례는 그들을 지나쳐 별청으로 향해 갔는데, 제조청 중문 앞에서 마침 탄선을 만났다.

"어, 자네 왔구만. 오늘 온다는 말은 전해들었네."

탄선이 중례를 한눈에 알아보고 말했다. 중례가 허리를 숙여 인사를 꾸벅하자, 탄선은 중례의 손을 잡아끌었다.

"마침 잘됐네. 오늘 한 사람이 늦게 온대서 손이 부족한데, 자네가 좀 도와줘야겠네. 좀 이따가 손님이 한 분 오기로 해서 오늘 좀 바쁘네. 빨리 따라오게."

그 말에 중례는 얼떨결에 의청으로 이끌려 갔다. 진료실 앞에 이르자, 탄선이 말했다.

"자네는 여기서 병자들의 신상과 아픈 곳을 기록하여 병자들의 손에 쥐여주고, 내가 안에서 종을 울리면 병자들을 한 명씩 들여보내주기만 하면 되네."

그래서 줄지에 중례는 진료실 문 앞에 놓인 서안을 차고앉아 밀려드는 병자들의 신상과 병증을 적는 일을 하게 되었다.

병자들은 하나같이 굶주리고 가난한 사람들이었다. 그중에는 유리걸식하며 떠도는 유랑민이 태반이었다. 그런 까닭에 대부분이 몸에서 악취가 심하게 났고, 하나같이 얼굴에 핏기가 없었다. 그렇다보니, 대부분 현기증을 호소하였고, 개중에는 감기까지 더해져 두통과 고열에 시달리는 병자도 여럿 있었다. 하지만 그 정도는 약과였다. 상태가 심각한 병자는 밭은기침을 하며 각혈을 하기도 했고, 실핏줄이 터진 한쪽 눈을 보이며 앞도 보이지 않고 진물로 가득찬 한쪽 귀도 들리지 않는다고 호소하는 병자도 있었다. 또한 치질이 몹시 심하여 제대로 앉지도 못하고 바지 뒤쪽이 핏물로 뒤범벅이 된 병자, 한 자도 넘는 종기에서 고름이 줄줄 흘러내리는 병자, 중풍 증세로 입이 돌아가 말도 제대로 못하고 제대로 걷지도 못하는 병자, 배꼽 위가 불룩 솟구쳐오른 채 복통을 호소하며 허리를 굽히지도 펴지도 못하는 병자 등등 병증도 천차만별이었다.

중례는 그런 다양한 병자들을 보면서 자신도 모르게 오작 일과 의술의 차이가 얼마나 큰지 실감했다. 오작 일을 의술에 견준다면 그야말로 한낱 작은 웅덩이와 끝이 보이지 않는 바다의 차이가 아닐까 하는 생각이 들었다.

오작 일은 죽은 자의 사망 원인과 사망 당시의 상황을 파악하는 것이 거의 전부인 까닭에 원인과 결과가 명징한 편이었다. 또한 원인을 정확하게 몰라도 결과에 준하여 검험하면 끝이었고, 설사 검험이 명확하지 않더라도 그에 대한 책임이 크지 않았다. 어차피 대상은 죽은 사람이고, 더이상 고통이 지속되지도 않는 상태이기에 검시의 당사자인 오작인이 크게 고민스럽거나 괴로울 일은 없었다.

하지만 의술은 차원이 달랐다. 병이라는 것이 천차만별인데다 수만 가지의 병명이 있고, 또한 수만 가지의 병증이 있다. 그 모든 병을 알아내는 것은 불가능하고, 모든 병증을 치료하는 것도 불가능하다. 또한 모든 병의 원인을 정확하게 파악할 수 있는 것도 아니고, 설사 원인을 파악했다고 하더라도 모두 고칠 수 있는 것도 아니다. 거기다 의원의 판단 여하에 따라 병자의 병증이 악화될 수도 있고, 호전될 수도 있으며, 의원의 처방에 병자의 목숨까지 달렸다. 하지만 그것으로 끝이 아니다. 병자의 목숨에 다시 그 가족들의 생계가 달렸으니 의원의 처방에 수많은 사람들의 인생이 달린 셈이었다.

생각이 거기에 미치자 중례는 갑자기 한숨이 쏟아졌다. 사실, 그는 공부에는 자신이 있었다. 그것이 의술이든 무엇이든 배운다는 것에 대한 두려움은 없었다. 오히려 새로운 것을 배우는 것에 대한 열성은 누구에게도 뒤지지 않을 자신이 있었다. 또한 자신이 한 일에 대해 책임지는 것에 대해서도 두려움이 없었다. 그를 정작 두렵게 하는 것은 시간과 비용이었다. 오작인으로 살면서 자신 한몸 건사하는 것도 결코 녹록지 않은 일이었다. 지난 6년 동안 죽어라고 일한 덕에 겨우 방 한 칸 딸린 초가를 마련했다. 그렇다고 세간살이가 제대로 갖춰진 것도 아니었다. 책을 놓고 볼 서안은 고사하고 붓이나 벼루, 종이조차 살 처지가 못 되었다. 그러니 오작 일에 필요한 책을 빌려 읽는 것조차 쉽지 않은 일이었다. 그런데 그런 처지에서 의술을 익히고 의서를 구해 읽을 생각을 하니 한숨이 쏟아진 것이다.

"내 처지에 무슨 의술을 익힌다고……."

중례는 자신도 모르게 그렇게 뇌까렸다. 그런데 그런 생각도 잠시였다. 시간이 지날수록 병자들의 병증을 묻고 그들의 상태를 살피는 일에 점점 흥미를 느끼고 있었다. 처음에는 엉거주춤한 자세로 그저 신상을 적고 병증을 대충 파악하여 적어 넘겼는데, 점점 병자를 자세히 살피고, 병부도 자세히 적고 있었다.

그렇게 시간 가는 줄 모르고 일에 열중하고 있는데, 안에서 탄선의 호출소리가 들렸다. 중례가 들어가니, 탄선이 말했다.

"오전 진료는 끝났다. 병자들을 모두 물리고 오후에 보자고 하여라."

중례가 나가서 병자들에게 탄선의 말을 전했지만, 병자들은 그대로 줄을 선 채로 있었다. 하지만 탄선은 아랑곳 않고 의청에서 나와 별청으로 향했다. 중례가 그 뒤를 급히 따르며 물었다.

"아직 점심때도 이르고 병자들도 줄지어 늘어섰는데, 어째서 의청을 비우십니까?"

탄선이 앞서 걸으며 껄껄 웃고는 말했다.

"잠시 병자들을 보더니 마음은 이미 의원이 다 됐나보군그래."

"그런 것이 아니오라, 아직 보셔야 할 병자가 많기에……."

"내가 밤을 새워 진료해도 병자의 줄은 줄어들지 않을 것이네. 활인원은 바로 그런 곳이라네."

"그러다 급한 환자가 어찌될까 염려스럽습니다."

"그 마음은 가상하구나. 하지만 어차피 목숨은 하늘에 달린 것이다. 의원이 어떻게 모든 사람을 고칠 수 있겠느냐? 할 수 있는 만큼만 해야지. 안 그러면 병자보다 의원이 먼저 죽어. 의원이 먼저 죽으면 병자는 누가 고치겠느냐? 자고로 세상일을 혼자 다 하려고 하는 것도 병이라면 병이야."

그러면서 탄선은 중례에게 이렇게 물었다.

"오늘 많은 병자를 보았는데, 깨친 바가 있더냐?"

"병자도 많고 병도 다양하여 의술을 공부하는 것은 끝이 없겠다 싶었습니다."

"좋은 공부 했네. 그러면 내 하나 물어봄세. 자네는 병이 무엇이라 생각하나?"

"병이라면 당연히 몸이 아픈 것이지요."

"그렇다면 몸이 아픈 이유는 무엇인가?"

"몸이 허약해져서……."

"허약해졌다는 것은 무슨 뜻인가?"

"그것은……."

그 물음에 중례는 말문이 막혔다. 몸이 허약해졌다는 것이 정확하게 무슨 뜻인지 헤아려본 적이 없었기 때문이다. 중례가 망설이자 탄선이 대답을 대신했다.

"허약해졌다는 것은 균형을 잃었다는 뜻이네. 따라서 병이 드는 이유는 몸의 균형을 잃었기 때문이지. 그렇다면 의원이 해야 될 일은 무엇인가?"

"몸의 균형을 잡아주는 것인가요?"

"옳거니. 의술이라는 것이 복잡해 보이지만 요체는 바로 그것이네. 몸의 균형을 잡아주는 일을 하는 것이네. 누구든 몸에서 균형을 잃으면 병이 나는 법이지. 그래서 너무 지나쳐도 병이 나고, 너무 모자라도 병이 나네. 모자라서 생긴 병은 채워주면 낫고, 지나쳐서 생긴 병은 덜어내면 낫는 법이네. 그런데 채워주는 것보다 덜어내는 것이 힘든 일이네."

"덜어낸다면 무엇을 덜어내는 것입니까?"

"지나치게 먹은 것을 덜어내고, 지나친 욕심을 덜어내고, 지나친 욕정을 덜어내고, 지나친 습관을 덜어내야지. 그 외에도 덜어낼 것이 많지."

"그렇듯 덜어낼 것이 많습니까?"

"나이를 먹을수록, 가진 것이 많을수록, 하고 싶은 것이 많을수록, 자식이 많을수록, 사랑이 깊을수록, 벼슬이 높을수록 덜어낼 것이 더 많지."

"그러면 채워져야 되는 사람들은 어떤 사람들입니까?"

"가진 것 없고 굶주린 사람들, 정에 목마르고 마음에 상처 입은 사람들이지. 그런데 이런 사람들의 병은 의외로 고치기 쉽네. 굶주린 사람은 배불리 먹으면 낫고, 정에 목마르고 마음에 상처 입은 사람은 사람들과 어울리면 낫는 법이지. 이곳 활인원의 병자들은 대부분 그런 사람들일세. 지나쳐서 병든 사람은 없고, 모두 모자라서 병든 사람들이지."

"그래도 가진 것과 상관없는 병마도 있지 않습니까?"

"물론 있지. 그런데 그런 병은 의원이 고칠 수 있는 병이 아니라네. 그저 명줄을 다한 것일 뿐이지."

"의원의 소임이 사람의 명줄을 늘리는 것이 아닙니까?"

"명줄은 하늘에 달린 것이지, 의원에게 달린 것이 아닐세. 의원의 소임은 명줄을 늘리는 것이 아니라 그저 각자의 명줄을 잘 유지하도록 도와주는 것일 뿐일세. 궁금한 것이 많은 모양인데, 천천히 알아가도록 하세."

어느덧 두 사람은 별청 앞에 이르렀다.

"들어오게, 자네에게 줄 것이 있네."

탄선은 중례를 마당에 세워놓고 기다리라고 했다. 그리고 잠시 후 책 몇 권을 들고나왔다.

"의술의 기초가 되는 책들일세. 잘 읽어보고 익히길 바라네."

중례는 허리 숙여 책들을 받아들었다. 책을 받아들자, 중례는 느닷없이 콧날이 시큰거렸다.

"이 귀한 책들을 제게 내주시니 몸 둘 바를 모르겠습니다."

"책은 읽으라고 있는 것이야. 내겐 이미 쓸모없는 것이니, 자네가 가지게."

"열심히 익히고 깨치겠습니다."

"의술이라는 것이 책만 읽는다고 익혀지는 것은 아닐세. 시간 될 때마다 와서 의술을 몸으로 익혀야 하네."

"알겠습니다. 스승님."

중례는 무릎을 꿇고 큰절을 하였다. '스승님'이라는 말을 내뱉은 순간, 울컥 눈물까지 쏟아졌다. 정말 얼마 만에 불러보는 호칭인가 싶었다.

한때 그에게도 스승이 있었다. 이수(李隨)라는 선비였다. 황해도 봉산 출신으로 생원시에서 장원했지만 대과는 번번이 실패했던 인물이었다. 이수는 아버지 노상직과 함께 생원시에 합격한 인연으로 도성에 올라올 때마다 중례의 집에 머물렀는데, 그때 시간이 될 때마다 중례 형제에게 글을 가르쳤다. 그리고 중례가 열세 살쯤 되었을 때, 이수는 왕자들의 글 선생이 되어 도성에 올라왔다. 그때도 중례는 간간이 이수의 집을 찾아가 글을 배웠다. 하지만 아버지가 살인자의 죄명을 쓴 채 허망하게 죽고, 자신 또한 노비 신세로 전락한 뒤로 스승 이수와의 인연도 끊어지고 말았다.

중례는 엎드린 채로 흐느끼며 말했다.

"스승님, 감사합니다. 이 은혜 죽어도 잊지 않겠습니다."

탄선은 갑자기 눈물을 보이는 중례를 보자, 잠시 당황했다. 하지만 들썩이는 중례의 어깨를 두드려주며 말했다.

"이까짓 게 무슨 은혜라고……."

탄선도 코끝이 찡했다. 천민 중의 천민이라는 오작인으로 살며 버텨온 세월이 들썩이는 그의 어깨에 그대로 얹혀 있는 것 같았다. 탄선은 중례가 그간 얼마나 외롭고 고달팠을지 보지 않아도 알 만

했다. 노비의 삶이 짐승의 삶보다 결코 낫지 않다는 것을 너무나 잘 알고 있었다. 활인원을 찾아온 병든 노비들을 수도 없이 접했기 때문이다.

탄선은 중례를 일으켜세우고 두 손을 꼭 잡았다. 그리고 중례에게 책을 안겨주며 말했다.

"열심히 배우고 익히게나."

"네, 스승님."

중례는 허리를 깊이 숙여 인사한 뒤 별청 문을 나섰다. 중례가 별청을 나가는 모습을 보면서 탄선은 혼잣말로 중얼거렸다.

"가히 내 눈이 틀리지 않았어."

탄선이 중례에게 다짜고짜 병부를 작성하게 한 것은 그를 시험하기 위함이었다. 다행히 중례가 환자들의 손에 들려 보낸 병부에선 정성과 열정이 가득 묻어났다. 병자의 인적 사항은 물론이고, 병증도 꼼꼼하게 적혀 있었고, 병자의 상태와 습관, 그리고 하소연까지 세세하게 덧붙여져 있었다. 그야말로 병부만 보고도 병증은 물론이고 병자의 처지와 상황, 고질적인 습관까지 한눈에 알 수 있었다.

탄선은 의원이란 모름지기 병자의 몸만 들여다보는 사람이어서는 안 된다고 생각했다. 몸만 들여다보는 의원은 병증을 호전시킬 수는 있어도 병자를 고칠 수는 없다. 몸에 생긴 환부는 그저 질병이 남긴 흔적일 뿐이었다. 그렇기 때문에 몸만 바라보는 의원은 단지 질병의 흔적을 지우는 데 급급하여 결코 질병의 근원을 잘라내지 못하게 된다.

병자를 고치기 위해서는 질병의 근원을 잘라내는 것이 가장 중요하다. 그리고 질병의 근원은 병자의 몸이 아니라 병자의 처지와 상황, 습관이다. 병자가 병들 수밖에 없는 처지와 상황에 있다면 아무리 치료를 해도 병자를 고칠 수는 없다. 그래서 병자를 고치기 위해서 필수적으로 알아둬야 할 것이 바로 병자의 처지와 상황이다. 그 점이 파악되어야 약을 제대로 쓸 수 있는 것이다.

탄선은 대부분의 병자는 약을 쓰지 않고도 나을 수 있다고 믿었다. 대다수의 병이 병자가 처한 처지와 상황에서 오는 만큼 우선적으로 처지와 상황을 개선시키면 병마에서 벗어날 수 있다는 것이다. 처지와 상황 다음으로 사람을 병들게 하는 것은 고질적인 습관들이다. 그 습관을 고치지 않는 한 아무리 좋은 약을 사용해도 결코 병마에서 벗어날 수 없다는 말이다.

그런 점에서 의원은 병부를 작성할 때, 항상 병자의 처지와 상황, 습관 등을 꼼꼼히 적는 자세와 정성이 필요했다. 하지만 그런 태도는 쉽게 만들어지는 것이 아니었다. 타고난 성정과 자질이 뒷받침이 되어야 했다. 말하자면 의원에겐 타고난 성정과 자질이 중요하다는 뜻이었다.

"확실히 자질을 타고난 아이야."

탄선은 중례의 뒷모습을 보면서 그런 말을 중얼거렸다. 중례는 별청을 나선 뒤에도 몇 번이고 뒤를 돌아보며 탄선에게 인사를 하였다. 탄선은 그때마다 고개를 끄덕여 답례를 하였다. 중례는 활인원을 나서면서 보자기로 싼 의서를 가슴에 꼭 안아보았다. 그랬더니 갑자기 기운이 솟구쳤다. 책 몇 권이 그렇듯 천군만마처럼 여겨질 줄은 예전엔 미처 몰랐다. 책을 안고 있는 것만으로도 이미 수천의 병사를 거느린 장수가 된 기분이었다.

노비 신분이 된 뒤로 그렇듯 가슴을 벅차게 만든 일은 없었다. 물론 그것은 단순히 의서 몇 권을 품었기 때문이 아니었다. 의서보다도 그를 더 가슴 벅차게 한 것은 바로 스승이 생겼다는 사실이었다. 아니, 굳이 스승이 아니더라도 진정으로 그를 생각해주는 사람을 만났다는 것이 더 중요했다. 오작인으로 살아온 지난 6년 동안 의지할 사람이라고는 단 한 사람도 없는 처지였다. 그런 까닭에 앞날을 이끌어주고 미래를 열어줄 사람을 만나리라고는 생각조차 하지 못했었다.

"스승님은 하늘이 내게 보내준 분이 틀림없다."

중례는 몇 번이고 그렇게 되뇌며 걸었다. 그때마다 다시 코끝이 시큰거렸다. 또 눈물이 쏟아질 것만 같았다. 그는 애써 눈물을 참으며 단단히 결심했다.

'내 기필코 의술에 매진하여 스승님 같은 사람이 되고 말리라.'

중례는 주먹을 불끈 쥐었다. 이렇듯 기적처럼 찾아온 기회를 결코 놓치지 않으리라고 맹세하고 또 맹세했다.

그렇듯 자기 생각에 푹 빠져 걷고 있는데, 누군가가 중례에게 인사를 하였다.

"스승님을 만나뵙고 가시는 길인가보군요."

소비였다.

"아, 예……."

소비는 나들이 차림에 남바위까지 쓰고 있었기에 중례는 처음엔 그녀를 알아보지 못했다.

"인사드리십시오. 충녕대군마님이십니다."

소비 뒤에 말 탄 선비가 있었다. 중례는 대군마님이라는 소리에 올려다보지도 못하고 허리를 깊게 숙여 인사하였다.

"오작인 노중례라고 하옵니다."

그러자 소비가 말을 덧붙였다.

"제 스승님께서 가르치시는 제자입니다."

그 말에 충녕이 의외라는 듯 물었다.

"오작인에게 의술을 가르친단 말인가?"

"그렇습니다."

충녕이 또 물었다.

"의술을 배우려면 문자를 알아야 할 터인데, 이자는 문자를 아는가?"

"그렇습니다."

"오, 한낱 오작인이 문자를 안다? 쉽지 않은 일인데, 참으로 대단한 사람이군. 자네 혹 이름이 무엇인가?"

"노가 중례라고 하옵니다."

"노중례? 노중례라……."

충녕이 그렇게 자기 이름을 중얼거리는 소리를 듣고서야 중례는 불현듯 생각이 났다. 그러고 보니 충녕과 일면식이 있었다. 생원시에 합격하고 스승 이수에게 인사를 간 적이 있는데, 그때 맞닥뜨린 기억이 떠올랐다. 물론 아주 잠깐 인사만 나눴을 뿐이었다. 그런 까닭에 충녕이 자신을 기억하리라고는 생각하지 않았다.

"내가 아는 사람 중에도 노중례란 생원이 있는데……."

충녕의 그 말에 중례는 자기도 모르게 허리를 더 깊게 숙였다.

"자네 얼굴을 들어보겠는가?"

노중례가 엉거주춤한 자세로 얼굴을 들자, 충녕이 그를 유심히 보더니 물었다.

"자네 혹 심은 선생님을 아는가?"

심은(深隱)은 스승 이수의 호였다.

"제 스승님이십니다."

그 말을 듣고 충녕이 말에서 내렸다.

"내 기억이 틀리지 않았어. 언젠가 선생님댁에서 우리 만난 적이 있지 않은가?"

중례는 그저 고개만 숙였을 뿐 말문이 막혀 말을 하지 못했다.

"선생님께서 자네 이야기를 여러 번 하셨네. 자네 집 이야기를 듣고 너무 가슴 아파하셨는데, 이렇게 자네를 만날 줄이야…… 선생님께서 자네를 꼭 보고 싶어하시네. 꼭 한번 찾아뵙게나."

"네……."

"그러면 또 보세나."

충녕이 말에 훌쩍 올라 활인원을 향해 가기 시작했다. 그런데 앞서가던 소비가 힐긋힐긋 뒤를 돌아다보았다. 그 바람에 충녕도 뒤를 돌아다보았다. 그러자 중례가 고개를 숙이고 있는 모습이 보였다. 얼마간 가다가 충녕이 다시 뒤를 돌아다보았는데, 그때까지도 중례는 여전히 고개를 숙이고 그 자리에 서 있었다.

'저 사람, 우는 겐가?'

충녕은 그렇게 뇌까리며 무심결에 소비를 보았다. 그 순간 소비가 다시 뒤를 슬쩍 돌아다보고는 고개를 돌렸는데, 그녀의 표정이 왠지 슬퍼 보였다.

'저 처자가 노중례에게 마음이 있는 겐가?'

충녕은 갑자기 그런 생각이 들었다. 그러자 조금 전에 노중례를 보고 인사를 건네던 소비의 모습이 스쳐갔다. 무척 밝은 얼굴이었다.

"으흠······."

충녕은 자신도 모르게 목을 가다듬었다. 갑자기 뭔가 목에 걸린 듯했다. 가래가 낀 것도 아닌데, 이상하게 목이 답답해왔다. 그래서 충녕은 헛기침을 몇 번 했다.

"목이 안 좋으십니까? 대군마님."

앞서가던 소비가 돌아서며 그렇게 물었다.

"아, 아닐세. 먼지가 들어간 모양일세."

그 말을 하는데, 충녕은 이상하게 얼굴이 화끈거렸다. 마치 무슨 부끄러운 짓을 하다가 들킨 것 같은 느낌이었다. 그것은 지금껏 그가 한 번도 겪어보지 못한 야릇한 감정이었다.

'도대체 이게 뭐지?'

충녕은 애써 태연한 척, 자세를 가다듬었다. 그리고 헛기침을 몇 번 더 했다. 그 소리에 노대가 눈을 멀뚱거리며 그를 쳐다보았다.

"정말 목이 안 좋으십니까?"

"아니다, 괜찮다."

그때 소비가 돌아다보았다. 충녕은 손을 들어 보이며 계면쩍게 웃었다.

"괜찮네, 아무 일도 아닐세."

그렇게 말했지만, 충녕은 괜히 가슴이 두근거렸다.

'도대체 이게 무슨 일이지?'

충녕은 자신도 모르게 심호흡을 한 뒤 길게 숨을 내쉬었다.

활인원에 이르자, 소비가 곧바로 별청으로 안내했다. 충녕은 자신이 활인원을 방문한다는 것을 비밀로 해달라고 부탁했었다. 활인원 관원들이 알게 되면 인사를 한답시고 한바탕 시끌벅적해질 게 분명했다. 그래서 관원들 모르게 살짝 탄선만 만나고 돌아갈 생각이었다.

별청에 이르자, 탄선이 문 앞에 나와 기다리고 있었다.

"대군께서 보내주신 곡식은 병자들을 위해 잘 쓰고 있습니다. 정말 고맙습니다."

그 말에 충녕은 손사래를 치며 말했다.

"대사께서 뛰어난 여의를 보내주셔서 제 아들의 병이 나았으니, 감사 인사는 제가 드려야지요. 그나저나 어떻게 이렇게 제자를 훌륭하게 길러내셨습니까? 참으로 대단하십니다."

그러자 탄선이 옆에 앉은 소비를 가리키며 말했다.

"제가 길러낸 것이 아니라 이 아이 스스로 훌륭한 의원이 된 것입니다. 저는 한 일이 없습니다."

"대사께서 인재를 알아보는 눈이 있으셔서 이렇게 뛰어난 의원을 키운 것이지요."

"허허, 과찬이십니다."

그런 인사말을 나눈 뒤에 두 사람은 안으로 들어가 차를 마시며 환담을 나눴다. 이런저런 인사치레가 끝나자 소비는 병자들을 봐야 한다며 인사를 하고 자리를 떴다. 그러자 충녕은 이런 말을 하였다.

"본인이 앞에 있어서 말을 하지 못했는데, 참으로 안타깝습니다."

"무엇이 그리 안타깝습니까?"

"소비가 여인이 아니라 장부였으면 태의가 되고도 남을 인재인데, 이렇게 활인원에서 무녀처럼 지내고 있으니…… 차라리 의녀라도 되는 것이……."

"허허, 어디에 있든 의원이란 사람 살리는 일만 하면 되는 것이지요."

"그렇긴 합니다만, 그래도 의녀 신분이라도 되면 좀 낫지 않을까 해서요."

충녕은 소비의 의술이라면 의녀가 되고도 남을 실력이라고 생각했다. 그렇지 않아도 궁중에 의녀가 태부족했다. 벌써 의녀를 양성한 지 십 년이나 됐지만 의술을 제대로 갖춘 궁중 의녀는 겨우 대여섯 명이 전부였다. 그만큼 의녀를 양성하는 일은 어려운 것이었다.

의녀 양성에 있어 첫번째 난관은 의녀로 양성할 인재가 많지 않다는 점이었다. 의녀의 재목은 모두 관비들 중에서 뽑아야 하는데, 관비들 속에서 인재를 찾아내는 것도 쉽지 않을 뿐 아니라 그들에게 의술을 가르치는 것도 몹시 힘들었다. 더구나 의원들이 어린 관비들에게 의술을 제대로 가르치지 않는 것도 문제였다.

"의녀 신분이 되면 나쁠 것은 없겠지만, 의녀는 본디 관비들 중에서 뽑는 것이 아닙니까? 하지만 소비 저 아이는 관비 신분이 아닌지라……."

탄선은 그렇게 말끝을 흐렸다. 탄선도 의녀가 부족하다는 사실에 공감하고 있었다. 활인원에서는 의원보다는 의녀가 더 절실했다. 활인원에 머무는 대부분의 환자들은 처방보다는 간병이 더 필요한 사람들이었기 때문이다.

"의녀의 자격 조건이 꼭 관비여야만 하는지는 한번 알아보겠습니다."

"알겠습니다. 대군께서 알아봐주시면 소비의 의향을 물어보겠습니다."

그렇듯 소비에 대한 이야기가 끝나자, 충녕은 말을 아끼는 듯 차만 마셨다. 그렇게 잠시 침묵이 흐른 뒤에 이윽고 충녕이 다시 입을 열었다.

"그런데 제가 듣기론, 대사께서도 한때 궁궐에서 태의로 지냈다고 하던데요?"

그 말에 탄선은 잔잔한 웃음을 물고 대답했다.

"그런 시절이 있긴 했지요."

"그런데 왜 태의를 그만두고 승복을 입고 있습니까?"

사실, 그 물음은 충녕이 활인원으로 향하기 전부터 가진 의문이자 불만이었다. 부인 심씨 말에 따르면 탄선은 원래 유생이었는데, 의학에 뜻이 있어 의술을 익힌 덕에 태의가 되었다 했다. 그런 사람이 왜 하필 중으로 살고 있는지 의아스러웠다.

충녕은 탄선이 중으로 살고 있다는 사실이 마음에 들지 않아 처음엔 그를 만날 생각이 없었다. 하지만 부인 심씨가 아들을 살려준 은인을 길러낸 분인데, 아비로서 찾아뵙는 것이 도리가 아니냐고 하도 간곡하게 부탁하는 바람에 마지못해 활인원을 방문한 것이었다.

탄선은 그저 웃으며 대답했다.

"사람을 살리는 일을 하는데, 관복을 입으면 어떻고 승복을 입으면 어떻습니까?"

하지만 충녕은 거기서 멈추지 않았다.

"그래도 대사께서는 한때는 성인을 따르는 유자였다고 들었습니다. 그런데 어찌하여 유학을 버리고 불교를 택했습니까?"

충녕은 어릴 때부터 불교에 대해서 매우 부정적이었다. 더구나 유학을 하던 선비가 갑자기 한낱 중이 되었다는 것이 도저히 납득이 되지 않았다. 충녕이 생각하는 중이란 그저 말도 되지 않는 요설로 사람들의 마음을 뒤흔드는 존재일 뿐이었다. 그런데 자신과 살을 맞대고 사는 부인 심씨까지 그 요설에 빠져 절간을 드나드는 것이 몹시 불만이었다. 그래서 이참에 탄선을 상대로 한번 제대로 따져볼 요량이었다.

"우선은 저를 살리기 위함이지요."

"어째서 불교를 택한 것이 대사를 살리는 일이 되는 것입니까?"

"저는 원래 유학을 공부하던 유생이었습니다. 유생이라면 당연히 불사이군(不事二君), 즉 두 임금을 섬길 순 없다는 가르침을 지켜야 하겠지요?"

"그렇지요. 제대로 된 선비라면……."

"그런데 저는 원래 고려왕조에서 녹을 먹던 사람입니다. 그런데 어찌 다시 조선의 녹을 먹을 수 있겠습니까? 유생으로서 당연히 고려를 위해 목숨을 내놓고 싸워야 옳지 않겠습니까?"

그 물음에 충녕은 대답을 하지 않았다. 불사이군의 가르침은 유학의 도를 아는 선비라면 당연히 지켜야 하는 도리였다. 하지만 그 말을 긍정할 경우, 조선의 개국을 부정하는 일이 될 뿐 아니라 자신의 조부와 아버지는 물론이고 자신까지도 역적으로 인정하는 것이 되었다.

탄선의 말이 이어졌다.

"하지만 저는 목숨을 버릴 만큼 고려왕조에 대한 충성심이 높지 않았나봅니다. 그렇다고 또 두 왕조를 섬길 만큼 얼굴이 두껍지도 못했나봅니다. 그래서 택한 것이 유생의 길을 버리는 것이었지요. 적어도 부처 속에서는 왕조도 없고 왕도 없으며, 충도 불충도 없으니까요."

"그렇다면 활인원에 머무는 것은 무슨 이유입니까? 활인원도 엄연히 조선의 관청이 아닙니까? 그렇다면 이곳에 머무는 것은 곧 조선의 녹을 먹는 것과 진배없는 일 아닙니까?"

"어찌 생각하면 그렇다고 볼 수도 있습니다. 하지만 저는 조선의 관원으로 이곳에 있는 것이 아니라 부처님의 제자로 이곳에 있는 것입니다. 또한 녹을 받지도 않을 뿐 아니라 벼슬을 받지도 않았습니다. 제가 활인원에 머무는 이유는 오직 한 가지, 활인을 위한 것뿐입니다."

"활인?"

"그렇습니다. 활인(活人), 즉 사람을 살리는 일을 하기 위해 여기에 있는 것입니다."

그러면서 탄선이 충녕에게 물었다.

"대군께서는 사람들이 가장 소중하게 여기는 것이 무엇이라 생각하십니까?"

"그거야 당연히 목숨 아니겠습니까?"

"그렇습니다. 사람들은 자신의 목숨을 그 어떤 것보다 소중하게 여깁니다. 그렇다면 국가가 백성에게 반드시 해야 할 것이 무엇이라고 생각하십니까?"

"백성의 목숨을 지키고 생활의 터전을 지켜주는 것이지요."

"그러면 왕이 지녀야 할 첫번째 소임이 무엇이라고 생각하십니까?"

"백성의 목숨을 지키는 것이지요."

"그렇습니다. 나라와 나라님은 그 무엇보다도 백성의 목숨을 첫째로 알아야 합니다. 바로 활인이 나라와 군주의 첫번째 소임이라는 뜻이지요. 나라와 군주뿐 아니라 유학자와 불교의 중이 해야 할 첫번째 소임도 바로 활인입니다. 사람을 살리는 일에 학문과 종교가 따로 없는 것 아니겠습니까? 그래서 부처를 섬기는 저도 활인을 위해 나선 것입니다. 그것이 제가 여기 활인원에 머무는 이유입니다. 또한 제가 중이 된 이유이기도 합니다."

"불교 경전에 그런 말이 있습니까?"

"불교 경전 어디에도 사람을 죽이라는 말은 없습니다. 유학 경전에 사람을 죽이라는 말이 있습니까?"

"없습니다."

"그렇습니다. 유학이든 불교든 모두 사람을 살리기 위해 있는 것입니다. 단지 어떻게 살릴 것인지 방법론이 조금 다를 뿐입니다. 하지만 궁극적인 목적은 모두 같습니다. 세상에 나온 모든 학문과 경전은 사람 살리는 법을 가르치고 있습니다."

"그렇지만 불교에서는 사람보다 부처가 우선이지 않습니까? 부처라는 허울을 사람의 목숨보다 중하게 여기는 것 아닙니까?"

"그러면 대군께서는 공자라는 허울을 백성의 목숨보다 중하게 여기십니까?"

그 물음에 충녕은 말문이 탁 막혔다.

"공자는 성인인데, 어찌 허울이 될 수 있겠습니까?"

가까스로 그런 대답을 하긴 했지만 충녕은 딱히 그 대답에 자신이 없었다.

"물론 살아 있는 공자는 허울이 될 수 없겠지요. 하지만 죽은 공자는 허울이 될 수 있습니다. 마치 죽은 부처가 많은 사람들의 허울이 될 수 있는 것처럼 말입니다."

충녕은 그 말에 선뜻 반박을 하지 못했다. 어쩌면 그간 공자라는 허울을 백성의 목숨보다 더 중하게 여겼는지도 모른다는 생각이 들었기 때문이다. 자신뿐 아니라 많은 유생들이 공자라는 허울을 뒤집어쓰고 백성들 위에 군림하여 백성의 목숨을 함부로 빼앗고 있는 것이 현실이기도 했다.

그런 생각으로 충녕이 대답을 머뭇거리고 있는데, 탄선이 느닷없이 이런 질문을 하였다.

"대군께서는 어떤 사람이 왕이 되어야 한다고 생각하십니까? 사람을 살릴 사람이 왕이 되어야 하겠습니까? 사람을 죽이는 사람이 왕이 되어야 하겠습니까?"

"그거야 당연히 사람을 살릴 사람이 왕이 되어야 하겠지요."

"그러면 대군께서 정치를 하신다면 활인의 길을 택하겠습니까? 살인의 길을 택하겠습니까?"

"그것도 물론 활인의 길을……."

막상 대답은 그렇게 했지만, 충녕은 활인의 길과 살인의 길이 어떻게 다른지 명확하게 구분할 수 없었다. 그러면서 부왕은 정말 활인의 길을 가고 있는 것인가 하는 의문이 생겼다. 어릴 때부터 지켜봐왔던 부왕 이방원의 길을 돌이켜보면 살인의 길인지 활인의 길인지 선뜻 판단이 서지 않았다. 부왕은 왕위에 오르기 위해 숱한 사람들의 목숨을 앗았다. 부왕뿐 아니라 조부 이성계도 조선을 개국하기 위해 숱한 목숨을 죽음으로 내몰았다. 그것이 모두 백성을 위한 일이었을까? 아니면 일신의 영달을 위한 일이었을까? 특히나 부왕 이방원은 외가를 몰락시키고 외삼촌들을 모두 죽였다. 그것도 정말 백성을 위한 일이었을까?

충녕은 고개를 가로저었다. 적어도 부왕의 모든 행위들을 활인을 위한 일이었다고 말할 수는 없다고 생각했다.

그렇다면 나라면?

충녕은 만약 자신이 부왕의 처지였다면 어떻게 했을까 생각해보았다. 선뜻 답이 떠오르지 않았다.

그렇다면 세자 형님은?

충녕은 큰형인 세자가 과연 활인의 정치를 펼칠 수 있을 것인지도 생각해보았다. 충녕은 고개를 가로저었다. 아무리 생각해봐도 큰형은 사람을 살리는 정치를 할 위인으로 판단되지는 않았다.

충녕은 한동안 아무 말도 하지 못하고 상념에 빠져들었다. 탄선도 더이상 질문 공세를 하지 않았다. 탄선은 그저 고민에 빠진 충녕의 얼굴을 바라보며 슬며시 미소를 지을 뿐이었다.

9. 의주, 그 한 맺힌 땅에서

의주 관아가 보이자, 중례는 가슴이 아려왔다. 아버지 노상직이 그곳에서 윤철중을 죽이고 살인자가 되어 죽는 바람에 집안이 풍비박산 난 것을 생각하니, 억장이 무너지는 듯하였다. 스승 탄선에게 의주에 가야 하니 짐을 싸라는 말을 들었을 때부터 가슴이 답답했었다. 밥을 먹어도 맛을 알 수 없었고, 잠을 자도 잔 것 같지 않았다. 그리고 막상 사건의 현장인 의주 관아가 보이자, 가슴이 떨리고 화가 솟구쳤다. 눈물이 와락 쏟아질 것 같아 어금니를 질끈 깨물기까지 했다.

중례가 의주에 도착한 것은 무술년(1418년) 9월 4일이었다. 사흘 전에 평안도 의주 목사가 관할 지역에 역병이 돌아 사람이 여럿 죽었다는 장계를 올렸고, 조정에서는 서활인원에 방역단을 꾸려 급히 의주로 갈 것을 명령했다. 9월 3일에 국구(國舅, 임금의 장인)

심온이 영의정부사에 임명되었고, 심온은 곧 사은사(謝恩使, 황제의 은혜에 보답하기 위해 보내는 사신)가 되어 사신들을 이끌고 명나라로 떠날 예정이었다. 그런데 의주에서 역병이 돈다는 장계가 올라왔으니, 조정으로선 사은사를 보내는 일에 차질이 생길 것을 염려하여 방역단을 의주에 급파한 것이다.

방역단은 하시라도 빨리 의주로 달려가야 했기에 우선 중례가 활인원 의원 자격으로 선발대와 함께 말을 타고 먼저 출발했다. 중례는 지난 2년 동안 탄선의 가르침을 받아 의술을 익히고 여러 의서를 깨친 덕에 서활인원에서 의원 역할을 톡톡히 하고 있었다. 비록 여전히 오작인 신분으로 관아에 예속된 처지였지만, 이제 더이상 오작 일은 하지 않았다. 탄선의 천거로 서활인원에 예속된 뒤로 중례는 탄선의 의술을 보좌하는 일에만 전념하였고, 덕분에 의술이 일취월장했다. 서활인원 주변에선 젊은 의원이 노승 못지않다는 말이 돌 정도였다.

선발대는 말을 타고 달려야 했기에 모두 남자들로만 구성했다. 그리고 탄선과 종심이 후발대와 함께 약재를 싣고 뒤따르기로 했다. 소비는 이번엔 방역단에서 빠졌다. 그녀는 그즈음 궁궐을 드나들며 왕비 심씨의 출산을 돕기에 여념이 없었다.

의주 관아에 도착한 뒤, 중례는 곧 역병의 진원지를 찾아 나섰다. 선발대의 임무는 역병의 원인을 찾고 병자들의 병증을 조사하는 것이었다. 그 때문에 역병의 진원지를 알아내는 것은 매우 중요한 일이었다.

진원지를 찾기에 앞서 중례는 우선 역병으로 죽은 시신을 검시하고자 했다. 병자들을 보기 전에 시신을 통해 확인하고 싶었던 것이 있었다. 그래서 그 말을 했더니, 의주 아전들은 기겁을 하며 손사래를 쳤다. 그러다 전염병의 원인 파악을 위해 시신 검험이 꼭 필요하다는 중례의 말에 마지못해 사람 하나를 붙여줬다.

"여기서 오작 일을 하고 있는 장춘모라 하오."

"아, 예. 잘 부탁드립니다."

"부탁은 무슨······. 그런데 역병으로 죽은 시신을 왜 보려 하오?"

"살펴볼 것이 있습니다."

"내가 오작인으로 지낸 지가 벌써 삼십 년이 넘는데, 역병으로 죽은 시신을 검험하려는 의원은 난생처음 보오."

"시신을 잘 살피면 사인을 파악하는 데 큰 도움이 되기 때문입니다."

"거참, 젊은 의원이 별스럽구만······. 어쨌든 한번 가봅시다."

"혹, 이번 역병으로 처음 죽은 사람이 누군지 아십니까?"

"잘 알지요. 젊은 사람인데, 참 안됐소. 역참에서 사령으로 있던 사람인데, 이곳 출신은 아니랍디다. 성은 이씨고, 사람도 좋았지요. 어디서 흘러들어왔는지는 잘 모르겠지만, 어쨌든 여기 와서 결혼도 하고 자식도 얻었다 하더이다."

"그 사람 가족들은 어찌되었습니까?"

"그 집 아낙하고 아들도 역병에 걸렸는데, 한 열흘 앓고는 다행히 목숨은 건졌다 들었소. 다만 세 살 먹은 딸아이 하나가 죽었다지요."

"지금까지 사망자가 몇이나 됩니까?"

"근동에서 줄초상이 났는데, 벌써 죽은 이가 서른을 넘었소."

"시신은 모두 한곳에 있습니까?"

"아니오. 여기저기 버려져 있길래 가까운 곳에 묻어줬소."

"그러면 매장하지 않은 시신은 없습니까?"

"오늘 들어온 시신 셋을 관아 뒷산에 눕혀두었소. 오늘이나 내일 사람들을 데리고 가서 묻어줄 셈이오."

중례는 아직 매장하지 않은 시신이 있다는 말을 듣고 아주 다행스럽게 여겼다. 그렇지 않으면 이미 매장된 시신들을 다시 파내야 했기 때문이다.

중례는 장춘모와 함께 시신을 식초로 닦아낸 뒤, 시반을 면밀히 살폈다. 세 구의 시신은 모두 연령대가 달랐다. 열 살이 채 안 된 어린 소년과 중년의 여인, 60대의 노인 남자였다. 그들은 공통적으로 항문에서 혈흔이 발견되었다. 혈변의 흔적이었다. 혈변이 일어났다면 복통과 구토, 설사도 함께 겪었다는 뜻이었다. 거기다 모두 발이 누런빛을 내며 퉁퉁 불어 있었다. 부종이 일어났다는 증거였다. 혈변과 함께 부종이 일어났다면 필시 신장에 문제가 생긴 게 분명했다.

"병자들의 증세가 어땠다고 하더이까?"

"다들 처음엔 피똥을 쌌다고 하더만. 그러다 배가 아프다고 난리를 치고, 염병에 걸린 것처럼 토해내고 싸고 뒹굴고 말이 아니라 하더이다. 그런데 나도 그냥 들은 말이라 정확히는 잘 몰라요."

그 말을 들으며 중례는 은비녀를 꺼내 소년의 항문 깊숙이 넣었다. 그러자 장춘모가 의아한 듯 물었다.

"아니, 의원께서 어찌 은비녀를 다 가지고 다니오? 그런 것은 우리 같은 오작들이나 가지고 다니는 것인데……."

"역병을 조사하는 데 필요해서 가지고 다닙니다."

"그 참, 별난 의원일세……."

중례는 일각쯤 기다렸다 은비녀를 뽑아냈다. 아직도 항문 속에는 피가 고여 있었다. 하지만 변은 묻어 나오지 않았다. 수일 동안 음식을 먹지 못한데다 설사를 심하게 했다는 증거였다. 그리고 은비녀 끝부분이 희미하게나마 검은빛을 띠었다. 직장 부위가 무언가에 중독된 흔적이었다. 하지만 독기는 강하지 않았다. 피부가 전체적으로 누른빛을 띠고 있고, 양쪽 옆구리 쪽에 푸른 시반이 형성된 것을 볼 때, 신장 손상이 심하게 일어났음을 알 수 있었다. 거기다, 복부 주변에도 검푸른 시반이 넓게 분포해 있었다. 흔히 식중독으로 죽은 시신에서 볼 수 있는 현상이었다. 여러 정황상 식중독일 가능성이 높았다. 하지만 대개의 식중독은 여름, 그것도 장마철에 자주 발생하는데, 이미 추석도 지난 음력 9월이었다. 또한 식중독은 음식 때문에 일어나는 것으로 전염병으로 확산될 가능성은 높지 않았다. 거기다 신장까지 손상된 것을 볼 때 단순히 식중독으로 사망한 것만은 아닐 것으로 판단했다. 중례가 또하나 유심히 본 것은 소년과 노인의 음낭이었다. 두 사람 모두 음낭에 검푸른 시반이 형성되어 있었다. 소변을 보지 못할 때 생기는 현상이었다. 그 때문에 중례는 고개를 갸웃거리며 장춘모에게 물었다.

"관아에 사망자들의 명단이 있습니까?"

"있지요. 아마 공방 나리께서 가지고 계실 것이오. 내가 받아주겠소."

중례는 장춘모가 가져온 사망자 명단을 세세히 살핀 후, 물었다.

"참마실이 어딥니까?"

"의주 역참 주변을 그렇게 부르오."

사망자의 태반이 참마실 사람들이었다.

"조마실은 어딥니까?"

"역참에서 동쪽으로 오 리쯤 떨어진 곳이오."

"여기 적힌 마을 중에 역참에서 가장 먼 곳이 조마실이오?"

"그렇소."

역병은 역참을 중심으로 발생하여 주변 오 리까지 퍼졌다는 뜻이었다. 생각보다 퍼지는 속도가 느리고 확산 지역도 좁은 편이었다.

중례는 지난봄에 충청도 청주 일원에 역병이 퍼져 다녀온 적이 있었다. 당시 퍼져 있던 역병은 일종의 열병이었다. 병자들은 공통적으로 고열에 시달렸다. 하지만 구토를 하거나 설사를 하지는 않았다. 다만 확산 속도가 워낙 빨라 순식간에 청주 전역에 퍼졌었다. 그럼에도 사망자는 많지 않았다. 청주 전역에서 사망한 사람은 환갑을 넘긴 노인 일곱이 전부였다. 거기다 어린아이나 젊은 사람들은 한 며칠 고열에 시달리다 금세 나았다. 그때 스승 탄선은 이런 말을 했었다.

"역병을 여럿 경험해보니, 아주 드센 역병은 사람은 많이 죽이는데 멀리 확산되지 않았고, 가벼운 역병은 멀리 확산되고 확산 속도도 빠른데, 사람을 많이 죽이지는 않더구나."

중례는 스승의 그 말을 생각해내고는 이번 역병은 아주 드센 놈일 것 같다는 생각을 했다. 중례는 곧 이번 역병의 첫번째 희생자였던 역참 사령의 집을 방문했다.

"부군께서 처음 역병 증세를 보일 때, 증세가 어땠는지 상세하게 말해줄 수 있겠습니까?"

중례가 사령의 아내에게 그렇게 묻자, 그녀는 당시 상황을 세세하게 설명했다.

"처음에 배가 아프다고 했을 때는 그저 술병이겠거니 했지요. 그 며칠 전에 중국 상인이 가져온 육포를 안주 삼아 술을 먹었다고 했거든요. 그러다 갑자기 배가 아파 죽겠다고 뒹굴더니 피똥을 싸기 시작했어요. 그뒤로는 몸에 힘이 하나도 없다고 호소하더니, 갑자기 오줌이 나오지 않는다고 하고, 잠도 오지 않는다고 하고, 이빨이 아프다고도 하고, 먹기만 하면 토하고, 종잡을 수 없이 이곳저곳이 아프다고 호소하다가 그만 한순간에 몸을 마구 떨더니 숨이 끊어져버렸어요."

"부인께서도 피똥을 쌌습니까?"

"저는 피똥은 나오지 않았고요. 대신에 밤에 자꾸 소변이 마려워서 잠을 설쳤어요. 우리 아들도 마찬가지고요. 그런데 우리 딸이 피똥을 싸고 아버지하고 똑같이 몸을 부들부들 떨더니 숨이 끊어졌어요."

"지금은 괜찮습니까?"

"한 번씩 현기증이 나는 것 빼고는 괜찮아요."

중례는 사령을 시작으로 다른 사망자들도 조사하기 시작했다.
사망자는 대다수가 역참과 관련 있는 사람들이었다. 역참의 역졸
이나 역리, 그리고 그 가족들, 그 가족들과 접촉한 사람들이 대부
분이었다. 그러자 중례는 한 가지 확신을 얻었다.

'중국 상인이 가져온 육포가 문제였구나……'

중례는 그런 판단으로 육포를 가져왔다는 그 중국 상인의 행적
을 조사하기 시작했다. 그러다 중국 상인은 이미 육포를 다 팔고
중국으로 돌아갔다는 사실을 알아냈다. 그것도 아무런 병증도 앓
지 않고 멀쩡히 돌아갔다는 것이었다. 그 때문에 중례는 몹시 혼란
스러웠다.

'육포가 문제였다면 애초에 육포를 가지고 온 중국 상인이 병증
을 드러내야 하지 않는가. 그런데 정작 그 사람은 아무렇지도 않았
다니, 이게 도대체 어찌된 일이란 말인가?'

그런 의문과 함께 또하나 이해되지 않는 일이 있었다. 사망자의
대부분은 참마실 사람들이었지만, 몇 사람은 오 리나 떨어진 조마
실 사람들이라는 점이었다.

중례는 곧 조마실로 가서 역병에 희생된 사람들을 조사했다. 그
런데 거기서도 중국 상인의 흔적이 발견되었다. 조마실에 황씨 성
을 쓰는 과부가 있었는데, 그녀가 중국 상인과 내연 관계에 있었다
는 것이다. 그런데 이번 역병에 그녀의 어린 아들이 사망했고, 이
웃집에서도 역시 어린 남자아이가 사망했다. 또한 그녀와 이웃집
사람들도 모두 짧게나마 역병을 앓았다고 했다. 그래서 그들의 집
을 조사해보니, 거기서 중국 상인이 팔았다는 육포가 발견되었다.

중례는 육포가 전염병의 원인이라고 확신하고 우선, 의주 목사에게 청하여 중국에서 들어온 육포를 모두 불태우도록 조치했다. 하지만 문제는 또 있었다. 육포를 먹지 않은 사람들 중에도 사망자가 여럿 나왔다는 사실이었다. 특히 어린아이 사망자는 대부분 육포를 먹지 않았다고 했다. 그런데도 전염이 된 것을 보고 중례는 육포에 묻어 있던 악충이 사람 몸속으로 들어가 알을 깐 다음 다시 사람들에 의해 전염되는 것으로 판단했다. 말하자면 처음엔 육포에 의해 역병의 악충이 퍼졌지만, 다음엔 사람에 의해 악충이 전염되는 것으로 보았던 것이다. 그나마 다행스러운 것은 사망자가 점차 줄어들고 있다는 점이었다.

그래서 중례는 그간의 조사를 바탕으로 의주 목사에게 이런 요청을 했다.

"이번 역병은 처음엔 육포에 의해 일어났지만, 다음엔 사람들에 의해 전염되는 것으로 보입니다. 그러니 우선 사망자가 많이 나온 참마실의 출입을 완전히 통제하고, 조마실 지역에도 병자가 발생한 지역을 중심으로 금줄을 쳐서 왕래를 제한해야 합니다."

그러자 의주 목사가 물었다.

"그렇게만 조치하면 더이상 역병이 퍼지지는 않겠는가?"

"그렇습니다. 또한 다행스럽게도 최근 이틀 동안에는 사망자가 나타나지 않고 있습니다. 이는 역병이 잦아들고 있다는 뜻입니다."

"그렇다면 현재 역병을 앓고 있는 백성들은 어찌할 셈인가?"

"소인이 조사해보니, 역병을 앓은 사람들 중에 혈변을 본 병자들은 대부분 사망하였고, 혈변을 보지 않은 사람들은 대개 스스로 나았습니다. 그래서 지금 역병을 앓고 있는 환자들을 혈변을 보는 사람과 혈변을 보지 않는 사람으로 구분하여 치료하고자 합니다. 또한 다행스러운 것은 현재 혈변을 보는 병자 수는 열 명이 채 되지 않으니, 그들만 잘 치료하면 더이상 역병의 피해는 없을 것으로 생각됩니다."

중례가 그런 조치를 취하고 있을 때, 탄선이 후발대를 이끌고 의주 관아에 도착했다. 이후, 역참 앞 공터에 천막을 치고 의원을 연후 본격적으로 병자들을 치료하기 시작했다.

"며칠 뒤에 사은사가 이곳에 도착하기 때문에 조정에서 약재를 후하게 내주었다. 어떤 비방이 좋겠느냐?"

"환자들은 한결같이 신장이 많이 상하여 부종이 심합니다. 또한 심통과 복통을 동반하고 어지럼증을 호소하고 있으니, 우선 통령산(通苓散)을 써서 심통과 복통을 줄이고 번열(가슴이 답답하고 열이 나는 증상)을 풀어줘야 할 것 같습니다. 통령산은 소변이 막히는 증세를 해소하여 상한 신장을 회복시키는 데도 도움이 될 것으로 보입니다."

"옳거니. 좋은 처방이다. 또 어떤 비방이 필요할 것으로 보이느냐?"

"곽란 증세가 있는 병자들에겐 묵은 쌀뜨물을 가라앉혀 마시게 하고, 상수리 열매를 가루 내어 꿀에 반죽하여 빈속에 복용토록 하는 것이 좋을 것 같습니다."

"그 또한 좋은 방책이구나. 쌀뜨물이나 상수리 열매는 쉽게 구할 수 있는 것이니, 군이 약재를 사용하지 않아도 될 것이다. 그리고 설사가 그치지 않고 소변이 나오지 않는 병자들에겐 차전산(車前散)을 처방하는 것이 좋겠다. 이번에 차전산에 필요한 차전자(질경이 씨앗)를 많이 얻어 왔으니, 속히 처방하도록 해라. 다행히 병자가 많지 않으니, 이번 역병은 어렵지 않게 잡을 수 있겠구나."

탄선과 중례가 통령산과 차전산으로 병자들을 치료한 덕에 열 명 남짓했던 중증 환자 중에도 절반은 목숨을 구했다. 하지만 증세가 너무 심했던 네 명의 병자들은 기어코 목숨을 잃고 말았다. 하지만 의주 역참에서 시작된 역병은 그 정도로 잡혔다. 치료해야 할 경증 병자들이 십여 명 있긴 했지만, 그들은 처방한 약만 잘 먹어도 회복되는 데 무리가 없는 상태였다.

"이제, 명나라로 가는 사은사를 출발시켜도 될 것 같습니다."

탄선의 그 말에 의주 목사는 곧 장계를 조정에 올렸고, 이내 조정에서는 영의정 심온이 이끄는 사은사 일행을 출발시켰다. 하지만 탄선의 요청에 따라 사은사 일행은 의주에서 숙박은 하지 않고 곧바로 동팔참(중국 산해관에서 압록강 사이에 있는 여덟 곳의 역참)으로 향했다. 혹여 사은사 일행이 의주에 머물렀다가 역병에 걸리는 사태를 막기 위함이었다.

사은사 행렬이 동팔참에 무사히 진입했다는 소식을 접하자, 탄선은 의주 목사에게 인사를 하고 활인원으로 돌아갈 준비를 하였다. 그런데 의주 목사에게 돌아가겠다는 말을 전하자, 의주 목사는 불안감을 감추지 못하고, 탄선에게 부탁했다.

"아직 역병 증세를 보이는 환자들이 여럿 남아 있고, 혹여 앞으로 또다시 역병 증세를 보이는 백성이 나올 수도 있으니, 그 젊은 의원이라도 남겨주고 떠나는 것이 어떻겠소?"

"젊은 의원이라면?"

"처음에 왔던 노가라는 그 젊은 의원 말이오."

"그 아이는 활인원에서도 할 일이 많아서……."

"병자들이 모두 회복할 때까지만 머물러 있게 해주시오. 내가 도울 일이 있으면 다 도우겠소."

의주 목사는 심온 일행이 돌아올 때 다시 역병이 창궐할까봐 몹시 두려워하는 기색이었다. 심온이 국구인데다 만인지상 일인지하의 영의정이니, 그가 돌아오는 길에 자칫 의주에 역병이 다시 일어나기라도 하면 그 불똥이 자신에게 튈까 염려한 것이었다.

의주 목사가 그렇듯 간곡하게 부탁하자, 탄선은 중례를 그곳에 남기고 나머지 사람들을 모두 이끌고 활인원으로 돌아갔다.

중례는 의주에 남게 된 것을 잘된 일이라고 생각했다. 그렇지 않아도 며칠만이라도 의주에 더 머물게 해달라고 탄선에게 부탁할 참이었다. 기왕 의주에 온 이상 아버지 사건에 대해 좀더 자세하게 알아볼 요량이었다.

중례는 우선 오작인 장춘모를 찾아갔다. 장춘모는 오작생활을 무려 30년 이상 했기 때문에 8년 전 사건에 대해서도 잘 알고 있을 것으로 보았기 때문이다.

"혹 8년 전에 이곳 목사로 있던 윤철중 어른의 사건을 기억하시오?"

"알다마다요. 의주는 물론이고 평안도 전역에 떠들썩했던 살인

사건인데, 내가 왜 모르겠소?"

"그렇다면 그 어른의 시신을 직접 검험했습니까?"

"아니오. 여느 사건 같으면 내가 했을 것인데, 그 사건은 의주 목사가 살해된 것이기에 감영에서 직접 오작인을 데리고 왔었소."

"감영에서 직접 온 오작인을 혹 아시오?"

"알다마다요. 잘 아는 자요. 엄대치라고 하는 자인데, 한때 의주 관아에서 일을 했으니까, 내가 잘 알지요. 그 사람 원래 의주 사람 이거든요."

"그 사람을 만나볼 수 있겠습니까?"

"지금은 만날 수 없게 되었습니다. 죽었으니까요."

"죽어요?"

"그 사건이 벌어지고, 그뒤에는 범인으로 지목된 사람이 자살을 했더랬지요."

"판관으로 있던 노상직이란 분 말이오?"

"그 어른을 아시오?"

"네, 조금 압니다."

"그 판관 나리께서 범인으로 몰려 감영에 갇혔는데, 갑자기 옥사에서 목을 매고 자살을 했다고 하더이다. 그래서 엄대치 그 사람이 판관 나리의 시신을 검험했다는 소리를 들었는데, 그 얼마 뒤에 죽었소."

"어쩌다 죽었다고 합디까?"

"소문으로만 들었는데, 웬 중국 상인 놈이 칼로 찌르고 달아났다 하더이다."

"중국 상인이요?"

"말이 상인이지, 요동에서 떠돌던 왈짜패 중의 하나였다고 하더군요."

"그런 자가 왜 오작인을 죽인단 말이오?"

"그 속사정이야 모르지만, 뭔가 흑막이 있었던 것 같아요. 엄대치가 죽은 뒤에 말들이 많았으니까요. 나도 전해들은 말이라 자세한 것은 모르오. 그런데 의원께서는 왜 그 일을 캐묻는 거요?"

"사실, 노상직이라는 그 판관 어른이 제 가까운 친척입니다. 그런데 이번에 의주에 온다고 하니, 그분의 아들께서 당시 일을 꼭 자세히 좀 알아봐달라고 해서……."

중례는 그렇게 둘러댔지만, 음성이 떨렸다.

"그나저나 노상직 그분의 평판은 어땠습니까?"

그 물음에 장춘모는 안타까운 얼굴을 하고 한숨을 푹 쉬었다.

"내가 이곳 관아에서 여러 판관들을 겪었지만 그분처럼 청렴하고 강직한 분은 본 적이 없소. 그런데 그런 분이 재물 때문에 목사 나리를 살해했다는 것이 도통 믿기지 않소. 그리고 그런 분이 중국 상인들과 밀거래를 했다는 것도 나는 믿을 수가 없소. 혹 그 책방 놈이라면 모를까."

"책방이라면?"

"윤철중 목사 밑에서 책방 노릇을 하던 오치수란 자가 있었소. 그자는 보통 영악한 놈이 아니었소. 속과 겉이 완전히 다른 위인이오. 엄대치가 죽었을 때도 오치수와 벌인 뒷거래가 틀어져 그리됐다는 말도 돌았소. 어쨌든 오치수 그자는 예사내기가 아니오. 한성으로 돌아가 장사로 크게 성공을 했다는데, 요즘도 가끔 상인들을 데리고 이곳 역참에 묵다 가곤 하오. 소문을 들어보니 한양의 상인들을 쥐락펴락한다 하더이다. 이번에 사은사를 따라간 상인들도 그자가 이끌고 갔다고 하더이다. 재작년 언젠가 나도 의주 나루에 나갔다가 얼핏 그자의 얼굴을 본 적이 있으니, 터무니없는 소문은 아닐 거요."

오치수? 그 이름을 듣자, 중례는 문득 유영교의 말이 스쳐갔다. 2년 전에 검시했던 궁녀 낙태 사건 이후 중례는 서활인원에서 근무하게 되어 오작 일을 그만두었다. 그래서 작별 인사라도 할 겸 유영교에게 갔더니, 유영교가 오치수란 이름을 들먹였다.

"그 궁녀가 오치수라는 자의 조카라는 게야. 의금부의 협조 요청이 있어 그놈을 좀 조사했는데, 보통 놈이 아니더라구. 장안의 상인들은 물론이고 왈짜패까지 손안에 넣고 주무르는 그런 자였어. 그런데 조카가 죽었다는데 눈도 꿈쩍 안 하는 냉정한 인간이더라고."

그때만 해도 중례는 오치수라는 이름을 흘려들었다. 의주 목사 밑에서 책방 노릇을 하던 그 오치수가 장안의 상인들을 좌지우지하는 그 사람과 동일 인물이라고는 생각도 하지 못했던 것이다.

"혹 오치수에 대해 더 아는 것이 있으면 말해주시오. 그리고 엄대치와 오치수가 뒷거래를 했다는 건 무슨 말이오?"

"내가 아는 건 그게 다요. 더 물어볼 말이 있거든 엄대치의 사촌 동생인 소철이를 찾아가보시오. 나도 소철이한테 들은 말이니까."

중례는 곧 장춘모와 함께 소철의 집을 찾아갔다. 이미 해질녘이

었다. 하지만 소철은 없고, 그의 아내가 문고리를 잡은 채 방문을
반쯤 열고 얼굴을 내밀었다.

"아들을 데리고 아침에 나갔는데, 언제 들어올지 모르오. 무슨
일로 그렇습니까?"

소철 아내의 목소리는 기어들어가는 듯 힘이 없었다. 거기다 간
신히 내민 얼굴엔 병색이 역력했다.

"뭐 좀 물어볼 것이 있어 그러오."

"제가 몸이 이래가지고……."

그렇게 말하다 그녀는 그만 앞으로 풀썩 쓰러지고 말았다. 장춘
모가 급히 붙잡지 않았다면 그녀는 마당으로 나뒹굴었을 것이다.

"어서 방안으로."

중례는 장춘모와 함께 그녀를 방안에 눕혔다. 그녀의 몸은 바싹
말라 있었다. 피부는 누렇게 떠 있었고, 얼굴엔 핏기가 거의 없었
으며, 눈동자는 빛을 잃어가고 있었다.

중례는 호침을 꺼내 인중에 꽂고, 장춘모에게 부엌으로 가서 빨
리 불을 지피라고 부탁했다.

"이게 다 무슨 일이래그래. 마실 왔다 초상 치른다더니, 내가 딱
그 짝이네."

장춘모가 후닥닥 부엌으로 나가자, 중례는 백회와 용천에도 침
을 찌르고 이어 늘 가지고 다니는 뜸 주머니를 꺼내 중완에 뜸을
놓았다.

그녀는 허로(虛勞, 허약해서 생기는 병)에 여러 잡병이 겹쳐 당
장 죽어도 이상하지 않은 상태였다.

"미지근한 물 좀 가져다주시오."

중례가 부엌에다 대고 소리치자, 이내 장춘모가 물그릇을 가지고 들어왔다. 중례는 허리춤에 차고 다니던 약낭에서 환약 여러 알을 꺼내 입으로 씹었다. 환으로 만들어 가지고 다니는 시호산(柴胡散, 허로 치료약)이었다. 중례는 그녀의 몸을 일으켜 이빨로 으깬 시호산을 그녀에게 먹이고, 다시 물을 먹였다.

잠시 뒤에 그녀의 얼굴에 핏기가 돌아왔다. 거칠었던 숨도 조금씩 안정되고, 맥도 돌아왔다. 중례는 중완에서 뜸을 걷어내고, 곳곳의 혈을 찾아 침을 놓았다.

"살아난 게요?"

"일단 목숨은 건졌지만, 워낙 몸이 허약해져 있어 치료가 만만치 않을 것 같습니다."

"어허, 이렇게 마누라가 다 죽어가는데, 이 사람은 도대체 어디를 간 게야."

"의식을 회복했으니, 죽을 쒀서 먹여야 할 터인데……."

"그렇지 않아도 내가 여기저기 다 뒤져봤는데, 곡식이라곤 찾을 수가 없었소."

장춘모는 곡식을 가지고 아내와 함께 다시 오겠다며 나갔다. 그즈음 소철의 아내가 눈을 떴다.

"정신이 좀 드시오?"

"뉘신지요?"

"의원이오. 자칫했으면 큰일 치를 뻔했소."

"고맙습니다."

"언제부터 아팠소?"

"시름시름 앓은 지 벌써 반년이 넘었습니다."

"의원은 찾아가봤소?"

"아니요."

"몸이 많이 허약해져 있소. 급한 대로 약을 좀 썼지만, 우선 제대로 먹는 것이 중요하오."

"남편하고 아들이 곡식을 구해 오겠다며 나갔는데……."

그 말을 하기가 무섭게 밖에서 인기척이 났다. 문밖에 남자의 신발이 놓여 있는 것이 이상했는지 소철이 문을 벌컥 열어젖혔다.

"누구쇼?"

소철은 눈알을 부라리며 중례를 아래위로 훑었다.

"의원이오."

그러자 소철의 태도가 공손해졌다.

"의원이 어떻게……."

"오작 사령 장씨와 함께 찾아왔는데, 안주인께서 갑자기 쓰러지는 바람에……."

그때 소철의 아내가 나직한 음성으로 끼어들었다.

"이분 아니었으면 나 오늘 황천길 갈 뻔했소."

그 말을 듣고 소철이 고개를 조아리며 몇 번이고 고맙다는 말을 하였다.

"급한 대로 약과 침으로 큰일은 막아냈지만, 몸이 워낙 허약해져 있습니다."

"진작 의원을 찾아 약을 구해야 했지만, 형편이 이래서……."

"기왕 이렇게 왔으니, 자세하게 문진을 좀 해봅시다."

"고맙습니다, 의원님."

중례는 소철의 아내를 상대로 병증에 대해서 자세히 묻고 나서 말했다.

"안주인의 병은 과로한 후에 몸을 돌보지 않아서 생긴 병입니다. 거기다 몇 가지 잡병이 더해져 몸이 심하게 허약해져 있습니다. 마침 이번에 역병 때문에 가져온 약재 중에 적당한 것들이 있으니, 탕약을 만들어 드리겠소. 하지만 탕약도 중요하지만 곡기가 더 중요합니다."

"잘 먹여야 된다는 말입지요?"

"그렇습니다. 하지만 급하게 너무 많이 먹어서도 안 됩니다. 우선 며칠간 죽을 먹고, 이후에는 조금씩 먹는 양을 늘려야 할 것입니다."

"정말 고맙습니다. 이 은혜는 절대로 잊지 않겠습니다."

그때 장춘모가 아내와 함께 들어서며 말했다.

"그럼, 절대 은혜를 잊어서는 안 되지. 이 의원님 아니었으면 큰일 치를 뻔했네."

"아저씨 오셨습니까? 의원을 모시고 와주셔서 정말 고맙습니다."

장춘모는 소철을 따로 불러냈다. 그리고 이내 중례도 밖으로 불러냈다. 중례가 자신을 찾아온 이유를 장춘모에게 자세하게 들었다며 소철이 말했다.

"대치 형님과 오치수가 무슨 뒷거래를 했는지 궁금하다 하셨습니까?"

"그렇소."

"내막은 저도 자세히 모르지만, 형님이 검시를 할 때 오치수가 잘만 해주면 한몫 단단히 챙겨주겠다고 했다고 하더군요."

"직접 들은 말입니까?"

"그렇습니다. 대치 형님에게 직접 들은 말입니다."

"자세한 내용은 모르시오?"

"대치 형님이 자세하게 말해주지는 않았습니다. 다만 분명한 것은 당시 목사 나리의 시신을 살필 때, 대치 형님이 오치수와 뒷거래를 했다는 정도입니다."

'뒷거래라⋯⋯.'

오작인이 벌일 수 있는 뒷거래란 뻔한 것이었다. 검시의 내용을 조작하는 것밖에 없었다. 어차피 검시할 때 시신을 직접 살피는 사람은 오작인이고, 검시관은 오작인이 불러주는 것을 바탕으로 검안서를 작성하기 때문이다. 그렇다면 엄대치와 오치수의 뒷거래로 윤철중의 검시 내용은 조작되었다는 뜻이었다. 하지만 검시관이 명민한 사람이었다면 단순히 오작인 한 사람만 매수한다고 해서 쉽게 검안서를 조작할 수 있는 일은 아니었다. 말하자면 검시관으로 왔던 한문수의 동조가 없었다면 검안서 조작은 불가능했을 것이란 뜻이었다.

"오치수와 한문수라⋯⋯."

중례는 윤철중의 죽음에 오치수와 한문수가 깊이 연관되어 있다는 것을 확인한 것만 해도 큰 소득이라고 생각했다. 그 정도만으로

도 아버지 노상직이 살인 누명을 쓰고 억울하게 죽었다는 확신을
얻었던 것이다.

10. 난산(難産)

소비는 벌써 삼 일 동안 장의동 본궁에서 지내고 있었다. 장의동 본궁은 이방원이 왕위에 오르기 전에 살던 집이었고, 지난 8월에 새롭게 왕위에 오른 주상 이도(세종)가 태어난 곳이었다. 주상은 왕위에 오르자마자 창덕궁 인정전 건립 공사 때문에 장의동 본궁으로 옮겨와 정무를 보고 있었다. 본궁은 왕이 정무를 보기에도 비좁기 짝이 없는 곳이었는데, 부인 심씨가 넷째를 임신하여 산실청까지 마련해야 할 처지였다. 이 때문에 주상은 좁아터진 본궁에 산실청까지 세울 수 없다며 인정전 공사를 재촉했고, 마침내 삼 일 전인 9월 10일에 인정전이 완성되었다. 그리고 주상과 심씨는 이날, 9월 13일에 창덕궁으로 돌아가게 되었다.

그런데 왕비 심씨는 완전히 만삭이었다. 이미 아이가 들어선 지 열 달째인 만큼 언제 산통이 올지 알 수 없었다. 그런 상황에서 창덕궁으로 이어하게 되었으니, 왕비 심씨가 불안해하는 것은 당연했다.

"오늘 어가와 함께 창덕궁으로 갈 수 있겠는가?"

진맥을 하고 있는 소비에게 심씨가 근심어린 표정으로 물었다.

"맥이 좀 불안정하지만, 다행히 아기씨는 잘 놀고 있습니다. 다만 걱정스러운 것은 마마께서 몸이 너무 무거워져 있고, 불안증이 있으신 것이……."

심씨는 다섯째를 임신한 이후 살이 지나치게 불어났다. 지금껏 아이를 넷이나 낳았지만 이번처럼 살이 찐 적은 없었다. 심씨는 머쓱한 웃음을 지으며 말했다.

"참 이상도 하지. 지금껏 이런 일이 없었는데, 이번에는 음식이 당겨서…… 무슨 문제라도 있는가?"

심씨가 임신 이후에 지나치게 비만해진 것 때문에 그간 소비도 신경을 곤두세웠었다. 비만한 임부는 유산하기 쉽다는 것을 잘 알고 있었기 때문이다. 하지만 다행히도 심씨는 한 번도 유산 증세를 보이지 않고 잘 지내왔다. 그래서 사실 비만은 이제 큰 문제가 되지 않았다. 정작 문제는 심씨의 내면 상태였다.

며칠 전에 친정아버지인 영의정 심온이 사은사로 간 뒤로 심씨는 부쩍 불안감이 심해졌다. 불안감의 뿌리는 수강궁(창경궁의 옛 이름)의 움직임이었다. 심온을 전송하러 나온 사람들로 인해 장안이 온통 수레로 가득찼다는 말을 듣고 상왕이 언짢은 기색을 드러냈다는 후문이 돌았기 때문이다.

사실, 그 불안감은 심씨가 세자빈에 책봉된 뒤부터 계속되던 것이었다. 심씨는 남편이 왕위에 오르는 것을 처음부터 반기지 않았다. 시아버지인 이방원이 어떤 인물인지 잘 알고 있었기 때문이다.

이방원은 왕권을 위협하는 그 어떤 존재도 용납하지 않는 위인이었다. 그래서 자신을 조금이라도 위협할 수 있는 세력은 아예 그 싹부터 잘라버렸다. 그 대상이 동지든 친구든 가리지 않았다. 심지어 아버지나 친형제라도 두고 보지 않았다. 그러니 처가나 사돈 같은 외척의 목숨을 빼앗는 것은 아무렇지도 않게 여겼다. 시어머니 민씨의 집안을 철저하게 짓밟은 것만 봐도 그것은 쉽게 알 수 있는 일이었다.

심씨는 총명하고 사리 판단이 빠른 여인이었다. 그래서 만약 남편이 왕위에 오르고 친정아버지가 국구가 되면 친정이 민씨 일가처럼 쑥대밭이 될 수 있다는 생각을 하였다. 다만 한 가지 모면의 길이 있다면 친정인 심씨 일가가 일체 권력에서 물러나는 것이었다. 그래서 심씨는 세자빈에 책봉된 뒤에 친정아버지는 물론이고 남동생들과 청송 심씨의 일가붙이들에게도 제발 권좌에 발을 들이지 말라고 신신당부를 했다.

심씨가 그토록 불안해하는 이유는 또 있었다. 심온 집안은 시어머니 민씨의 본가인 여흥 민씨와도 인척으로 얽혀 있었다. 심온의 장남인 심준의 아내, 즉 심씨의 올케가 시어머니 민씨의 남동생인 민무휼의 딸이었다. 말하자면 아버지 심온과 시어머니 민씨는 겹사돈 관계로 얽혀 있는 상황이었다. 그런데 시아버지 이방원은 민무휼의 형제들을 모두 죽이고, 그들과 친한 신하는 모두 죽이거나 조정에서 내쳤다. 그러니 민무휼과 사돈지간인 심온과 민무휼의 맏사위인 심준을 좋은 눈으로 볼 리가 없었다.

심씨는 그런 모든 상황을 염두에 두고 친정아버지와 남동생들에게 요직에 발을 들이지 말 것을 종용했다. 다행히 동생 심준은 심씨의 말을 알아듣고, 요직에 뜻을 두지 않았다. 하지만 아버지 심온은 심씨의 의중을 제대로 이해하지 못하고 덜컥 영의정 벼슬을 받아버렸다.

심씨는 심온이 영의정이 된 뒤로 노심초사하며 늘 잠을 설쳤다. 그렇다고 누구에게 속마음을 털어놓을 수도 없었다. 다만 소비에게만은 친정 일로 신경이 몹시 쓰인다는 말만 하였다.

"배 속의 아기를 위해 다른 잡념은 모두 거두소서."

"나도 늘 그렇게 마음을 먹네만, 잘 되지 않네."

"대궐로 가시면 불안감이 더욱 심해질 것입니다. 순산을 위해서는 본궁에서 해산을 하시는 것이 좋을 것 같습니다."

소비가 그런 말을 하고 있는데, 승전색(임금과 왕비의 명령을 전달하는 내관) 김용기가 와서 출발을 재촉했다.

"어가가 곧 출발한다고 전하라 하셨습니다."

그러자 심씨가 김용기에게 잠시 안으로 들라고 하였다.

"임금께 어가를 따라가지 못할 것 같다고 전해주게."

그 말을 전해듣고 주상이 심씨의 상태를 살피기 위해 내전으로 들어왔다.

"몸이 편치 않으시오?"

그러자 소비가 대신 대답했다.

"산일이 바로 닥쳐 어가를 따르는 것은 몹시 위험합니다."

"그러면 어떻게 하는 것이 좋겠는가?"

"본궁에 산실청을 차리고 해산해야 할 듯하옵니다."

"그렇듯 급박한가?"

"자칫 어가를 따랐다가 가마에서 출산을 하게 될 수도 있사옵니다."

"어허, 거참……."

주상은 안타까운 표정을 감추지 못했다. 왕이 된 뒤에 처음으로 아이를 얻는 것인데, 이번만은 궁궐에서 아이의 울음소리를 듣고 싶은 마음이었다.

"주상께서는 어서 가소서. 대신들과 육경이 모두 인정전에서 기다리고 있지 않습니까? 거기다 오늘은 상왕 전하(태종)와 노상왕 전하(정종)께서도 납신다고 하시니, 어가가 대궐에 늦게 당도하는 일은 없어야 하지 않겠습니까?"

"그래도 오늘 같은 날, 빈궁이 함께해야 하거늘……."

주상이 심씨를 빈궁이라 부르는 것은 아직 왕비 책봉례를 거행하지 않았기 때문이었다. 왕비 책봉례는 심씨가 해산을 하고 몸을 완전히 회복한 뒤에 거행하기로 예정되어 있었다.

"만삭이라 어차피 함께할 수도 없는 몸 아닙니까? 어서 서두르소서."

그러자 주상은 고개를 끄덕이고는 소비에게 당부했다.

"자네가 빈궁을 잘 돌봐주게."

"염려 마소서. 성심을 다하겠습니다."

그렇게 어가가 떠난 뒤, 채 한 시진도 되지 않아서 심씨의 진통이 시작되었다. 하지만 진통은 시작되었는가 싶으면 다시 잦아들고, 잦아들었는가 싶으면 다시 시작되기를 반복했다. 그때마다 심씨는 계속 복통을 호소했는데, 소비는 그녀의 복통을 줄이기 위해 회화나무 열매와 부들의 열매인 포황(蒲黃)을 찧어 가루로 만든 후 꿀과 반죽하여 만든 괴자환(槐子丸)을 썼다. 다행히 괴자환이 효험이 있었는지 복통이 많이 줄어들었다. 하지만 심씨의 그런 상태는 며칠이나 계속되었다. 그 때문에 심씨는 몹시 지쳐 있었다. 거기다 배는 지나치게 불러왔다. 배 속에 수분이 너무 많은 탓이었다. 소비는 심씨의 원기도 회복시키고 동시에 배 속의 수분도 줄이기 위해 삼인이어탕(三因鯉魚湯)을 써보기로 했다. 이를 위해 잉어 한 마리를 푹 고아 살은 버리고 그 국물에 백출(白朮, 삽주의 덩어리진 뿌리) 5냥과 복령(茯苓, 소나무 뿌리에 자생하는 균체) 4냥, 당귀와 작약 2냥을 넣어 함께 달였다. 삼인이어탕은 과연 효험이 있었다. 수분이 많이 배출된 덕분에 복통이 잦아들고 원기도 회복했다.

　복통이 시작된 뒤 닷새째 되던 날, 마침내 본격적으로 진통이 시작되었다. 그런데 난산이었다. 심씨의 몸이 너무 비대해진 탓인지 진통만 계속될 뿐 산도가 쉽게 열리지 않았다. 거기다 출혈까지 몹시 심했다.

　그 소식을 듣고 주상이 본궁으로 급히 행차했다.

　"아직도 산도가 열리지 않았느냐? 어서 가서 알아보고 오너라."

　주상은 내관 김용기를 재촉했다. 김용기는 몇 번이나 산실청을 다녀왔지만, 그때마다 어두운 기색만 드러냈다.

　"아직 감감하다 하옵니다."

"어허, 이를 어쩐단 말이냐!"

그렇게 주상이 밖에서 발을 동동 구르고 있는데, 대비 민씨가 본 궁으로 행차해 주상을 안심시켰다.

"주상, 걱정 마오. 내가 주상을 뱄을 때도 지금과 비슷했다오. 주상을 잉태한 뒤에 나도 하도 음식이 당겨 많이 먹었는데, 몸이 많이 불어났지요. 그 때문에 해산하기 며칠 전부터 진통이 시작됐는데, 도저히 산도가 열리지 않아 애를 먹었소. 심지어 까무러치기도 했는데, 그래도 종국에는 순산했어요. 그러니 너무 마음 졸이지 마오. 내 생각에는 이번 다섯째는 아들인가 싶으오. 주상도 셋째 아들이니, 빈궁도 셋째 아들을 낳느라 저리 힘겨운 것이오."

주상은 모후의 그 말에 조금은 안심이 되었다. 하지만 이내 김용기가 달려와 울음 섞인 음성으로 더듬거리며 아뢰었다.

"전하, 빈궁께서 출혈이 너무 많아서…… 저러다 큰일이라도 나실까 염려되옵니다."

그러자 대비 민씨가 김용기를 나무라며 나섰다.

"어허, 어찌 그리 불길한 말을 하는가?"

말을 그렇게 했지만 민씨도 불안하긴 매한가지였다. 민씨는 며느리들 중에 특히 심씨를 좋아했다. 총명하여 말귀를 잘 알아들을 뿐 아니라 답답한 구석이 없는 것이 좋았다. 대답은 항상 분명하였고, 의견이 있으면 망설이지 않고 드러내는 것도 마음에 들었다. 더구나 성격도 온순하고 화를 내는 일도 거의 없었다.

"주상, 빈궁이 잘 이겨낼 것입니다. 염려 마시오."

민씨는 어떻게든 주상을 다독거리고자 했다. 하지만 음성이 떨리는 것은 어쩔 수 없었다. 여염집에서 여인들의 죽음 중에 가장 크게 차지하는 것이 산욕에 의한 것이었다. 그것은 왕가의 여인이라고 해도 피해 갈 수 없는 숙명이었다.

그렇듯 주상과 대비 민씨가 밖에서 애를 태우고 있는 동안 소비는 산실청에서 사력을 다하고 있었다. 산실청에 능숙한 산파와 의녀들이 여럿 동원되었지만, 그들은 모두 난감한 표정을 짓고 있었다. 산파들은 아이를 받아내는 데는 능숙했지만, 이런 경우 어떤 비방을 써야 하는지 몰랐고, 의녀들은 경험이 부족하고 의술도 형편없었다. 의술에 뛰어난 어의들이 산실청 밖에서 대기하고 있었지만 그들도 당황하긴 매한가지였다. 그들은 산실에 직접 들어가지 못하는 까닭에 바깥에서 여러 의방을 구해봤지만 비만으로 인한 난산에는 속수무책이었다. 그런 까닭에 모든 것이 소비의 손에 달려 있었다.

소비는 무엇보다도 탈진을 막는 데 주력했다. 산모가 탈진하면 모든 것이 끝이었다. 산모와 태아가 함께 죽을 수밖에 없었다. 그런데 다행스럽게도 심씨는 쉽게 탈진 상태로 떨어지지는 않았다. 하루종일 아무것도 먹지 않고 오로지 진통을 견뎌내며 출산에만 모든 기력을 쏟아냈는데도 버텨냈다.

사실, 진통이 시작된 뒤에는 탕제도 쓸 수 없었다. 오로지 산모의 기력으로 난산 과정을 모두 버텨내야 했다. 그러나 그것도 산도가 완전히 열려 있을 때 가능한 일이었다. 산도가 열리지 않으면 산모가 아무리 용을 써도 아이를 받아낼 순 없는 노릇이었다. 진통이 시작된 지 하루가 지났는데도 심씨의 산도는 절반밖에 열리지 않았다. 그대로 계속 용을 쓰다간 산모와 태아가 모두 위험해질 수밖에 없었다. 소비는 침을 써서라도 산도를 열어야 한다고 판단했다. 하지만 산도에 직접 침을 쓰는 것은 산모에게 매우 위험한 일이었다. 자칫 반쯤 열린 산도마저 닫혀버리는 사태가 벌어지면 더 이상 가망이 없게 되는 것이었다.

산도를 열기 위해 침을 쓰는 의술은 거의 알려진 바가 없었다. 어의들 중에도 아는 이가 아무도 없었다. 소비 또한 단 한 차례 시행한 적이 있을 뿐이었다. 활인원을 찾은 산모 중 하나가 심씨와 비슷한 경우였는데, 소비는 마지막 수단으로 침을 써서 산도를 열었고, 다행히 산모와 아이를 무사히 구했다. 그때만 하더라도 산도를 열 수 있다는 확신이 전혀 없었다. 그야말로 최후의 수단으로 사용한 비방이었다. 다행히 그 비방 덕에 산모와 아이는 살렸지만, 소비는 여전히 확신이 없었다. 그래도 최후의 수단으로 사용해볼 수 있는 비방은 그것뿐이었다.

소비가 침으로 산도를 열어야 한다고 하자, 의녀들이 모두 의아한 얼굴로 고개를 내저었다. 의녀들의 말을 듣고 어의 양홍달과 정종하가 소비를 불러냈다.

양홍달이 엄한 눈으로 물었다.

"산도에 시침을 하겠다고 한 것이 사실이냐?"

"산도가 반쯤만 열려 있어, 이 상태로 계속 있으면 산모와 태아가 모두 죽습니다. 최후의 방법으로 시침을 하고자 합니다."

"태산(胎産, 태아의 출산)에 관한 여러 의서를 보았지만, 침으로 산도를 연다는 말은 들어본 적이 없다."

"물론 태산에 관한 의서에는 침으로 산도를 연다는 기록은 없습니다. 그런데 침술을 다룬 의서에는 그런 내용이 있는 것을 본 적이 있습니다."

"도대체 어떤 의서에 그런 기록이 있단 말이냐?"

"아주 오래된 중국의 의서에서 보았고, 직접 시침하여 산모와 아이를 무사히 살린 적이 있습니다."

"몇 번이나 그런 시술을 했느냐?"

"단 한 번이옵니다."

"그 한 번의 성공으로 확신을 가질 수 있느냐?"

"저도 확신은 없습니다. 하지만 다른 방도가 없지 않습니까? 이대로 두었다간 큰일이 날 것입니다."

그 말에 양홍달은 한숨을 길게 내쉬었다. 그리고 잠시 생각하더니, 말을 이었다.

"그 일을 네 스승도 아시느냐?"

"아십니다."

"산도에 시침을 할 때 네 스승도 함께 있었느냐?"

"함께 계셨습니다."

"네 스승이 뭐라고 하셨느냐?"

"사람을 살리는 일은 촌각을 다투는 일이고, 그 일을 위해서는 무슨 일이라도 해봐야 한다고 하셨습니다."

"알았다. 내가 성상께 고하여 허락을 받으마."

양홍달은 곧 주상에게 소비의 말을 전했다. 그러자 주상이 물었다.

"빈궁의 상태가 그렇듯 심각한가?"

"그렇습니다. 산도가 열리지 않으면 두 분이 모두 큰일을 당할 수 있습니다."

그러자 옆에 섰던 대비 민씨가 양홍달에게 물었다.

"소비란 아이의 의술은 믿을 만한 것인가?"

하지만 양홍달은 선뜻 대답을 하지 못했다.

"그것이, 어의들 중에 부인방에 능숙한 이가 없고, 의녀들 중에도 아직……."

그때 주상이 대답을 대신 했다.

"소비는 지난번에 세자를 살린 여의입니다. 의술은 믿을 만합니다."

"그렇다면 맡겨보는 수밖에……."

대비와 주상의 허락이 떨어지자, 소비는 곧 산도에 시침을 하였다. 심씨가 진통을 시작한 지도 벌써 하루가 지나 이튿날 아침해가 솟은 뒤였다. 시침을 한 지 한 점(한 시간)쯤 되었을 때, 산실에서 마침내 아기의 울음소리가 우렁차게 들렸다.

아들이었다. 다행히 심씨도 무사했다. 탈진 상태가 되긴 했지만 혼절하지는 않았다. 하지만 심씨의 상태는 좋지 않았다. 하혈을 너무 많이 한 탓에 혀가 굳어져서 말을 제대로 하지 못했고, 방광이 지나치게 상해 소변을 몇 방울씩밖에 보지 못하는 증세가 있었다. 또 산도로 핏덩어리가 쏟아지고, 심통까지 호소했다. 배꼽 아래쪽을 만져보니 단단한 것이 만져졌다.

소비는 우선 사미탕(四味湯)을 썼다. 사미탕은 해산으로 인한 모든 병에 쓰는 기본 탕제였다. 당귀와 현호색(玄胡索, 여러해살이풀의 한 종류), 혈갈(血竭, 기린갈나무의 열매), 몰약(沒藥, 감람과에 속한 소교목의 열매)을 가루 내어 뜨겁게 달인 어린아이의 오줌에다 타서 먹이는 처방이었다.

사미탕 다음으로 올린 탕제는 칠진산(七珍散)이었다. 칠진산은 지나친 하혈로 인해 생긴 심통을 완화해줄 뿐 아니라 혀가 굳어져 가는 증세를 고치는 용도였다. 소변을 제대로 배출하지 못하는 증세를 완화하기 위해서는 삼출고(蔘朮膏)를 썼다. 삼출고를 조제하기 위해서는 인삼과 백출, 껍질을 제거한 도인(桃仁, 복숭아 씨앗), 진피(陳皮, 익어서 오래 묵은 귤껍질을 말린 것), 황기(黃芪), 복령, 감초(甘草) 등의 약재를 돼지의 오줌보를 달인 물에 넣어 달여야 했다.

이렇듯 여러 탕제로 한 달도 넘게 치료한 뒤에야 심씨는 겨우 안정을 찾았고, 무사히 왕비 책봉례까지 거행했다. 그러자 주상이 소비를 불러 치하했다.

"자네가 왕비와 우리 아들 용(안평대군)를 살렸네. 지난번에 세자도 살려줘서 큰 은혜를 입었는데, 이번에 또 이렇게 신세를 졌으니, 내 이 은혜를 어떻게 갚아야 할지 모르겠구나."

주상은 얼핏 눈물까지 비치며 고마움을 표시했다.

"은혜랄 것이 무엇 있겠습니까? 의자로서 당연히 병자를 치료했을 뿐입니다. 소인은 그저 최선을 다했을 뿐이고, 하늘이 도운 것이지요."

"자네 소원이 무엇인가? 내가 들어줄 수 있는 것이면 무엇이든 상관없네."

"활인원에 병자들이 차고 넘칩니다. 그 사람들 모두 귀한 목숨들인데, 약재를 제대로 쓰지 못해 죽는 일이 허다합니다. 또한 모두 굶주리고 지친 사람들입니다. 그 사람들을 위해 활인원에 곡식을 좀 보태주십시오."

"자네는 이전에도 활인원만 생각하더니, 이번에도 또 그러는구나. 그런 것 말고 자네만을 위해 뭔가 해주고 싶네. 소원이 있으면 말해보게."

그러자 소비는 잠시 망설이다, 속에 있는 말을 꺼냈다.

"활인원의 많은 병자들에게 꼭 필요한 것이 있습니다."

"거참, 여전히 활인원만 들먹이는구나. 그래, 알았네. 말해보게."

"활인원 안에 병자들이 한증(汗蒸)을 할 수 있는 곳을 지어주실 순 없겠는지요?"

"한증이라면 땀을 내는 것을 일컫는 것이냐?"

"그러하옵니다."

"땀을 내는 곳이 왜 필요한 것이냐?"

"중병이 아닌 병자들 중에는 그저 탕욕을 하고 땀을 내기만 해도 나을 수 있는 경우가 많습니다."

"오호, 그러하냐?"

"땀을 냄으로 해서 고칠 수 있는 병은 의서에도 망라되어 있습니다. 또한 탕욕을 하면 몸이 정갈해져 피질(피부병)과 기침병을 치료하는 데도 도움이 됩니다. 거기다 피로에 지친 육신을 치료하는 데도 큰 이익이 될 것입니다."

"오, 일리 있는 말이구나. 알았다, 내 중신들과 의논하여 시행할 방도를 알아보도록 하겠다."

소비를 내보낸 주상은 곧 어의 양홍달을 불러 물었다.

"그대는 우리 조선에서 가장 노숙한 의원으로 알고 있다. 그래서 묻는 것인데, 탕욕을 하고 땀을 내는 시설을 만든다면 병자들에게 큰 도움이 되겠는가?"

"일전에 중국을 방문하였을 때, 연경에서 한증소라는 것을 본 적이 있습니다. 많은 병자들이 그곳에서 병을 치료한다고 하였습니다."

"오호, 그러한가? 그렇다면 우리 조선에도 한증소를 세우는 것이 어떻겠는가?"

"성상께서 그런 은혜를 베풀어주신다면 신은 한 사람의 의관으로서 성은에 감읍할 따름입니다."

"알았네."

그렇게 양홍달을 돌려보낸 뒤, 주상은 우의정 이원을 불러들였다.

"이번에 중궁이 난산으로 자칫 목숨을 잃을 뻔하였는데, 서활인 원에서 온 소비라는 여의가 중궁과 왕자 용을 모두 살렸소. 그러니 소비에게 상을 내리고자 하는데, 약방의 도제조로서 어찌 생각하시오?"

이원이 대답했다.

"고래로부터 여의는 매우 귀한 존재입니다. 그 넓은 중국땅에서도 이름을 남긴 여의가 몇 명 없을 정도입니다. 그래서 우리 조정에서도 이미 오래전부터 여의를 양성하기 위해 의녀 제도를 두었으나 아직 제대로 의술을 갖춘 여의가 없고, 이제 겨우 걸음마 단계를 뗀 의녀도 겨우 대여섯 명뿐입니다. 소비라는 여의가 의술이 출중하다는 것은 이미 장안에 소문이 파다한 일이니, 소비를 정식으로 의녀로 삼는 것이 어떻겠습니까?"

주상이 기꺼워하는 얼굴로 고개를 끄덕였다.

"어찌 내 속에 들어왔다 나간 것 같소이다. 대신의 뜻이 곧 나의 뜻이오. 소비를 제생원에 소속시키는 한편, 내의녀로 삼고자 하는데, 경의 뜻은 어떠하시오?"

하지만 이원은 헛기침을 한 번 하고는 이렇게 말했다.

"지금, 제생원에 소속된 의녀는 세 단계로 나뉘어져 있습니다. 첫 단계는 초학의라고 하는데, 3년간 의서를 공부하는 단계입니다. 이 기간 동안 여러 차례에 걸쳐 시험을 치르고 통과를 해야 두 번째 단계인 간병의가 됩니다. 그런데 간병의 기간은 따로 정해져 있지 않습니다. 특별히 뛰어난 분야가 발견되지 않으면 마흔 살이 될 때까지 간병의로 있어야만 합니다. 그리고 간병의 중에 2인을 선택하여 내의녀로 삼고 있습니다. 이런 제도를 무시하고 소비를 내의녀로 삼으면 이미 내의녀로 있는 의녀들의 불만이 팽배할 것입니다. 이는 또 자칫 의녀들 사이에 분란의 소지가 될 수도 있습니다."

"듣고 보니, 경의 염려가 옳군. 그러면 어찌하면 좋겠소?"

"소비의 의술로 보면 능히 내의녀가 될 자질을 갖춘 것이 분명합니다. 하지만 아직 소비가 스물을 갓 넘긴 나이이니, 내의녀로 삼는 것은 무리가 될 것이고, 또 초학의로 두자니, 의술이 아깝습니다. 그러니 소비를 간병의로 삼는 것이 좋겠습니다. 또한 설사 간병의가 되었다고 하더라도 궁궐에 두는 것은 여러 말이 나올 소지가 있습니다. 마침 서활인원에도 의녀가 없으니, 간병의로 임명하고 서활인원에서 계속 일하게 하는 것이 좋을 듯합니다."

그 말에 주상은 선뜻 동의를 하지 못했다. 소비의 의술은 웬만한 어의를 능가하는 수준이었다. 그런 까닭에 주상의 마음 같아선 소비를 아예 어의로 삼았으면 했다. 하지만 조정의 신하들이 여자가 어의가 되는 것을 묵과할 리가 없었다. 그래서 주상은 소비를 어의로 삼자는 말이 목구멍까지 넘어온 것을 애써 참았다. 그리고 마른 침을 몇 번 삼키고는 말했다.

"경의 말이 백번 지당하오. 그러면 소비를 의녀로 삼고 서활인원에 소속시켜 환자들을 간병하도록 하시오."

소비 문제는 그렇게 매듭지었지만, 주상은 여전히 아쉬웠다. 의술이 뛰어나도 여자라는 이유로 어의가 되지 못한다는 것이 매우 불합리한 일이라고 여겼던 것이다. 그래서 이런 의견을 냈다.

"어차피 앞으로 의녀들의 수가 많이 늘어날 것이니, 후일을 위해서라도 의녀 제도를 좀더 세심하게 다듬는 것은 어떻겠소?"

"무슨 말씀이온지……."

"내의녀를 여럿으로 늘려 의녀들이 승진할 기회를 많이 주고, 내의녀 중에 출중한 자 둘을 선발하여 어의녀로 삼으려 하는데 어떻게 생각하오?"

"그것은 신이 홀로 판단할 문제는 아닌 듯하옵니다."

"알았소. 그러면 대신들과 육경의 의견을 모아 내게 올리시오."

11. 피를 먹고 자라는 꽃, 용상

주상이 불안한 마음을 달래지 못해 편전에서 조바심을 내고 있는데, 마침내 승전색 김용기가 들어왔다.

"어찌되었느냐?"

주상은 김용기가 들어서자마자, 다그치듯 물었다. 김용기가 머뭇거리는 태도를 보이자 주상은 일이 틀어졌음을 직감했다.

"강상인이 뭐라고 했느냐는 말이다!"

그때서야 김용기가 울음 섞인 말투로 아뢰었다.

"본방이 연루되었음을 자백했다고 합니다. 강상인의 말에 따르면 심본방이 군사를 한곳에 모아야 된다고 했다고 합니다."

본방이란 곧 임금의 처가를 일컫는 것이었고, 심본방이란 임금의 장인 심온을 지칭한 것이었다. 그 말을 듣고, 주상은 털썩 주저앉았다.

"이 일을 이제 어떻게 한단 말인가?"

주상은 눈앞이 캄캄했다. 장인이 역적의 괴수가 되었으니, 이제 중궁의 폐출을 논의할 것이 뻔했다. 주상은 무슨 일이 있어도 왕비의 폐출만은 막아야 한다고 다짐했다.

왕비 심씨는 아직 거동이 불편했다. 셋째 아들 용(안평대군)을 낳은 지 이제 겨우 두 달을 넘긴 상태였다. 그녀는 심각한 출산 후유증에다 설상가상으로 친정이 역모에 관련되었다는 소식을 듣고 물도 제대로 넘기지 못하고 있었다.

사단은 장인 심온이 사은사가 되어 명나라로 떠나던 날부터 시작되었다. 그날은 무술년(1418년, 세종 즉위년) 9월 8일이었다. 9월 4일에 명나라에서 주상의 세자 책봉 칙서가 도착했고, 그 일로 국구이자 영의정이던 심온이 사은사로 임명되었던 것이다. 사은사로 임명되기 이틀 전에 심온은 영의정이 되었다. 주상이 왕위에 오른 것이 8월 10일이었으니, 국구가 된 지 채 한 달도 되지 않은 때였다. 물론 그를 영의정에 앉힌 것은 상왕 이방원이었다. 비록 주상 이도가 왕위에 오르긴 했지만, 인사권은 여전히 상왕 이방원이 틀어쥐고 있었다.

심온은 본관이 청송이고, 개국공신 심덕부의 아들이었다. 심덕부는 문무를 겸비했던 인물로 고려 말에 시중 벼슬을 지내다 이성계의 역성혁명에 동조하여 개국공신이 되었다. 이후 왕실과 사돈을 맺음으로써 청송 심씨는 조선의 명문가가 되었다. 거기다 심온이 국구에 오르고 영의정 자리까지 꿰찼으니, 그야말로 그는 최고의 권력자가 된 셈이었다. 그런 현실을 반영하듯 심온이 명나라로 떠나던 날, 도성은 한바탕 난리가 난 듯하였다. 심온을 전송하기 위해 나온 사대부들이 너무 많아 수레와 말이 도성을 뒤덮을 지경이었다. 그런데 그것이 문제였다. 그 소문을 들은 상왕 이방원은 심온을 제거하지 않으면 앞으로 조선이 외척의 나라가 될 게 뻔하다고 생각했다. 이미 그런 염려 때문에 처남들인 민무구 형제들을 몰살시킨 그였다.

"죽 쒀서 개 줄 수는 없지. 내가 어떻게 일군 나라인데……."

이방원은 그날부터 당장 심온 일가를 몰락시킬 계획을 세웠다.

"강상인의 일에 엮어 넣으면 되겠어. 이참에 심씨 일가와 친밀한 놈들은 일거에 쓸어버리는 거야. 그래야 내 아들이 제대로 정치를 펼칠 것이 아닌가."

강상인은 원래 이방원이 부리던 가신이자 심복이었다. 그에 대한 이방원의 신뢰는 매우 두터웠다. 내금위장에 임명하여 자신의 신변을 보호하게 할 정도였다. 그리고 이도에게 왕위를 물려주면서 병조 참판의 벼슬까지 내렸다. 그런데 막상 이방원이 상왕으로 물러나자, 강상인의 태도가 달라졌다. 이방원은 상왕으로 물러나면서도 군권은 내어주지 않았는데, 이는 주상이 아직 군사에 관한 일을 잘 모르기 때문이었다. 따지고 보면 주상은 제왕 수업을 거의 받지 못한 상태였다. 장자 이제(양녕대군)를 세자에서 내쫓고 셋째 도를 세자로 세운 것이 그해 6월이었다. 그리고 두 달 뒤에 왕위까지 물려줬으니, 주상이 국사를 제대로 배우지도 못한 상황이었다. 더구나 군대를 부리는 것은 매우 예민하고 복잡한 문제였다. 그 때문에 군권은 내어주지 않은 것인데, 강상인이 은근히 그 일에 불만을 품었던 모양이다. 그래서 하루는 금위군에 관한 보고를 주상에게만 하고 상왕인 이방원에게는 하지 않았다. 이 때문에 이방원은 몹시 화가 났다.

"내가 분명히 군권은 아직 내게 있다고 공언했거늘……."

이방원은 화를 참지 못하고 곧장 강상인을 불러들여 시험삼아 물었다.

"상패와 매패는 어디다 쓰는 것이냐?"

상패와 매패는 궁궐 밖에 있는 장수를 부를 때 쓰는 증표였다. 하지만 강상인은 이방원이 그 사실을 모르는 줄 알고 거짓말을 했다.

"조정 대신들을 부를 때 쓰는 것입니다."

"그래? 그렇다면 이것을 주상에게 가져다주거라."

강상인은 곧 상패와 매패를 주상에게 갖다 바쳤다. 그러자 주상이 물었다.

"이것은 어디다 사용하는 패요?"

"위급한 일이 있을 때, 궁궐 밖에 있는 장수를 부르기 위한 증표로 쓰는 것입니다."

그러자 주상 이도가 정색을 하며 말했다.

"그렇다면 왜 내게 가져온 것이오? 군권은 상왕전에 있으니, 어서 상왕전에 갖다드리시오."

그 말에 당황한 강상인은 곧바로 상패와 매패를 들고 상왕전을 찾았다.

"성상께서 상왕 전하께 도로 갖다드리라 하셨습니다."

그러자 이방원이 무섭게 화를 내며 소리쳤다.

"내 분명히 군권을 내가 가지고 있을 것이라 했는데, 너는 주상에게 잘 보이기 위해 나를 속였다."

"소신은 군대를 다루는 일을 자세하게 몰랐을 뿐, 전하를 속이려 한 적은 없습니다."

"그 간사한 입 닥치지 못할까! 내 비록 용상에서 물러났으나 군권에 관한 일은 직접 처리하고 있다. 그런데 병조에서 내게 군사에 관한 보고를 하지 않았으니, 그 죄를 물을 것이다."

이 일을 빌미로 이방원은 병조의 관원들을 잡아들여 심한 고문을 가하고 벼슬에서 내쫓아버렸다. 그렇게 쫓겨난 사람들이 병조판서 박습, 참판 강상인, 참의 이각 등이었다.

그런데 이방원은 심온과 그 주변 세력들을 일거에 제거할 목적으로 강상인 사건을 다시 들춰냈다. 그리고 강상인 사건에 심온의 동생 심정을 끌어들였다. 당시 심정은 군권을 책임진 도총제를 맡고 있었다. 이방원은 심정을 고리로 삼아 심온을 역적의 우두머리로 만들 계획이었다.

"귀양 간 박습과 강상인을 의금부로 압송하고, 심정을 잡아들여라!"

그리고 결국은 모진 고문 끝에 강상인의 입에서 심온의 이름을 이끌어냈던 것이다. 주상 이도는 김용기로부터 그 내용을 듣고 한숨을 푹푹 내쉬고 있었다.

"이제 어찌하실 생각이십니까?"

승전색 김용기가 주상의 안색을 살피며 걱정스러운 얼굴로 물었다. 하지만 주상은 쉽사리 마땅한 대답이 떠오르지 않았다. 그길로 상왕전인 수강궁으로 가서 의금부에서 보고한 내용을 전해야 했지만, 그 뒷일이 감당이 되지 않을 것 같았다.

'도대체 어떤 의도로 이런 일을 벌이시는 것일까?'

그렇게 뇌까리자, 문득 떠오르는 말이 있었다.

"네 아버지는 용상을 지키는 일에 눈이 멀어 무슨 짓이든 할 위인이다. 주상도 곧 내 말이 무슨 뜻인지 알게 될 게야."

어머니 민씨가 병상에 누운 채 한 맺힌 음성으로 내뱉은 말이었다. 왕위에 오른 후 부인 심씨와 함께 문안차 들른 자리였다. 그 무렵, 민씨는 거의 매일같이 자리를 보전하고 누워 있었다. 장남 이제가 세자 자리에서 쫓겨난 뒤 기절을 하여 드러눕더니 병상에서 일어나지 못하고 있었다. 중풍에 더해 망상장애까지 겪으며 곧잘 헛소리를 해댔다.

"내 친정을 풍비박산을 낸 그 손을 잘라내지 않는 한 또 피바람이 몰아칠 게야."

민씨는 몸을 부르르 떨며 주먹까지 불끈 쥐고 소리쳤다. 눈에 핏발이 곤두서 있었다.

'어마님이 말씀하신 피바람이 바로 이것이었나?'

그런 생각과 함께 부인 심씨의 말도 떠올랐다. 사실, 어머니 민씨가 그 말을 하기 앞서 이런 일을 먼저 염려한 사람은 왕비 심씨였다. 왕비 심씨는 그가 왕위에 오르는 것을 원하지 않았었다. 언젠가 그가 혹 큰형 제가 폐세자가 된다면 세자 자리에 오를 마음이 있음을 내비치자, 심씨는 단호히 반대했다.

"대군, 저는 지금이 좋습니다. 그런 마음일랑 꿈에라도 품지 마십시오."

"물론 나도 그런 일이 일어나지 않았으면 하오. 하지만 지금 돌아가는 형편이 심상치 않아요."

"그렇다면 효령대군이 계시지 않습니까?"

"물론 효령 형님이 계시지만, 그 형님은 정치에 전혀 관심이 없어요."

"그렇다고 대군께서 꼭 세자가 되어야 하겠습니까? 아바마마가 어떤 분인지 모르십니까? 아바마마께서 외숙들을 모두 죽이고, 외가를 쑥대밭으로 만든 사실을 잊으셨습니까? 우리 집안도 그리되길 바라십니까?"

"설마, 그런 일이 또 일어나겠습니까? 절대 그런 일은 일어나지 않을 겁니다. 나를 믿으시오. 그런 일이 없도록 내가 잘 하겠습니다."

그렇듯 아내에게 장담했건만, 처가에 피바람이 몰아칠 것을 생각하니 주상은 눈앞이 캄캄하였다.

"상왕전엔 언제 가실는지요?"

넋을 놓고 한숨을 쏟아내고 있는 주상을 향해 김용기가 재촉했다.

"피한다고 해결될 일이 아니잖습니까? 어서 가시지요."

"알았다."

주상은 입을 꽉 다물며 일어섰다. 다리가 떨렸지만 애써 마음을 가다듬고 수강궁으로 향했다. 다른 건 몰라도 최소한 왕비의 폐출만은 막아야 한다는 생각이었다. 이미 본방이 쑥대밭이 될 것은 정한 이치였고, 장인의 죽음도 예견된 일이었다. 하지만 왕비 심씨의 폐출은 절대 용납할 수 없는 일이었다.

그런 결심을 하면서도 자신이 없었다. 호랑이 같은 부왕을 정말 이겨낼 수 있을까 하는 회의감만 찾아들었다. 그러자 자식들의 얼굴이 스쳐갔다. 큰딸 정소가 이제 겨우 일곱 살이고, 그 아래로 향, 정의, 유, 용 어린 아들 셋과 딸 하나가 있었다. 더구나 유와 용은 아직 젖먹이였다. 그 어린 것들이 어미를 보지 못하고 살 걸 생각하니 가슴이 미어졌다. 주상은 입술을 질끈 깨물고 부왕과 싸울 용기를 다졌다. 정 안 되면 용상을 버려서라도 어미 없는 자식들로 키우지는 않으리라는 결심까지 섰다.

"가자, 수강궁으로."

주상은 가마에 오르며 다짐하듯 말했다. 하지만 몸이 떨렸다. 동짓달 스무사흘이었다. 이미 북풍이 밀어닥친 지도 제법 되었다. 다행히 날씨는 화창했고, 바람도 불지 않았다. 그럼에도 주상은 너무 추웠다. 가마 창틈 사이로 비집고 드는 약한 냉기에도 입까지 떨렸다. 평소 추위를 많이 타는 체질은 아니었다. 오히려 몸에 열이 많아 겨울을 더 좋아하는 체질이었다. 여름이면 늘 땀에 흠뻑 젖어지내는 통에 여름보다 겨울을 좋아했다. 여간한 추위에도 떠는 법이 없었다. 그런데 주상은 계속 몸을 떨었다.

창덕궁을 가로질러 수강궁이 가까워질수록 주상의 몸 떨림은 심해졌다. 그 떨림은 어린 시절의 기억 한 토막을 불러왔다.

예닐곱 살 무렵이었다. 무슨 일인지 알 수 없었지만 부왕은 몹시 화가 나서 쳐들어오듯 모후의 처소 문을 열어젖혔다. 그때 그는 모후 앞에서 전날 익힌 글을 낭송하고 있었다. 부왕은 들어서자마자 짐승소리 같은 것을 내지르며 모후 앞에 놓인 서안을 발로 걷어찼다. 그 바람에 서안이 날아가면서 모후의 이마를 스쳤고, 이내 모후의 비명과 함께 이마에서 피가 뚝뚝 떨어졌다. 모후가 머리를 싸안고 앞으로 쓰러지자, 어린 충녕은 몸을 오들오들 떨었다. 하지만 부왕은 떨고 있는 충녕을 감싸주기는커녕 그저 무섭게 쏘아보다가 획 돌아서 나가버렸다. 그날 이후 주상은 며칠 동안 악몽에 시달렸다. 꿈속에서 부왕은 늘 이빨을 무섭게 드러낸 호랑이가 되어 나타나곤 했다. 호랑이는 모후를 물어뜯고 팔을 잘라 먹기도 하였다. 모후뿐 아니라 외숙들까지 모두 물어 죽일 때도 있었다. 부왕의 짐승 같은 울부짖음 속에는 외숙들의 이름도 섞여 있었기 때문이다. 그리고 외숙들을 모두 유배 보내더니 기어코 목숨을 앗아버렸다.

주상은 애써 떨리는 마음을 다잡았다.

'나는 이제 더이상 그때의 어린 소년이 아니다. 자식을 다섯이나 둔 아비이고, 일국의 왕이며, 아내를 목숨을 걸고 지켜야 하는 지아비다.'

그런 말을 뇌까리며 주상은 다짐하고 또 다짐했다. 결코 어린 자식들에게서 어미를 빼앗을 순 없다고.

하지만 막상 부왕 앞에 앉자, 아무 말도 나오지 않았다. 그저 강상인이 자백한 내용만 읊어댈 뿐이었다.

"내 그럴 줄 알았다."

부왕은 눈을 부릅뜨고 입술을 질끈 깨물었다. 주상은 그런 부왕의 표정을 살피며 손에 땀을 쥐었다.

"이제 어찌하실 건지요?"

주상은 가까스로 물었다.

"법대로 해야지."

"법대로라면······."

"역적들을 그냥 둘 순 없지 않느냐?"

"영의정과 대질을······."

"대질?"

주상은 부왕의 표정에서 이미 대질 같은 것은 필요치 않다는 의중을 읽어냈다.

"대질도 없이 일국의 정승을 역모의 괴수로 만들 수는 없지 않습니까?"

그 말에 부왕은 주상을 잠시 쏘아보다가 입을 열었다.

"대신들의 뜻을 물어보마."

대신들이라고 했지만, 실상은 좌의정 박은의 의견을 듣겠다는 뜻이었다. 박은은 부왕의 허수아비나 다름없는 위인이었다. 따라서 대신들의 뜻을 물어본다는 것은 심온의 죽음에 대한 책임을 박은에게 돌리겠다는 의도였다.

하지만 주상은 이번 일이 부왕의 계획과 의도에 따라 이뤄진 일임을 잘 알고 있었다. 처음부터 역모 따위는 없었다. 또한 심온은 강상인과 엮일 일도 없었다. 부왕은 주상을 왕위에 올릴 때부터 심온과 그 측근들을 제거할 계획을 꾸몄을 가능성이 높았다. 주상은 주먹을 한 번 불끈 쥐었다. 손바닥에 땀이 잔뜩 묻어났다.

"꼭 이렇게 하셔야만 하겠습니까?"

"무슨 말이더냐?"

"아시지 않습니까?"

"무엇을 말이냐?"

"아바님께서는 소자가 멍청이로 보이십니까?"

그 말에 이방원은 한동안 말을 않고 눈을 지그시 감았다. 그리고 한참 만에야 입을 열었다.

"한고조 유방이 목숨을 걸고 세운 한나라를 망하게 한 자가 누구인가?"

"왕망입니다."

"그렇지. 바로 왕망 같은 외척이 나라를 망해먹은 것이지. 주상, 외척이 발호하면 왕실이 무너지고, 왕실이 무너지면 왕조가 사라지는 법일세."

"그러면 앞으로도 중궁의 친정은 모두 역적이 되어야 하는 것입니까?"

"왕실이 안정되면 그런 일은 사라지겠지."

"왕실의 안정은 꼭 이렇게 살육을 통해서만 가능한 것입니까?"

"살육이 아니라 썩은 살을 도려내는 일이다. 내가 썩은 살을 도려내야만 주상이 더이상 살육을 하지 않고 뜻을 펼칠 수 있을 것이다. 누가 내게 살육을 행한다고 말해도 좋다. 누가 내게 살인마라고, 악귀라고 말해도 좋다. 나는 그렇게 해서라도 이 조선을 안정시킬 것이다. 그래야 주상이 생각하는 세상이 열릴 것이다. 나는 오로지 그 일을 위해 남은 생을 바칠 것이다."

그 말에 주상은 더이상 아무 말도 하지 않았다. 이미 부왕은 모든 결정을 내렸고, 물러날 뜻이 없다는 것을 알았기 때문이다.

"소자는 물러가 중궁전에 가 있겠습니다."

"무슨 뜻이냐?"

"일국의 왕이기 전에 한 여인의 지아비입니다. 지아비로서 사명을 다할 것입니다."

"용상을 비우겠다는 뜻이냐?"

"……."

주상은 상왕전에서 물러나 중궁전인 대조전으로 향했다. 중궁 심씨는 이틀 전부터 이미 곡기를 끊은 상태였다. 먹는 것은 오직 물뿐이었다. 그런데 강상인이 심온이 연관되었음을 자백했다는 말을 듣고 난 뒤부터 물조차도 입에 대지 않고 있었다.

"오늘도 곡기를 드시지 않았는가?"

주상은 중궁전으로 들어서며 정상궁에게 그렇게 물었다.

"수라는 물론이고, 이제 그 무엇도 드시지 않습니다."

정상궁이 눈물을 떨구며 울었다. 정상궁은 본방상궁이었다. 어릴 때부터 자매처럼 지내던 왕비 심씨의 수족이었다.

"지금 침전은 누가 지키고 있느냐?"

"의녀 소비가 지키고 있습니다."

소비가 중궁 옆을 지키고 있다는 말에 주상은 조금 안심이 되었다. 소비는 의술도 뛰어났지만, 사람의 마음을 잘 헤아리고 상황에 따라 대처 능력도 뛰어났다. 거기다 왕비 심씨가 총애하는 사람이었다.

주상이 중궁의 침전으로 들어서자, 소비가 엎드려 절을 한 뒤 자리를 비켜주었다. 중궁은 눈을 감고 누워 있었다. 주상은 한동안 말없이 중궁 옆에 앉아 있다가 한참 만에 다짐하듯 말했다.

"오늘부터 나도 중궁과 함께 곡기를 끊겠소."

중궁의 친정이 풍비박산 날 것은 이미 정해진 수순이었다. 장인 심온은 역적이 되어 죽을 것이고, 장모와 중궁의 형제자매들은 모두 관노비 신세가 될 게 분명했다. 그나마 목숨이라도 부지하게 된다면 다행으로 여겨야 할 판국이었다. 세자가 되고 싶다던 그를 뜯어말리며 했던 심씨의 염려가 현실이 되고 말았다. 절대 그런 일은 일어나지 않도록 하겠다던 지난날의 호언이 물거품으로 변한 것이다. 그렇다고 아내마저 잃을 순 없었다. 어떤 방도로든 자식과 아내는 지켜야만 했다. 주상은 어떻게 아내를 지킬지 생각하고 또 생각했다. 아내를 지키기 위해 부왕과 대적할 수도 없었다. 하지만 부왕의 마음을 움직이지 않고는 아내를 구할 수도 없는 처지였다. 주상은 남은 방도는 하나밖에 없다고 생각했다. 말로 되지 않는다면 행동으로 보일 수밖에 없었다. 중궁이 굶어죽겠다고 나선 이상, 지아비로서 함께 행동해야 한다고 결심했다.

함께 곡기를 끊겠다는 말에 돌아누웠던 중궁 심씨가 몸을 일으켰다.

"어쩌자는 것입니까?"

"다른 방도가 없지 않습니까?"

"용상은 어찌하시려 이러십니까?"

"아내와 자식이 생이별을 할 판인데, 용상 따위가 무슨 소용이겠소?"

그 말을 듣고 심씨가 주상을 물끄러미 올려다보았다. 그리고 오
상궁에게 말했다.

"냉수를 들이게."

오상궁이 냉수를 가져오자, 심씨는 한 모금 마시고 내려놓았다.
주상도 심씨를 따라 물을 한 모금 마시고 역시 내려놓았다.

"중전, 장인은 못 지켜도, 내가 중전만은 기필코 지키겠소."

"그래도 수라는 잡수소서."

"중전이 곡기를 끊었는데, 지아비 된 자로서 어찌 수라를 챙기
겠소. 중전이 굶어서 죽으려 한다면 나도 그리할 것이고, 중전이
물도 마시지 않는다면 나도 그리할 것이오."

주상은 장담한 대로 중궁과 함께 수라를 들지 않았다. 그렇게 며
칠을 버티자, 상왕 이방원이 직접 중궁전을 찾아와서 말했다.

"왕비를 폐하는 일은 없을 것이니, 일어나 밥을 먹도록 하라."

상왕은 그 말만 하고 중궁전을 떠났다. 상왕이 간 뒤, 주상이 심
씨를 달래며 말했다.

"중전이 자리를 지키고 있으면, 언젠가는 좋은 날이 올 것이오.
어서 수라를 드시오."

심씨가 고개를 끄덕이자, 주상은 수라를 들이라고 하여 함께 먹
었다. 그리고 중전과 함께 밤을 보낸 뒤, 이튿날 소비를 따로 불
러 중전의 건강을 잘 보살펴달라고 신신당부하고는 대전으로 돌아
왔다.

주상이 중궁전에 머무는 동안 상왕전에서는 대신들과 육경들 사

이에 중전의 폐출 문제를 두고 갑론을박이 오갔다. 하지만 상왕이 중전의 폐출을 강력하게 반대하는 바람에 모두 입을 다물었다는 후문이었다. 또한 이번 사건에 연루된 죄인들은 모두 처단되었다. 강상인은 사지가 찢겨 죽고, 왕비의 숙부 심정을 비롯한 관련자들은 모두 참형에 처해졌다.

승전색 김용기로부터 그 말을 전해듣고 주상은 정전으로 향했다. 정전은 텅 비어 있었다. 주상은 시자들을 모두 물리치고 홀로 용상을 마주하고 섰다.

'저 용상 때문에 목숨을 잃은 사람이 무려 몇이던가? 고려 말부터 그 수를 헤아려보면 셀 수도 없을 지경 아닌가? 그럼에도 아직도 피가 부족한 것인가? 정녕 용상은 사람들의 피를 먹고 자라는 꽃인가? 정녕 죽이지 않고는 용상을 지켜낼 수는 없는 것인가?'

따지고 보면 용상 아래 흘린 핏속에는 가까운 친지와 이웃도 많았다. 심지어 외숙들의 피까지 그곳에 고여 있었다. 거기다 이제 장인의 피까지 더하게 되었다. 하지만 장인은 아직도 자신이 역적이 된 사실조차도 까맣게 모른 채 명나라에서 귀국을 서두르고 있을 터였다. 조선 국경에 들어서자마자 곧장 역적이 되어 처단될 장인을 생각하니 주상은 가슴이 아리고 억장이 무너졌다. 졸지에 아비를 잃어야 하는 아내와 느닷없이 외가와 원수지간이 되어야 하는 자식들을 생각하니 현기증까지 밀려왔다.

그때 문득 주상의 머리를 스치는 음성이 있었다.

"활인의 길을 택하겠습니까, 살인의 길을 택하겠습니까?"

2년 전에 탄선이 그에게 던진 물음이었다.

주상은 용상에 털썩 주저앉았다. 그러자 당연히 활인의 길을 택하겠다고 했던 자신의 음성이 되살아났다.

왕위에 오른 지 이제 겨우 석 달이었다. 그런데 벌써부터 피바람이 일고 있었다. 활인의 길은 고사하고 살육을 막아내지도 못하는 처지였다. 그저 아내와 자식들을 지키기에 급급한 것이 현실이었다.

'활인의 정치는 정녕 불가능한 것일까?'

주상은 그렇게 묻고 또 물었다. 그렇게 반복해서 끊임없이 묻고 있는데, 갑자기 손이 뜨거워졌다. 그리고 이내 손이 끈적끈적해졌다. 손을 보니 핏빛이 선연했다. 바닥을 내려보았더니, 피가 샘물처럼 솟구치고 있었다. 그리고 어느덧 그의 몸이 핏줄기에 밀려 공중에 떠올랐다. 아래를 내려보니 바닥이 어느새 거대한 연못이 되어 피로 가득차 있었다. 주상은 목이 터져라 비명을 질렀다.

"전하, 일어나소서. 전하!"

어느새 김용기가 안으로 들어왔다.

"가위에 눌리신 것이옵니까?"

용상에서 까무룩 잠이 든 모양이었다. 며칠을 앉은 채로 자지 않고 버텼으니, 그럴 만도 하였다.

"악몽을 꾸셨나봅니다."

주상은 겨우 정신을 차렸다. 순간, 온몸에 한기가 밀려들었다.

그뒤로 며칠 동안 주상은 감기에 시달리며 침전에서 꼼짝도 하지 못했다. 그리고 자리를 털고 일어나자마자, 주상은 스스로에게 다짐했다. 반드시 살육의 정치를 끝내고 활인의 정치를 펼칠 것이라고.

12. 다시 부르는 연가(戀歌)

"오랜만이여, 자칫하면 얼굴 까먹겠어."

유영교는 예의 그 능청스러운 말투로 중례를 반갑게 맞이했다. 유영교의 말대로 중례가 한성부를 찾은 지도 제법 되었다.

"워낙 짬을 낼 수 없어 그동안 나리를 찾아뵙지 못했습니다. 활인원 일이 보통 바쁜 것이 아니라서 말입니다."

"사은사를 따라 중국을 가게 됐다고 하던데…… 자네 출세하겠어. 더구나 이번 사은사는 성상의 아우인 경녕군 대감이 아닌가. 이제 내가 자네에게 잘 보여야 되는 것 아닌지 몰라."

유영교의 말대로 중례는 사은사를 따라 연경(북경)을 가게 되었다. 사은사 행렬엔 많은 말이 동원되기 마련인데, 그 때문에 항상 말을 치료할 마의가 필요했다. 하지만 조선에는 마의가 많지 않았다. 마의를 별도로 양성하지 못한데다 의관들은 마의가 되는 것을 극도로 꺼리는 까닭이다.

이번 사신 일행에도 마의 한 명이 따라가야 했는데, 마땅한 사람이 없었다. 사복시에 소속된 마의의 숫자가 대여섯 명에 불과한데, 근래에 여러 차례 사은사를 파견하는 바람에 동원할 마의가 제대로 없었다. 바로 전날인 정월 13일에도 우의정 이원이 부사 이숙묘와 함께 사은사로 떠나면서 마의 한 사람을 데리고 갔다. 그 때문에 마의가 씨가 말랐는데, 그나마 사복시에 남아 있던 늙은 마의한 사람이 노환으로 죽는 사태까지 벌어졌다. 그래서 조정에서는 마의를 구하기 위해 방을 붙였지만, 지원자가 없었다. 그러던 중에 누군가의 추천에 의해 중례가 마의로 차출된 것이다. 중례가 지난해에 의주를 다녀오다 벽제역에서 우연찮게 침으로 말을 고친 일이 있었는데, 그뒤로 역리들의 입을 통해 서활인원의 젊은 의원이 말을 잘 치료한다는 소문이 났었다. 그래서 가끔씩 돈의문을 지키는 군관들이 막무가내로 말을 끌고 와 치료를 맡기는 통에 중례는 별수없이 『마의방』을 익혀두었고, 그것이 결국 마의 차출로 이어졌던 것이다.

"나장 어른, 무슨 그런 말씀을 하십니까? 한갓 마의로 가는 것인데⋯⋯."

"이 사람아, 마의면 어떤가? 사대사행(事大使行, 사대의 예로 중국에 가는 사신의 행차)으로 조천(朝天, 명나라 조정에 가서 천자를 뵘) 행렬에 드는 것이 어디 쉬운 일인가? 사람 팔자 모르는 것이네. 혹시 또 아는가? 이번에 사은사로 가는 경녕군 대감의 눈에 들어 크게 출세할 일이 생길지⋯⋯. 어쨌든 좋은 일이 생기면 내게도 한턱 거하게 쓰게."

"덕담해주셔서 감사합니다. 좋은 일 생기면 꼭 한턱 쓰겠습니다."

"그나저나 연경에 갈 날짜가 내일모레인데, 바쁘지 않은가? 어쩐 일로 나를 별도로 보자 하였는가?"

"진작 찾아뵙고 말씀드려야 했는데, 도성에 들어올 기회가 워낙 없어 이제야 왔습니다."

"무슨 일인데?"

"거 왜 있잖습니까? 오치수라고······."

"오치수라면 낙태하고 죽은 궁녀의 외숙인가 하는 그 작자 말인가?"

"맞습니다."

"그 작자 얘기라면 꺼내지도 말게. 보통 드센 놈이 아닐세."

유영교는 고개를 절레절레 흔들며 인상을 찌푸렸다.

"무슨 일이라도 있었습니까?"

"무슨 일 정도가 아닐세. 그 사건 뒤로 그놈 뒷조사를 했는데, 하루는 육의전 뒷골목에서 쥐도 새도 모르게 죽을 뻔했지 뭐야. 오치수 뒤를 캔답시고 육의전 몇 군데를 아무 생각 없이 들쑤시고 다녔는데, 느닷없이 그런 일을 당한 거야. 덩치가 산만한 놈들 댓 놈이 한꺼번에 덤비는데, 웬만한 놈 같았으면 맞아 죽었을 거야. 이천하의 유영교 정도 되니까, 용케 죽지 않고 살아 나왔지. 어휴, 그때 생각만 하면······."

유영교는 그때 온몸에 성한 데가 없을 만큼 두들겨맞았던 모양이다. 무려 한 달이나 꼼짝 못하고 드러누워 있었다고 했다.

"오치수가 한 짓이 맞습니까?"

"증거는 없지만, 앞뒤 상황을 재봤을 때, 오치수가 수하들을 시켜서 한 짓이 분명해. 그런데 자네는 그런 흉악한 놈에 대해 뭘 알고 싶은 겐가?"

"저도 그자와 악연이 좀 있습니다."

"그래? 그렇다면 더욱 조심하게. 오치수 그놈 뒤엔 정재술 대감이 버티고 있어."

"정재술이라면 일전에 평안 감사를 지낸……."

"자네도 아는구만. 평안 감사를 지내고 와서 의정부 우참찬을 거쳐 지금 우군 동지총제로 있네. 오치수가 시전 상인들을 쥐락펴락하는 것도 다 정재술이 뒷배를 봐주기 때문이야. 그리고 그 죽은 궁녀 말이야, 알아보니까 이름이 상옥이라고 하던데, 걔를 임신시킨 놈도 정재술의 아들놈일 가능성이 높아."

"정재술의 아들요?"

"정재술이 본처에게는 자식을 얻지 못하고 첩에게서 서자 한 놈을 얻었는데, 이름이 정충석인가 그래. 그놈이 워낙 개차반이라 장안에 기생이란 기생은 다 후리고 다니는데, 외가에 다니러 온 궁녀 상옥이한테 눈이 꽂혔던 모양이야. 그래서 겁탈을 하여 임신을 시킨 게지."

그런 말들을 듣고 나자, 중례는 아버지가 누명을 쓴 경위가 좀더 선명하게 그려졌다. 말하자면 오치수와 정재술이 한통속이 되어 윤철중을 죽이고 아버지 노상직을 살인자로 몰아 죽였다는 확신이

든 것이다. 그쯤 되자, 왜 평안 감사 밑에 도사로 있던 한문수가 윤철중의 시신을 직접 검험했는지도 알 것 같았다.

하지만 오치수 뒤에 정재술이라는 엄청난 권력자가 버티고 있다는 사실은 중례의 어깨를 더욱 짓눌렀다. 평안 감사에 의정부 우참찬을 지내고 지금은 도성 군대를 지휘하는 우군 총제 자리에 있는 그를 상대해야 한다고 생각하니 자신도 모르게 어깨가 처지고 한숨이 쏟아졌다. 설상가상으로 그들이 아버지에게 누명을 씌우고 심지어 목숨까지 앗아갔다는 증거는 어디에도 없었다.

중례가 말없이 한숨을 쏟아내는 것을 보고, 유영교가 물었다.

"도대체 무슨 악연이길래, 자네 얼굴이 이렇듯 어두운가?"

그 말에 중례는 망설이다가 마침내 그들과 얽힌 악연을 털어놓았다.

"사실은 제 아버님께서……."

중례의 말을 모두 듣고 난 뒤 유영교가 안타까운 얼굴로 말했다.

"나도 자네가 양반 출신이라는 것 정도는 알고 있었네. 하지만 자네에게 그런 기막힌 사연이 있는 줄은 정말 생각도 못했네. 그동안 마음고생이 얼마나 심했는가?"

유영교는 중례의 손을 덥석 잡았다.

"내가 도울 수 있는 것이 있으면 언제든지 말하게. 내 비록 힘은 없지만, 그래도 나장 밥을 십 년 이상 먹었네. 분명히 내가 도울 일이 있을 걸세."

"고맙습니다. 나장께서 이토록 제 마음을 헤아려주시니 천군만마를 얻은 것 같습니다."

"그런데 말일세, 절대 만만한 자들이 아니니 함부로 덤벼서는 안 되네. 그놈들을 상대하려면 적어도 두 가지는 있어야 하네. 첫 번째는 힘을 가져야 하고, 두번째는 그놈들의 약점을 쥐어야 하네. 그렇지 않으면 자네가 오히려 그놈들에게 잡아먹히고 말 걸세."

"네, 유념하겠습니다."

말은 그렇게 했지만, 중례는 어떻게 힘을 길러야 할지 알 수가 없었다. 그나마 그동안 힘이 되어주었던 이종사촌형 박학지도 지난해에 형조 좌랑 벼슬에서 밀려나 경상도 의령의 현감이 되어 떠난 뒤, 언제 돌아올지 기약이 없었다.

한성부를 나온 중례는 어깨를 축 늘어뜨리고 서활인원으로 향했다. 아버지의 억울한 죽음을 생각하면 이가 갈리고 눈에서 불길이 일다가도 막상 정재술과 오치수를 상대해야 한다는 생각을 하면 앞이 캄캄했다. 하늘이 무너져도 솟아날 구멍이 있다고 누차 자신을 다독거려보았지만 그들을 상대하기 위해서는 무엇보다도 힘을 가져야 한다는 생각에 이르면 자꾸 어깨가 처졌다. 주먹도 쥐어보고 입술을 깨물어보기도 하면서 그놈들에게 복수를 하겠다고 다짐에 다짐을 계속했지만, 눈물만 울컥울컥 솟구쳤다. 그러다 문득 귓가에 울리는 음성을 들었다.

"오라버니, 저를 데리러 오실 거죠? 오라버니, 오라버니……."

지난해 의주에서 돌아오면서 중례는 여동생 재희와 어렵게 상봉했다. 무려 8년 만이었다. 열두 살 소녀였던 재희는 어느덧 스무 살 처녀가 되어 있었다. 남매는 해주 관아에서 처음 보았을 때는 서로를 제대로 알아보지도 못했다.

하얀 얼굴에 웃음 많던 재희는 온데간데없었다. 여리고 고왔던 고사리손은 나무껍질처럼 여기저기 갈라진 채 거칠어져 있었고, 땟자국 짙은 얼굴은 핏기 없이 누렇게 떠 있었다. 거기다 너무 많이 기워 거의 누더기가 다 된 옷을 입고 있는 것을 보니, 중례는 가슴이 미어져 눈물만 쏟아졌다.

"정말 큰오라버니가 맞으세요?"

나졸의 손에 이끌려 나온 재희가 한참 동안 중례를 쳐다본 뒤에 내뱉은 첫 음성이었다. 그렇게 만난 남매는 한동안 아무 말도 못하고 펑펑 울기만 했다. 너무 오래 보지 못한 탓에 물어볼 말도 되새길 말도 어린 시절의 추억 한 조각도 쉽게 떠올리지 못했다.

"둘째 오라버니는?"

한참을 울고 난 뒤에 재희가 생각해낸 물음이었다. 하지만 중례는 아무 말도 하지 못했다. 그저 고개만 가로저었다. 사실, 상례가 전라도 수군으로 갔다는 것만 알았지, 죽었는지 살았는지도 모르는 상태였다.

재희는 울고 또 울었다. 하지만 중례가 활인원에서 의원 노릇을 하고 있다는 말을 듣고는 잠시나마 희색을 띠었다.

"꼭 너를 데리러 오마. 그때까지 희망을 잃지 말고 버텨주렴."

중례는 자기도 모르게 그런 말을 하고 말았다. 언제 지킬지 모르는 터무니없는 약속을 하고 만 것이다.

그날 중례는 해주 아전에게 엽전 몇 닢을 쥐여주고 재희를 근처 여염집으로 데리고 나왔다. 미리 준비한 치마와 저고리도 입혔다. 재희는 중례가 준 선물을 입고 잠시나마 활짝 웃었다. 그리고 다음날 헤어지면서 언젠가 자기를 꼭 데리러 와줄 것이냐고 몇 번이고 물었다.

"그럼, 내 반드시 너를 데리러 오마. 데리러 오고 말고."

중례는 처진 어깨를 세우며 이를 앙다물었다. 무슨 일이 있더라도, 어떤 난관이 있더라도 반드시 아버지의 결백을 밝혀내고 아버지를 살인자로 만들고 살해한 그놈들에게 원수를 갚고 말리라고 다짐하고 또 다짐하면서 활인원으로 향했다.

중례가 활인원에 도착했을 땐 이미 밤이었다. 다음날이 정월 대보름이라 달이 휘영청 밝았다. 하지만 날씨는 몹시 추웠다. 활인원으로 오는 동안엔 머릿속이 딴생각으로 가득차 춥다는 생각을 하지 못했는데, 활인원 관사가 눈앞에 보이자 갑자기 한기가 몰아치는 느낌이었다. 중례는 몸을 움츠린 채 활인원으로 뛰어갔다. 그런데 활인원 정문에 이르자, 문 앞에 소비가 서 있었다. 그녀는 추워서 발까지 동동 구르며 누군가를 기다리는 듯했다. 그러다 중례를 보자, 흠칫 당황한 기색을 드러냈다.

"낭자, 추운데 예서 뭐하시오?"

중례의 물음에 그녀는 그저 누군가를 배웅하고 막 들어가려는 중이었다고 얼버무리고는 앞장서 들어갔다. 중례는 주변을 휘둘러보았지만, 다른 사람의 모습은 보이지 않았다.

"아무도 없는데……"

중례는 그렇게 중얼거리며 소비의 뒤를 따랐다. 소비는 원래 걸음이 빨랐다. 웬만한 남정네 걸음에 뒤지지 않을 정도였다. 그런데 웬일인지 그녀는 느릿느릿 걸었다. 중례도 그녀보다 두세 발자국

뒤에서 아주 천천히 걸었다. 추위 탓에 몸이 몹시 떨려서 가급적 빨리 처소로 들어가 몸을 녹이고 싶었지만, 중례는 그녀를 앞질러 가고 싶지는 않았다. 그리고 가급적 몸을 떨지 않으려고 애를 썼다. 달빛에 늘어진 그의 그림자가 소비의 몸에 닿아 있었다. 그래서 혹 자신의 떨림이 그림자에 실려 그녀에게 전달될지도 모른다는 생각을 하였다. 그러자 중례는 갑자기 가슴이 두근거리기 시작했다. 그리고 조금씩 얼굴도 화끈거렸다.

'이게 뭐지?'

그런 생각을 하는 순간, 중례는 이것이 처음 겪는 일이 아니라는 것을 비로소 깨달았다. 이미 까마득한 세월이 지난 오래전 일이었다.

열다섯 살, 화창한 봄날이었다. 스승 이수의 집에서 글공부를 끝내고 돌아오는 길이었다. 책을 옆구리에 끼고 그저 아무 생각 없이 거리를 걸었다. 길 양쪽으로 담장을 넘어온 꽃들이 화사했다. 담장 아래에 무성하게 자란 잡풀들 속에도 하얗고 작은 꽃들이 만개했다. 확연히 봄이로구나. 볼 것이 많아 봄이로구나. 볕도 좋고 바람도 좋고, 산도 좋구나. 그런 마음으로 가까운 곳과 먼 곳을 번갈아 쳐다보며 발걸음을 옮기고 있었다. 그러다 단 한순간에 가슴이 쿵쾅거리고 얼굴이 달아오르는 경험을 하였다. 정말 느닷없는 일이었다. 그 봄볕과 꽃들의 화려함을 모두 잊게 만드는 엄청난 빛이 그를 향해 다가왔다. 그는 순간적으로 너무 눈이 부셔서 눈을 제대로 뜰 수가 없었다. 사람의 얼굴이 그토록 빛난다는 것을 예전에는 미처 몰랐다. 짧은 순간이나마 그는 석상처럼 굳어버렸다. 그러다 자기도 모르게 몸을 돌려 그 빛을 뒤쫓기 시작했다. 갑자기 가슴이 뛰기 시작했고, 얼굴이 달아올랐다. 그리고 그의 눈은 붉은 치마와 연분홍 저고리로 가득찼다. 얼마나 오래 그 빛이 내는 사각거리는 소리를 따라갔는지 알 수 없었다. 아무 생각 없이 무작정 홀린 듯이 빛이 가는 대로 그저 빛의 그림자가 되어 마냥 뒤를 밟았다. 그리고 어느 솟을대문 속으로 붉은 치마와 연분홍 저고리가 완전히 사라졌을 때, 비로소 정신을 차렸다.

그후로 그는 그 집 앞을 지날 때마다 괜히 가슴이 두근거리고 얼굴이 붉어졌다. 그리고 자기도 모르게 대문 앞을 서성거리는 습관이 생겼다. 하지만 그는 단 한 번도 그녀의 모습을 보지 못했다. 얼마 뒤에 들은 말이지만, 그녀는 승정원 대언 심온의 장녀라 했는데, 성상 전하의 셋째 아들 충녕과 혼례를 올렸다 하였다.

중례는 그때 이후로는 단 한 번도 가슴이 뛰거나 얼굴이 달아오르는 경험을 한 적이 없었다. 오작인이 된 뒤로 여인의 얼굴을 제대로 쳐다본 적도 없었다. 아니, 쳐다본다고 해도 상대를 여인으로 생각한 적이 없었다. 산 사람보다 죽은 사람을 더 많이 보았던 시간이 오작인으로 지낸 세월이었다. 그런 까닭에 자신도 죽은 사람이겠거니 하고 살았다. 어느 여인이 죽은 송장을 보고 남자로 느낄 것인가 하는 생각이었다.

소비에 대한 감정도 마찬가지였다. 그녀는 어땠는지 모르지만 여태껏 중례는 그녀를 제대로 쳐다본 적도 없었다. 그녀의 마음을 헤아리거나 그녀의 표정을 살피는 일도 없었다. 지난 2년 동안 그는 그저 의술에만 매달렸다. 병자를 보는 일이 아니면 의서만 보았고, 의서가 아니면 침으로 자신의 몸을 찔러대는 일만 하였다. 어떻게 하면 오작인의 삶이 아니라 의원의 삶을 살 수 있을까 하는 마음뿐이었다. 하시라도 빨리 아버지의 누명을 벗겨 신분을 회복하고 동생들을 데리고 와야 한다는 생각으로만 가득차 있었다. 그런 까닭에 그의 눈에 보이는 여인이란 여인은 그저 고쳐야 할 병자일 뿐 그 이상도 그 이하도 아니었다. 물론 소비도 예외는 아니었다. 소비에게 그가 건네는 말이란 오직 의술에 관한 물음이거나 병자의 상태에 관한 질문뿐이었다.

그런데 이렇게 불현듯 소비의 뒷모습을 보면서 갑자기 가슴이 뛸 줄은 상상도 하지 못했다. 얼굴도 달아오르고 알지 못할 부끄러움까지 덮쳐올 줄 꿈에도 생각하지 않았다. 거기다 그녀의 치맛자락이 끌리는 소리까지 명백하게 들렸다. 비록 붉은 치마에 연분홍 저고리는 아니었지만, 소비의 무명 치마와 무명 저고리가 그의 눈을 가득 메워왔다. 그녀의 발자국소리가 점점 그의 귓바퀴 속에서 사뿐사뿐 걸었다.

이런 갑작스러운 감정 변화 앞에서 중례는 어쩔 줄을 몰랐다. 혹여 누군가에게 자신의 속내를 들킬지 모른다는 생각에 주변을 두리번거렸다. 또한 그녀의 몸에 닿은 자신의 그림자로 인해 그녀가 혹여 놀랄지도 모른다는 생각에 걸음을 멈칫멈칫하기도 하였다. 하지만 자신의 그림자가 그녀의 몸에서 떨어지는 것은 용납하지 않았다. 그림자가 조금이라도 그녀를 따라잡지 못하면 재빨리 따라붙었다.

"달이 참 밝지요?"

앞서가던 그녀가 느닷없이 던진 말이었다.

"그, 그러네요."

중례의 음성이 떨렸다.

"도성에서 볼일이 많았나봅니다. 많이 늦었네요?"

"아, 그게…… 이리저리 좀 알아볼 게 있어가지고…… 그런데 많이 춥네요. 몸이 다 떨리네요. 추위를 많이 타지는 않았는데, 오늘따라 이상하게……."

그러자 소비는 풋! 하고 짧은 웃음을 터뜨렸다. 중례 또한 멋쩍은 생각에 허허 하고 웃었다.

돌이켜보니, 지난 십 년 동안 웃은 적이 거의 없었다. 그 때문에 중례는 자기 웃음소리에 스스로 깜짝 놀라 입을 다물었다.

"의술 공부는 잘되십니까?"

"한다고는 하는데…… 어렵네요."

그리고 두 사람은 잠깐 동안 말없이 걷기만 했다. 어느덧 별청 문 앞에 이르렀다. 그러자 소비가 몸을 돌리더니 고개를 숙여 인사를 했다.

"그러면 연행 잘 다녀오세요. 먼길에 몸조심하시고요."

이틀 후에 연경으로 떠나기로 되어 있었다. 그 때문에 중례는 다음날 아침 일찍 서활인원을 나서야 했다.

"네, 고맙습니다. 제가 없는 동안 낭자께서 고생이 많겠습니다."

"고생은 무슨…… 늘 하는 일인데요 뭘……."

소비는 그 말을 남기고 자기 처소로 들어갔다. 하지만 중례는 소비가 들어간 뒤에도 한참 동안 그녀의 방문을 바라보았다. 방금 전까지 그렇게 떨리던 몸도 이상하게 떨리지 않았다. 거기다 추위까지 싹 사라졌다. 되레 얼굴이 뜨겁게 달아오르더니, 점점 열기가 온몸으로 퍼져나갔다.

13. 궁궐 속으로

중례가 연경으로 떠나고 사흘 뒤에 소비에겐 뜻밖의 명령이 떨어졌다. 내의녀로 발탁되었으니, 시간을 다퉈 입궐하라는 주상의 명이었다. 의녀가 된 지 이제 겨우 몇 개월 되지도 않았는데 내의녀로 임명된 것은 너무나 이례적인 일이었다. 더구나 중례도 없는 마당에 소비까지 없으면 활인원의 일손이 턱없이 부족해지는 까닭에 소비도 탄선도 무척 당황했다. 하지만 어명이라 지체할 수 없는 일이었다.

주상이 소비를 급하게 내의녀로 삼은 것은 대비 민씨의 병증이 심상치 않았기 때문이다. 민씨의 병증은 심열증에서 시작되었다. 심열증은 화병과 불안증이 복합되어 생기는 병이었다. 민씨의 심열증은 왕비가 된 뒤로 남편 이방원과 자주 다투면서 발병하였고, 이후로 이방원에 의해 친정이 멸문되면서 심화되었는데, 설상가상으로 막내아들 성녕대군이 홍역으로 죽고, 연이어 맏아들 제(양녕대군)마저 세자에서 쫓겨나자, 병증은 극도로 악화되었다.

"내가 너를 특별히 내의녀로 임명하여 궁궐로 부른 것은 너로 하여금 대비마마의 병구완을 하게 하기 위함이다."

주상은 소비를 따로 불러 그렇게 말하고 그녀를 데리고 대비가 머물고 있는 수강궁으로 갔다. 수강궁 대비전에는 왕비 심씨도 와 있었다.

대비 민씨의 몸은 한눈에 중병을 앓고 있음을 보여주었다. 몸은 겨울 나뭇가지처럼 앙상했고, 얼굴엔 검은빛이 감돌았으며, 입술은 푸른색을 띠며 떨고 있었다.

그간 대비 민씨의 치료를 담당한 의원은 양홍달이었다. 하지만 양홍달의 치료에도 병증에 큰 차도가 없었고, 설상가상으로 최근 한 달 사이엔 눈에 띄게 민씨의 몸이 말라갔다. 양홍달은 상왕 이방원을 만나 국상을 준비해야 한다는 말까지 했다. 이미 의원으로서는 할 만큼 했다는 의미였다. 이방원은 양홍달의 말을 받아들이고 국상을 준비하려 했지만 주상은 마지막 수단으로 의원을 바꿔보자고 했다. 이방원도 주상의 뜻을 꺾지 못했고, 주상은 결국 양홍달을 밀어내고 소비에게 민씨를 맡긴 것이다.

이에 대해 양홍달은 물론이고 내약방 의관들도 크게 불만을 드러내지 않았다. 양홍달이 보기에 이미 민씨는 가망이 없었다. 그런 까닭에 주상이 직접 의원을 구해 대비의 병구완을 맡기는 것을 은근히 반기는 기색이었다. 만약 대비가 이대로 죽기라도 하면 그 책임은 양홍달에게 돌아가는 것은 정해진 수순이었다. 그런데 죽음을 앞둔 대비를 다른 의원, 그것도 내약방 소속도 아닌 무당 집안 출신인 의녀에게 맡기겠다고 주상이 직접 나섰으니, 자신이 치료하겠다고 고집부릴 이유가 없었다.

소비가 민씨의 병부를 살펴보니, 민씨는 대개 밤이 되면 안정되다가 날이 밝으면 열이 나는 증세가 있었고, 더불어 외출을 두려워하고 반복적으로 심장에 통증을 느끼면서 숨을 제대로 쉬지 못하는 증세를 동반하고 있었다. 심한 심열증 증세의 하나였다. 거기다 한 달 전부터 민씨는 하루가 다르게 몸이 말라가고 있었다.

양홍달과 내약방에서는 이런 민씨의 병증을 고치기 위해 그간 여러 탕제를 올렸다. 양홍달이 올린 탕제를 살펴보니, 도적산(導赤散)과 황련사심탕(黃連瀉心湯)을 주로 쓰고, 간간이 소시호탕(小柴胡湯)을 섞어 썼다. 도적산과 황련사심탕은 심열증 치료제이고, 소시호탕은 낮에 열이 나는 느낌을 잡아주는 탕제이다. 그 외에도 몸을 보하는 여러 약제를 사용했다. 하지만 양홍달은 민씨의 몸이 말라가는 이유는 파악하지 못했다. 또한 탕제 외에 침이나 뜸을 사용하지도 않았다.

수강궁에 도착한 소비는 우선 민씨의 맥을 짚어보았다. 민씨의 맥은 지나치게 느리고 약했다. 거기다 호흡도 짧고 불규칙하였다. 이미 깊은 숨을 쉬지 못하는 상황이었다. 숨이 가슴까지 차올라 있었고, 그대로 두면 목까지 치고 올라올 상황이었다. 목까지 숨이 차다 끊어지면, 말 그대로 목숨이 끊어져 사망에 이르는 것이었다.

소비는 우선 숨을 아래로 끌어내리는 것이 무엇보다 급선무라고 판단했다. 이는 탕제로는 불가능한 일이었다. 탕제를 쓸 여유조차 없는 것이었다. 숨을 끌어내리는 것은 침과 뜸이 먼저였다. 숨을 끌어내리지 못하면 어떤 탕제를 써도 소용없는 일이었다. 하지만 침과 뜸을 잘못 쓰면 되레 목숨을 재촉할 수도 있었다.

주상과 왕비 심씨가 지켜보는 가운데, 소비는 우선 민씨의 몸에 침을 꽂기 시작했다. 양홍달은 그 모습을 멀찌감치 서서 바라보고 있었다. 비록 침구(鍼灸, 침과 뜸)에는 약한 그였지만, 적어도 소비가 대비의 숨을 아래로 끌어내리기 위해 안간힘을 쓰고 있다는 사실은 알고 있었다.

양홍달은 속으로 고개를 가로저었다. 제아무리 침구에 밝은 의원이라도 이미 가망 없는 환자를 회복시키는 것은 불가능하다고 생각하고 있었다.

'저러다 자칫 악화시킬 수도 있을 텐데…….'

양홍달의 뇌리엔 그런 생각만 맴돌았다.

아니나다를까 소비가 사지에 모두 시침을 한 다음 마지막으로 대비의 복부에 장침을 찔러넣자, 대비가 흐윽! 하는 신음을 쏟아내더니 몸을 부르르 떨었다.

'저, 저런!'

양홍달은 마침내 일이 터졌다고 판단했다.

'제 스승을 닮아 고지식하기는, 쯧쯧…….'

양홍달은 탄선이 어리석고 판단력이 떨어지는 꽉 막힌 사람이라고 생각했다. 세상이 바뀌었다는 것을 알았으면 그저 고개를 숙이고 새 왕조를 섬기면 될 것을 제가 무슨 대단한 유생이라도 되는 양 두 왕조를 섬길 수 없다고 고개를 빳빳이 세우고 덤볐느냐는 것이었다.

'그러니 저렇듯 가망 없는 목숨을 붙잡고 있다가 제 목숨 달아날 줄 모르는 제자를 길러내지 않느냐 이 말이야.'

양홍달은 금세라도 소비가 얼굴이 파랗게 질려서 어쩔 바를 모르고 허둥댈 것이라 짐작했다. 하지만 소비는 의연했다. 대비가 경련을 일으키며 신음을 토해내는데도 소비는 전혀 동요가 없었다.

"괜찮은 것이냐?"

주상이 불안한 기색으로 물었지만, 소비는 단호하게 염려하시지 말라고 오히려 주상을 다독였다.

하지만 소비의 태도와 달리 대비의 경련은 한층 심해지고 신음 소리도 커졌다. 그때를 기다렸다는 듯 소비가 침을 뽑아내기 시작했다. 그리고 마지막으로 중완 깊이 찔러넣었던 장침을 뽑아내자, 민씨가 갑자기 벌떡 일어나 앉더니 우엑! 하는 소리를 내며 토악질을 시작했다. 소비는 민씨가 토악질을 할 것을 예상했다는 듯 미리 준비한 함지박을 받쳐들고 민씨의 토사물을 받아냈다.

민씨는 한참 동안 속에 든 모든 것을 게워냈다. 그녀의 입에서 미처 소화되지 못한 음식들이 역한 냄새와 함께 쏟아지기 시작했고, 이어서 푸른빛을 띤 신물이 계속 쏟아졌다. 하지만 토악질은 거기서 그치지 않았다. 민씨가 몸을 마구 뒤틀며 몇 번인가 그르렁그르렁 소리를 냈다. 그러자 소비는 재빨리 함지를 새것으로 바꿔 민씨의 입 앞에 갖다댔고, 이어 민씨는 시커먼 신물과 함께 웬 고깃덩어리 같은 것을 몇 개 뱉어냈다.

민씨의 토악질은 그렇게 끝이 났다. 민씨는 토악질이 끝나자, 몸을 축 늘어뜨리고 고개를 앞으로 푹 숙였다. 소비는 재빨리 민씨의 입을 닦고 물을 가져오라 하여 입을 헹궈냈다. 그리고 조심스럽게 민씨를 눕혔다. 이후 민씨는 한동안 탈진한 듯 움직이지 않았다. 그저 눈을 감고 자는 듯 숨만 쉬고 있을 뿐이었다.

'아니, 어떻게!'

양홍달은 자신의 눈을 의심했다. 민씨의 호흡이 안정되었을 뿐 아니라 숨이 많이 깊어져 있었다. 가슴부터 헐떡이듯 거칠게 내뱉던 숨이 이젠 복부까지 끌어내려져 있었다. 눈앞에서 보고도 믿을 수 없는 광경이었다.

민씨의 숨이 차분해진 것을 확인한 소비가 이번에는 민씨의 배에다 뜸을 뜨기 시작했다. 그러자 민씨가 토해낸 토사물로 인해 역한 냄새로 가득찼던 대비전에 점차적으로 뜸 향이 번지기 시작했다. 그렇게 일각쯤 흐르자, 토사물냄새는 사라지고 방안이 모두 뜸 향으로 가득찼다.

그즈음에 민씨가 눈을 감은 채로 깊게 숨을 들이켠 뒤, 말문을 열었다.

"지금이 아침이더냐, 저녁이더냐?"

그 말에 주상이 눈물을 울컥 쏟아내며 말했다.

"어마님, 정신이 드시옵니까?"

그때서야 민씨가 눈을 뜨고 주상을 보았다.

"오, 주상, 주상이구려. 지금이 아침이오, 저녁이오?"

"저녁이옵니다."

그때서야 민씨는 자기가 뜸을 뜨고 있다는 사실을 알아차렸다.

"배가 따뜻하구나."

그러자 소비가 물었다.

"뜨겁지는 않사옵니까?"

"뜨겁지 않다. 따뜻하고 좋다. 무슨 뜸인데, 이리도 향기가 좋은 것이냐?"

"쑥과 여러 약재를 섞어 만든 것이옵니다."

"늘 배가 찼는데, 모처럼 배가 따뜻하니 살 것만 같구나."

그 소리에 주상과 왕비가 눈물을 줄줄 흘렸다.

"어마님께서 이렇게 살아나시니, 소자도 이제 살 것만 같습니다."

주상은 민씨 앞에 엎드려 어린아이처럼 엉엉 울었다.

뒤에서 그 광경을 지켜보고 있던 양홍달은 참담한 심정으로 소비를 바라보고 있었다. 의원으로 지낸 지 벌써 사십 년이었다. 그런데 한낱 젊은 여인보다 의술이 못하다는 사실에 자괴감마저 일었다.

'도대체 저 아이는 어떻게 저런 신술을 펼친단 말인가?'

자신이 보았을 땐, 민씨는 분명히 가망이 없는 상태였다. 상왕전에는 은밀히 국상을 준비해야 한다는 말까지 해뒀는데, 저렇듯 회생하니 무슨 면목으로 상왕을 뵙느냐는 걱정까지 밀려들자, 양홍달은 모든 화살을 소비에게 돌렸다.

'저 아이를 궁에 두면 내약방에 큰 혼란이 생기겠구나.'

양홍달이 그런 생각을 하고 있는데, 대비 민씨의 음성이 들렸다.

"이제 내가 나은 것이냐?"

소비가 대답했다.

"아닙니다. 병환이 너무 깊어 쉽게 낫지는 못하옵니다."

그 소리에 근심어린 얼굴로 왕비 심씨가 끼어들었다.

"그러면 어찌하면 되겠느냐?"

"우선 기력부터 회복하셔야 하니, 곡기를 먼저 잡수시고, 다시 탕약을 드셔야만 합니다."

탕약이라는 말에 대비가 얼굴을 찡그리며 가느다란 음성으로 말했다.

"탕약은 이제 냄새도 맡기가 싫구나."

벌써 십여 년을 탕약을 달고 산 그녀였으니, 그런 마음이 들 법도 하였다.

"그래도 탕약을 드셔야지요. 그래야 쾌차하십니다."

주상이 간곡하게 말하자, 대비가 고개를 끄덕였다.

소비가 뜸을 모두 거두고, 미음을 들이자, 대비전이 한층 평온해졌다. 왕비 심씨가 대비에게 미음을 올리고 있는 동안 소비는 숨을 돌리기 위해 대비전 바깥으로 잠시 나왔다. 그러자 어느새 양홍달이 뒤를 따라와 물었다.

"아까 대비께서 뱉어내신 것이 무엇이냐?"

"소인도 그것이 무엇인지 정확하게는 모릅니다. 다만 맥을 짚어보니 폐장에 무엇인가 걸려 있는 것 같았습니다. 그래서 대비마마의 호흡을 어렵게 만드는 것이 바로 그것이 아닌가 하여 토해내게 한 것입니다."

"폐장에?"

"그렇습니다."

"위장이라면 모를까 폐장에 어떻게 그런 것이 있을 수 있느냐? 거짓으로 말하는 것이 아니냐?"

"소인이 거짓을 댈 이유가 있겠습니까? 다만 적취(積聚, 몸속에 생기는 덩어리)의 조각이 아닐까 염려될 뿐이옵니다."

"폐장에 적취가?"

"그렇습니다."

"적취란 원래 복부에 생기는 것인데, 어떻게 폐장에 적취가 있을 수 있단 말이냐?"

"의서에서 폐장에 적취가 있는 경우를 기록한 것을 보지 못했지만, 소인이 활인원에서 접한 병자 중에 폐장에 적취가 있는 경우를 몇 번 보았습니다."

"폐장에 적취가 있었던 병자는 어떻게 되었느냐?"

"약재를 충분히 쓰지 못한 탓에 모두 사망했습니다. 다만 연명 기간에는 조금씩 차이가 있었습니다. 짧게 연명한 병자는 세 달을 넘기지 못했고, 길게 연명한 병자는 2년을 살았습니다."

"그렇다면 네 생각엔 치료만 잘하면 2년 이상 사실 수도 있다는 것이냐?"

"그렇습니다."

"그럼 단도직입적으로 묻겠다. 네가 보기에 대비마마의 증상은 어떠하냐? 연명을 얼마나 더 하실 수 있겠느냐는 말이다."

"매우 심각한 중증입니다. 더구나 적취의 조각을 토해내신 것을 보면 병증이 극도로 악화된 상황입니다."

"내가 다년간의 경험으로 알아낸 것인데, 적취는 한 군데 생기면 이곳저곳으로 퍼지는 경향이 있다. 너도 이 사실을 아느냐?"

"소인도 알고 있습니다."

"그렇다면 대비께서도 다른 곳엔 적취가 없겠느냐?"

"속단할 순 없지만, 다른 곳에도 있지 않을까 싶습니다."

"알았다. 그 점을 유의해서 치료에 전념하도록 해라."

그렇게 소비를 대비전으로 들여보낸 뒤, 양홍달은 잔뜩 달아오른 얼굴로 중얼거렸다.

"흠, 저 아이를 궁궐에 계속 두면 안 되겠어. 한낱 무당 딸년 때문에 삼십 년 동안 쌓은 공든 탑이 무너지게 놔둘 순 없지."

14. 연경 가는 길

중례는 의주에 도착하자, 소철의 집을 다시 찾았다. 소철의 아내는 중례의 치료 덕에 병증이 많이 좋아져 있었다. 하지만 여전히 혈색은 좋지 않았다. 중례가 준 약재가 떨어진 뒤에 더이상 약재를 쓰지도 못했고, 의원을 찾지도 않은 탓이었다.

"끼니도 해결하기 벅찬데 어찌 의원을 찾아가겠습니까? 삼시 세끼 굶지 않은 것만 해도 다행이다 생각하고 있습지요."

소철은 안타까운 심정을 그렇게 토로했다. 중례도 이해 못할 바가 아니었다. 노비의 삶이 다 그렇다는 것은 중례 또한 너무도 잘 아는 일이었다.

중례는 소철의 아내에게 침과 뜸을 놓아주고, 늘 가지고 다니는 환약 봉투를 내밀었다.

"끼니를 거르지만 않는다면 이 약으로도 효험이 있을 것이오.

내 연경을 다녀와서 혹 시간이 나면 또 들를 것이니, 그때 또 봅시다."

"정말, 이 은혜를 어떻게 갚아야 할지……."

소철은 눈물을 글썽이며 몇 번이고 감사 인사를 하였다. 그러다 문득 생각난 듯이 말했다.

"아, 하마터면 깜빡 잊을 뻔했습니다. 잠시만 기다리시오. 전해줄 것이 있습니다."

소철이 방안에서 가지고 나온 것은 천보자기에 싸인 서류 뭉치 같은 것이었다.

"이것이 무엇이오?"

"혹 의원님께 도움될 말이라도 들을까 해서 일전에 대치 형님 집에 들렀는데, 형수님이 건네준 것이오. 대치 형님이 죽기 전에 형수님께 잘 간직해두라고 신신당부를 해서 깊이 감춰둔 것이라 했습니다."

중례는 보자기를 풀어 서류 뭉치들을 하나씩 꺼내어 살펴보다가 깜짝 놀랐다. 서류 뭉치는 세 종류로 분류할 수 있었는데, 첫번째는 관인이 찍힌 검안서들이었고, 두번째는 누군가의 수결이 표시된 약정서였으며, 세번째는 누군가가 남긴 기록이었는데, 그 글씨만 보고도 중례는 눈물이 와락 쏟아졌다. 바로 아버지 노상직의 글씨체였기 때문이다.

"도움이 될 만한 것이오?"

"물론이오. 정말 중요한 것입니다."

"그렇다면 정말 다행이오. 그동안 이것을 어떻게 전해드리나 고민이 많았소. 마침 이렇게 찾아와주지 않았다면 그저 방구석에서 썩히고 말았을 것이오."

"고맙소. 이 은혜는 잊지 않겠습니다."

"은혜라니요, 은혜는 제가 입었지요. 어쨌든 도움이 될 물건이라니 천만다행이오. 그리고 형수께서 혹 그 물건 속에 대치 형님의 원한을 풀어줄 것이 있다면 알려달라고도 했습니다."

"알겠습니다. 내 자세히 살펴보고, 그렇게 하리다."

중례는 숙소에 도착해서 부엌방에 몰래 기어들어 가 촛불을 켜놓고 대치가 남긴 서류 뭉치를 면밀히 살폈다. 우선 아버지가 남긴 글부터 읽었다. 그것은 노상직이 의주 판관으로 있을 때 적은 간단한 업무 일지 같은 것이었다. 일지 내용은 대부분 그날의 중요 업무였는데, 간간이 자신의 소감과 판단을 적은 문구도 발견되었다. 중례가 그중에서 우선 책방 오치수에 관한 것만 골라냈더니, 다음과 같았다.

○ 젊은 아전 하나가 책방의 일로 긴히 할 말이 있다 하여 따로 만나려 하였더니 갑자기 행방을 감춰 만나지 못했다. 참 이상한 일이다. 책방의 일이란 도대체 무엇이었을까?

○ 책방이 평양 감영을 다녀왔는데, 책방과 함께 감사의 아들이 의주 관아에 왔다. 정충석이란 자인데, 무엄하기 짝이 없었다.

○ 책방에 대한 의혹이 있어 목사께 아뢰었더니, 목사께서 책방을 불러 문책하시겠다고 하였다. 목사의 인척이라 그런지 책방 오치수의 방자함이 하늘을 찌른다.

○ 정충석이 의주에 와서 책방과 선착장에 갔다. 책방이 정충석을 믿고 목사께 함부로 구는 꼴을 차마 눈뜨고 볼 수 없다.

○ 책방의 비행에 관한 투서가 들어와 목사께 바쳤다. 투서를 읽고 목사께서 손을 부르르 떠셨다.

중례가 아버지의 일지에서 찾아낸 오치수에 관한 내용은 이것이 전부였다. 중례는 아버지가 남긴 그 기록들을 통해 오치수와 정충석이 아주 오래전부터 붙어먹었다는 것을 알 수 있었다. 또한 아버지와 오치수의 관계가 좋지 않았으며, 아전들 중에는 오치수에게 불만을 품고 있었던 사람이 있었다는 것도 짐작할 수 있었다. 거기다 오치수의 비행을 고발한 사람도 있었음을 알 수 있었다.

중례는 시간이 나는 대로 행방을 감췄다는 그 젊은 아전을 찾아보리라 했다. 또한 가능하다면 당시 의주 관아에 있던 아전들도 차례차례 만나보려 했다. 하지만 당장은 시간이 없었다. 사은사 일행으로 온 몸이라 시간이 자유롭지도 여유가 있지도 않았다.

아버지가 남긴 일지에 이어 중례는 대치가 남긴 서류들 속에서 가(假)검시서 한 장을 발견했다. 가검시서는 정식 검시를 하기 전에 오작인과 사건 담당자가 대략적으로 시신을 검시하고 자신들의 의견을 써서 검안 책임자에게 올리는 서류였다. 공식적인 검안서가 아닌 까닭에 대개 검안서 작성 이후에는 폐기 처분된다. 가검시서에는 평양 감영의 관인이 찍혀 있었고, 오작인 대치와 사건 담당 나장 두 명, 가검시서를 작성한 서리의 수결(手決, 오늘날의 사인)이 있었다.

놀랍게도 검시의 대상자는 아버지 노상직이었다. 사망 원인은 '늑사(勒死)'라고 적혀 있었다. 늑사란 곧 목이 졸려서 사망했다는 뜻이었다. 늑사의 근거로 '액흔이 얕고 흐리며 피 맺힌 자국이 없고, 명치와 고샅에 치명적인 구타 흔적이 있음'이라고 되어 있었다. 액흔은 목 졸린 상흔을 의미했다. 자액(自縊), 즉 스스로 목을 매고 자살한 경우엔 액흔이 깊고 검붉은 색을 띠게 된다. 그런데 노상직의 액흔엔 피 맺힌 자국이 전혀 없었다고 했다. 또한 발견되었을 당시 노상직은 혀를 빼물지 않은 상태였고, 둔부에 대변을 분출한 흔적도 없었다고 했다. 자액일 경우 혀를 길게 빼물고 대변을 배설하는 것이 일반적이었다. 거기다 노상직의 명치와 고샅에서도 치명적인 상흔이 발견되었다고 했으니, 누가 봐도 목이 졸려서 타살된 것이 명백했다.

하지만 노상직은 자살로 처리됐다. 거기다 검시도 제대로 하지 않았고, 검안서도 작성되지 않았다. 노상직이 자살로 처리된 결정적인 이유는 스스로 유서를 남겼기 때문이었다. 하지만 그 유서는 사라졌다. 그 때문에 유서의 진위 여부도 알 수 없는 상황이었다.

그런데 대치가 숨기고 있던 가검시서는 노상직이 명백히 살해되었음을 기록하고 있었다. 어떤 경위로 대치가 그 가검시서를 간직하게 됐는지 알 수 없었지만 초동 수사 단계에서는 노상직이 감옥에서 타살된 것으로 본 것이 분명했다. 적어도 오작인 대치, 담당 나장 둘, 담당 서리 등 네 사람은 이 사실을 알고 있었다. 그렇다면 이들은 상관인 감영 형방에게 보고했을 것이 분명했다. 말하자면 타살이 자살로 조작된 것은 바로 형방에게 보고된 이후라는 뜻이었다.

중례는 당시 평양 감영의 형방을 찾아내면 사건이 조작된 경위를 파악할 수 있을 것으로 판단했다.

"으음, 감영 형방이라……."

중례는 핏발 선 눈으로 손을 가느다랗게 떨며 나머지 서류 뭉치들도 마저 살피기 시작했다. 그런데 나머지 것들은 서류라기보다는 그저 글씨를 연습하다 버린 종이 뭉치에 가까웠다. 중례는 처음엔 '이게 뭐지?'라는 생각으로 종이에 적힌 내용들을 읽어나갔다. 그런데 그 내용들은 일관성이 있는 것도 아니고, 문장을 형성한 것도 아니었다. 그저 이런저런 낱자나 낱말들을 반복적으로 두서없이 빽빽이 써놓았는데, 아무리 봐도 의도를 알 수 없었다. 그 글자들을 서로 이어붙여보았지만, 변변한 문장이 되는 것도 아니었고, 의미 있는 문구가 되는 것도 아니었다.

"이건 그냥 글씨 연습을 한 것인데……?"

중례는 대치가 한문을 몰라 그것이 대단한 내용이라도 되는 줄 알고 훔쳐서 간직한 것으로 판단했다.

"까막눈이니 그저 글씨가 빽빽하게 들어차 있는 것만 보고 무슨 중요한 문서라도 되는 양 고이 간직했던 모양인데, 쯧쯧……."

그렇듯 혀를 차면서 중례는 안타까운 마음에 한숨을 쏟아냈다. 그리고 헛간 바닥에 마구 흩어놓았던 종이 뭉치들을 챙겨서 보자기에 싸려 했다. 그러다 문득 그 종이들에 두서없이 빽빽하게 쓰인 글씨체가 낯설지 않다는 생각이 들었다. 그래서 다시 종이 한 장을 꺼내 글씨체를 확인해보았다.

"이건 혹시…….."

중례는 급히 아버지의 일지를 다시 펼쳤다. 그리고 일지에 있는 낱자와 낱말을 종이에 쓰인 글씨들과 비교해보았다. 그때서야 그 종이 뭉치들이 무엇인지 중례는 깨달았다. 바로 아버지 노상직의 글씨를 베껴 쓴 것이었다.

그러면서 중례는 그 종이 뭉치들을 하나하나 다시 자세히 살피기 시작했다. 그리고 그들 낱자와 낱말을 이리저리 조합하여 한참만에야 하나의 문장을 만들어냈다.

"이럴 수가……."

그 문장은 당시 평안 감사였던 정재술의 판부에 기록된 아버지의 유서 내용 중 한 문장과 일치했다. 중례는 다른 종이에 적힌 글자들을 조합하여 또하나의 문장을 만들어보았는데, 그 역시 판부에 기록된 유서의 내용 중 일부였다.

"이것은 유서를 조작한 증거였구나!"

그때서야 중례는 대치가 그 종이 뭉치들을 숨겨놓았던 이유를 확실히 알게 되었다. 중례는 밤이 새는 줄도 모르고 다른 글자들도 조합하기 시작했다. 어쩌면 아버지가 남긴 유서의 내용을 모두 찾아낼 수 있을지도 모른다는 기대감에 중례는 밤을 꼬박 새웠다. 하지만 새로운 문장은 더이상 만들어내지 못했다. 낱자들을 아무리 끼워맞춰보아도 마땅한 문장이 만들어지지 않았다.

중례가 미친듯이 문장 만들기에 빠져 있는 사이 어느새 동이 텄다. 문밖에선 이미 사람들의 발자국소리가 늘어나고, 웅성거리는 소리도 점차 커져갔다. 출발 시간이 머지않았다는 뜻이었다. 급기야 바깥에서 중례를 찾는 서리의 목소리도 들렸다.

"마의는 어디 있는가?"

중례는 서류 보자기를 챙겨 황급히 바깥으로 뛰어나가 머리를 조아렸다.

"소인 여기 있습니다요."

"이 사람, 거기서 뭐라도 훔쳐먹고 있었는가? 아무리 불러도 대답을 않더니……."

"갑자기 목이 말라서……."

"가서 경녕군 대감이 타실 말부터 빨리 살피게."

"알겠습니다."

중례는 헐레벌떡 마구간으로 달려갔다. 그리고 이내 의주 관아를 출발하여 꽁꽁 얼어붙은 압록강을 건넜다. 밤을 꼬박 새우고 아침도 먹지 않은 몸으로 중례는 그렇게 요동 땅을 밟았다.

요동에 들어선 뒤, 사은사 행렬은 첫날밤을 구련성에서 보냈다. 중례는 저녁을 먹은 뒤, 말을 시중하는 하인들을 데리고 밤늦게까지 말들의 상태를 살폈다. 그리고 하인들 사이에 끼어서 새우잠을 청했다. 간밤을 꼬박 새운데다 압록강을 건너 거친 길을 60리를 걸은 터라 그는 녹초가 된 상태였다. 어디 뜨거운 구들방에 몸을 뉘었으면 했지만, 요동에서 구들방을 찾는 건 애당초 불가능한 일이었다. 그래서 여러 하인들 틈에 끼어 화로에 몸을 녹이다 자기도 모르게 바닥에 쓰러졌다. 그야말로 온몸이 부서지는 듯 안 쑤시는 데가 없는 지경이었다. 하지만 잠이 쏟아지는 바람에 아픈 줄도 모르고 잠들었다. 그런데 새벽녘에 누군가가 숙소로 들어와 황급히 그를 찾았다.

"마의는 어디 있소? 마의 좀 불러주시오."

매우 다급한 음성이었다.

"무슨 일이오?"

중례가 하품을 늘어지게 하며 귀찮은 표정으로 묻자, 상인 차림을 한 그는 다짜고짜 중례의 소매를 끌었다.

"사람이 다 죽어가오. 제발 좀 살려주시오."

사람이 죽어간다는 말에 중례는 반사적으로 약낭과 침통을 챙겨 그를 따라나섰다.

"어디요? 갑시다."

병자는 사은사를 따라나선 상단의 행수였다. 나이는 서른도 채 되지 않는 젊은 행수인데, 돈푼깨나 있는지 차림이 화려하여 얼핏 보면 상인이 아니라 고관 벼슬아치 같았다. 그는 배를 움켜쥐고 엎드린 채 아주 옅은 신음소리를 내고 있었다. 중례는 병자의 맥을 짚으며 말했다.

"언제부터 이런 겁니까?"

"술을 곁들여 저녁을 먹고, 잠을 막 청했는데 그때부터 배가 아프다고 뒹굴더니 벌써 한 시진째 저러고 있습니다."

중례는 맥을 짚어보고, 급히 약낭을 풀어 헤쳤다. 손발이 차고 의식이 희미해지는 것이 매우 위급한 상황이었다. 중례는 약낭에 든 환약을 씹어 병자에게 먹이고, 침을 여러 혈에 꽂았다. 통증이 조금 완화된 덕인지 얼굴에 핏기가 되살아났다. 하지만 신음소리는 되레 커졌다. 의식이 조금 더 명료해졌다는 증거였다. 중례는 다시 맥을 잡은 뒤, 말했다.

"가서 물을 떠 오시오. 많이 필요하오."

물을 가져오자, 중례는 병자의 고개를 세우고 일으켜 물을 마시게 했다.

"배가 부르도록 많이 마셔야 하오."

그렇게 한참 동안 물을 지속적으로 먹이자, 병자의 신음소리가 점점 줄어들었다. 그리고 어느 순간, 웅크리고 있던 다리를 스스로 쭉 뻗었다.

다리를 뻗자, 중례는 병자의 배에 뜸을 놓고, 다시 엎드리게 하여 등에도 뜸을 놓았다. 뜸을 모두 거두자, 환자가 스스로 돌아누워 한숨을 길게 내쉬었다. 그 모습을 보고 중례가 말했다.

"이제 급한 순간은 넘겼으니, 염려 마오. 소피가 마렵지는 않소?"

"마렵소."

"혼자 측간에 갈 수 있겠소?"

"갈 수 있을 것 같소."

"그래도 혹 모르니 부축하여 다녀오는 것이 좋겠소."

병자가 소변을 보고 오자, 중례는 그에게 다시 물을 마시게 했다.

"충분히 마셔야 하오. 그냥 마시기 힘들면 당분(설탕)을 타서 마시는 것도 괜찮소."

그러자 상인들이 마침 가지고 다니는 흑당분이 있다면서 물에 타서 병자에게 마시게 했다. 그러자 병자의 상태가 눈에 띄게 호전되었다. 그 무렵에야 병자가 중례에게 물었다.

"도대체 무슨 병이오?"

"내상병(內傷病)이오."

"내상병이 무엇이오?"

"위장 끝에 붙은 이자(췌장)가 상해서 생기는 병이오. 급성이오. 자칫하면 죽을 수도 있는 위험한 병이오. 혹 근래에 술을 많이 드셨소?"

"그렇소. 평양과 의주를 거쳐 오면서 매일같이 마셨소."

"앞으로 한 달 동안은 술을 일절 먹지 마시오. 앞으로도 절대 과음은 삼가시오. 또 한 이틀 정도는 물만 먹고 끼니를 걸러야 하오. 그리고 나은 후에도 과식은 절대 금물이오."

"고맙소. 목숨을 구해준 은혜는 잊지 않겠소. 의원은 어디에 사는 뉘시오?"

"서활인원에 있는 노중례라 하오."

"나는 육의전에 점포를 내고 있는 오희묵이라 하오. 한성에 오거든 꼭 한번 점포에 들러주시오. 사례는 톡톡히 하리다. 내 이래 봬도 은혜를 갚을 땐 손을 크게 쓰는 사람이오. 그리고 목숨값으론 부족하지만 우선 이것만 받아두시오."

그러면서 오희묵은 중국 은자 한 냥을 내밀었다. 중례가 사양하지 않고 은자를 받아들며 말했다.

"몸을 잘 간수해야 하오. 되도록 며칠 쉬었다가 뒤따라오는 것이 좋겠소. 연경에 먼저 가서 기다릴 테니, 꼭 나를 다시 찾으시오."

그렇게 일러두고 중례는 상단의 처소에서 나왔다. 그리고 엉겁

결에 얻은 은자를 꺼내 달빛에 비춰보았다. 평생 처음 쥐어보는 중국 은자였다. 거기다 무려 1냥짜리였다.

"하룻밤에 은자 한 냥을 벌다니……."

중례는 도저히 믿기지 않았다. 중국 은자 한 냥이면 쌀 두 석을 사고 남을 돈이었다. 살다보니 이런 횡재를 하는 날도 있구나 싶어 중례는 절로 흥이 나고 피로가 싹 가시는 듯하였다.

오희묵이 중례를 다시 찾은 것은 사은사 일행이 연경에 도착한 지 사흘째 되던 날이었다. 그는 건강을 완전히 회복한 얼굴이었다. 맥도 아주 활발했고, 음성도 밝고 우렁찼다. 몸이 아플 땐 중례에게 존댓말을 하더니, 갑자기 말투도 반말로 바뀌었다. 진맥이 끝나자, 오희묵이 물었다.

"어떤가? 이제 다 나은 건가?"

"완쾌되었소. 하지만 앞으로도 술은 조심해야 하오. 이번엔 급성이었지만, 자칫 만성이 되면 아주 고치기 어려운 병이오."

"술을 아예 먹지 말라고?"

"술을 마시기는 하되, 폭음은 하지 말라는 뜻이오."

"그런데 도대체 내 몸에 왜 이런 병이 생긴 건가?"

"선천적인 것이오. 사람마다 누구나 선천적으로 약한 장기가 있기 마련인데, 오행수께서는 비장과 이자가 조금 약하게 태어난 것뿐이오. 조금만 조심하면 큰 병이 되지는 않을 것이니 염려하지 마시오."

"따로 탕약을 먹을 필요는 없겠나?"

"지금 상태에선 굳이 약을 쓸 필요는 없소."

"어쨌든 고맙네. 한양에 돌아가거든 꼭 우리 상단에 한번 들러 주게. 육의전의 아무 점포나 들어가서 이 오 아무개의 이름을 대면 모르는 사람이 없을 것이네."

"알겠소. 꼭 한번 들르겠소."

15. 요동 벌판 한가운데에서

어느덧 음력 2월 말이었다. 사은사 행렬은 심양을 지나 요동벌 천 리 길을 접어든 지 사흘째였다. 연경으로 갈 때만 해도 꽁꽁 얼어 있던 냇물이 완전히 풀려 있었다. 간밤엔 봄비치고는 제법 많은 비가 내린 터라 물빛이 황토색이었다. 앞을 가로막은 냇물은 30보 정도의 폭에 물살이 제법 거셌다. 깊이를 가늠하기 위해 군졸 둘이 아랫도리를 벗고 윗도리를 가슴까지 올려 끈으로 동여맨 채로 먼저 물속으로 들어갔다. 다행히 말을 타고 그대로 건너도 될 정도의 깊이였다. 하지만 중례는 물이 너무 차가운 것이 문제라고 생각했다. 자칫 냉기 때문에 말이 놀라서 발버둥을 치면 말 위에서 사람이 떨어지는 큰 사고로 이어질 수 있기 때문이었다.

"물이 너무 차가워 말이 놀랄 수도 있습니다. 한 시진만 기다리면 해가 중천에 이를 테니 그때까지 기다렸다 건너는 것이 좋을 듯

합니다."

중례는 그렇게 말했지만, 받아들여지지 않았다. 다음 숙소까지 60리였다. 거기다 중간에 태자하를 건너야 했다. 태자하를 제때 건너지 못하면 자칫 벌판에서 노숙을 해야 할 처지였다.

사은사 행렬을 호위하던 군졸들이 먼저 냇물을 건넜다. 그들은 모두 아랫도리를 벗어 목에 두른 채 윗도리는 가슴까지 올리고 끈으로 묶은 상태였다. 거기다 한쪽 손엔 신발과 버선을 들고 다른 쪽 손엔 창을 든 채 엉거주춤한 자세로 물살을 조심스럽게 가로질렀다. 중례도 역시 같은 모습으로 그들 틈에 끼어 함께 건넜다. 물은 허리춤까지 차올랐는데, 온몸이 떨릴 정도로 몹시 차가워 절로 몸서리가 쳐졌다. 물살도 제법 거세고, 바닥도 미끄러운데, 짐 보퉁이까지 어깨에 걸머진 상태였다. 조금만 다리에 힘이 빠지면 여지없이 넘어져 물살에 휩쓸릴 판이었다. 아니나다를까 앞쪽에 가던 군졸 하나가 넘어지더니 허우적거리며 물살에 밀려 아래로 쓸려갔다. 하지만 허우적거리며 물길을 헤치고 나와 물에 빠진 개 꼴을 하고 겨우 기어서 건너편에 닿았다. 그 모습을 보고 다른 군졸하나가 소리를 내고 웃다가 자빠져 역시 같은 꼴이 되었다.

군졸들 뒤로 군관 셋이 말을 타고 물을 건넜다. 물이 차가운 탓에 말들이 놀라는 기색이 역력했지만 군관들은 능숙한 솜씨로 말을 잘 통제했다. 군관들에 이어 사은사 정사 경녕군, 부사, 서장관, 그리고 그들과 동행한 몇몇 양반들 순으로 물을 건너고, 마지막으로 나머지 군졸들이 건너도록 되어 있었다. 사은사 정사, 부사, 서장관, 양반들의 말은 그들의 하인들이 하나씩 달라붙어 말고삐를 쥐고 있었다. 그런데 중간쯤 건너던 경녕군의 말이 기어코 사고를 치고 말았다. 처음 물에 들어설 때부터 예민한 반응을 보이던 말이 었는데, 차가운 물이 배에 닿자 흠칫 놀라더니 갑자기 휘이잉 소리를 내며 앞발을 들고 일어섰다. 말고삐를 쥔 하인이 온 힘을 다하여 말을 잡아당긴 덕에 말은 넘어지지 않았으나 위에 타고 있던 경녕군이 말에서 떨어져 냇물에 처박혔다. 깜짝 놀란 하인이 말고삐를 놓고 경녕군을 붙잡으려고 했지만 물살 때문에 놓치고 말았다.

워낙 부지불식간에 일어난 일이라 모두 다 그저 놀란 표정으로 바라만 보고 있었다. 하지만 중례는 불안한 마음으로 경녕군의 말을 유심히 바라보고 있던 터라 경녕군이 말에서 떨어지는 순간 반사적으로 냇가를 따라 뛰기 시작했다.

경녕군은 말에서 떨어진 충격에 순간적으로 정신을 잃었다. 그 바람에 버둥거림조차도 없이 물살에 밀려 떠내려가고 있었다. 중례는 아래쪽으로 내달린 뒤 적당한 지점에서 냇물로 뛰어들었다. 그리고 떠내려오는 경녕군의 몸을 가까스로 잡아채 물 밖으로 이끌고 나왔다.

물 밖에 나와서도 경녕군은 여전히 의식이 돌아오지 않았다. 그래서 중례가 경녕군의 입을 벌리고 배를 눌러 물을 토해내게 했다. 그리고 호흡을 확인했더니 다행히 숨이 끊어진 것은 아니었다. 하지만 의식이 완전하지 않았고, 몸은 점점 파랗게 굳어가고 있었다. 그때 군관과 군졸들이 우르르 달려왔다.

"옷을 벗어서 있는 대로 주시오. 덮을 수 있는 것은 모두 갖다주시오. 그리고 불을 피우고 이불을 갖다주시오."

군관 둘이 먼저 상의를 벗자, 나머지 군사들도 상의를 벗어 주었다. 중례는 그들의 옷으로 경녕군의 몸을 겹겹이 덮은 뒤, 뛰어가서 침통과 약통을 가져왔다. 냉기로 막힌 혈을 제때 뚫어두지 않으면 한증(寒症)이 심해져 상한(傷寒)으로 갈 수 있다고 보았다. 차가운 물에 빠져 상한에 걸리면 중풍으로 진행되는 경우가 많아 애초에 한증을 잘 잡는 것이 매우 중요한 일이었다.

중례가 경녕군의 손과 발에 침을 놓고 있는 동안 군졸들이 불을 피우고 그 주변에 이불을 깔았다. 중례는 경녕군을 이불 위로 옮기게 하고, 배만 조금 드러낸 뒤 뜸을 놓았다. 그렇게 일각쯤 지나자 얼굴에 혈색이 돌아왔다. 그리고 신음소리를 조금 내더니 조금씩 의식이 돌아왔다.

"정신이 좀 드십니까?"

"여긴 어딘가?"

경녕군이 방금 전 일을 제대로 기억하지 못했다.

"물에 빠지셨던 것은 기억하십니까?"

"말에서 떨어진 것은 기억이 나는데……. 그런데 왜 이렇게 머리가 아픈 겐가?"

"말에서 떨어질 때 충격으로 그런 것입니다. 침을 맞으면 조금 나을 것입니다."

중례는 호침을 꺼내 경녕군의 머리 여러 곳에 놓았다.

"호침은 꽂은 채로 그대로 누워도 됩니다. 호침을 베고 누우소서."

경녕군이 호침을 머리에 꽂은 채 그대로 누우며 말했다.

"침을 꽂았는데, 아프지는 않고 되레 시원한 느낌이 드는 것은 웬일인가?"

"침이 혈을 살려 기가 되살아나기 때문입니다."

"참으로 신기하구나. 그나저나 자네는 누군가?"

"저는 이번 사행 길에 마의로 발탁되어 온 노중례라고 하옵니다."

"마의라면 말을 돌보는 사람이 아닌가? 그런데 어찌 이토록 침술에 밝은 것인가?"

"원래 활인원에서 의원 노릇을 하고 있다가 이번에 마의가 부족하여 차출된 것입니다."

그때, 부사가 중례를 슬쩍 밀어내며 끼어들었다.

"마의 따위가 무엇을 안다고 함부로 침을 놓은 것이냐? 침을 썩 뽑지 못할까!"

하지만 경녕군이 손사래를 치며 부사를 제지하고 말했다.

"아니오, 동지총제 대감. 그냥 그대로 놔두시오. 이자가 침을 놓은 뒤로 두통이 사라졌습니다. 침을 뽑지 마시오."

"으음, 경녕군께서 그리 생각하신다면야……."

부사는 계면쩍은 얼굴로 중례를 돌아보며 윽박지르듯 말했다.

"혹여 경녕군께 이상이라도 생긴다면 네놈은 죽음을 면치 못할 것이야!"

하지만 그 순간, 중례의 귀에는 그의 말이 그저 웅웅거릴 뿐 제대로 들리지 않았다. 중례는 그저 넋 나간 듯 그의 얼굴만 뚫어지게 쳐다보았다.

'동지총제? 동지총제라면 혹 이자가 아버지에게 누명을 씌운 그 정재술이 아닐까?'

순간, 중례의 뇌리엔 오직 그 생각밖에 없었다.

"이놈이 미쳤나? 어딜 눈을 치뜨고 사람을 빤히 쳐다보는 것이야!"

정재술이 중례의 뺨을 후려쳤다. 그러자 뒤에 섰던 서장관이 정재술을 말렸다.

"총제 대감 왜 이러십니까? 그저 마의가 대감님의 호통소리에 놀라 정신 줄을 놓은 것 아니겠습니까?"

그때서야 중례가 정신을 가다듬고 고개를 조아렸다.

"대감마님, 제가 그만 대감님의 우렁찬 기상에 깜짝 놀라 잠시 혼이 나갔나봅니다. 용서하십시오."

"으흠, 그렇다면야…… 내 기상이 좀 넘치긴 하지만…… 어쨌든 조심해. 천것이 그렇게 눈을 치뜨다 목이 달아나는 수가 있어."

부사는 헛기침을 몇 번 하면서 슬쩍 뒤로 빠져 군관을 불러대며 걸어갔다. 그러자 서장관이 그 자리를 메우며 말했다.

"우리 경녕군 대감께서는 괜찮으신 것인가?"

"창졸간에 물에 빠져 호흡이 끊긴 일이라, 당분간 매우 조심해야 하옵니다. 다행히 아직 젊으신 몸이라 큰 탈은 없을 것이라 여겨지옵니다."

경녕군은 주상 이도의 이복동생으로 이제 겨우 열일곱 살이었다. 하지만 나이에 비해 어른스럽고 언변에 무게가 있었다.

"동지총제께서 나를 걱정하는 마음이 앞서서 그런 것이니 자네가 이해하게."

"소인이 무례를 범하여 생긴 일입니다."

중례가 침을 모두 뽑아내자, 경녕군이 근심어린 얼굴로 물었다.

"그나저나 오늘 태자하를 건너야 할 터인데, 이 몸으로 갈 수 있겠는가?"

"가마를 타고 가시면 큰 문제는 없을 것입니다."

"그래도 자네가 옆에 꼭 붙어 있어주게."

"알겠습니다."

경녕군이 회복하자, 행렬이 다시 움직이기 시작했다. 자칫 태자하에서 배를 타지 못할까봐 모두 걸음이 빨라졌다. 그리고 무사히 태자하를 건너 해질녘에 요양에 이르러 짐을 풀었다.

저녁을 먹은 뒤에 중례는 경녕군의 몸에 뜸을 놓았다. 뜸을 다 걷어내고 물러가려 하는데, 경녕군이 중례를 앉히고 말했다.

"내 자네에게 목숨을 빚졌네. 그야말로 자네는 내 목숨의 은인인데, 내가 보답할 길이 없겠는가?"

그 말을 듣자, 중례는 여동생 재희의 얼굴이 스쳐갔다. 하지만 선뜻 재희를 해주 관아에서 빼내어 한성으로 데려갈 수 있도록 해 달라는 말이 나오지 않았다. 그래서 머뭇거리고 있는데, 경녕군이 말했다.

"어려운 부탁이라도 괜찮네. 내가 해줄 수 있는 일이 있으면 말해보게. 내 힘이 닿는 한 도와주겠네."

그때서야 중례는 목구멍에 걸린 말을 어렵사리 끄집어냈다.

"소인의 가슴을 늘 바위처럼 짓누르고 있는 일이 있사온데……."

"그게 무엇인가? 어서 말해보게."

"소인의 누이가 해주 감영에 관비로 있사온데, 혹 가능하시다면 제 누이를 한성 관아로 옮겨주실 수 있다면……."

"그게 무슨 어려운 일이라고. 염려 말게. 내 돌아가는 길에 해주 감영에 들러 자네 동생을 한성으로 데려갈 수 있도록 해주겠네. 마침 황해 감사는 내가 잘 아는 사람일세."

"감사합니다, 정말 감사합니다."

"자네가 지금 서활인원에서 근무한다 했는가?"

"그렇습니다."

"그러면 자네 동생을 서활인원으로 옮겨주면 되겠는가?"

"그리된다면 더 바랄 것이 없겠사옵니다."

"알았네. 내 그렇게 조치해주겠네."

"이 은혜는 죽어도 잊지 않겠습니다."

"은혜는 내가 입었는데, 자네가 무슨 은혜 갚을 일이 있다고 그러는 것인가? 후일에도 혹 다른 부탁이 있다면 나를 찾아오게. 내가 들어줄 수 있는 것이면 반드시 들어주겠네."

그 말을 듣고 있으니, 중례는 꿈인가 생시인가 싶었다. 꿈에도 그리던 누이동생을 한성으로 데려가 함께 살 것을 생각하니, 정말 꿈만 같았다.

그렇듯 중례가 들뜬 마음으로 숙소로 돌아와 누웠는데, 동지총제가 종을 보내 그를 호출했다. 그때서야 중례는 정재술의 이름을 다시 떠올렸다. 그러나 아직 동지총제가 정재술임을 확인하지 못했기에 그 종에게 물었다.

"동지총제 대감의 함자가 어찌되는지 알 수 있겠소?"

"아직 우리 대감의 함자를 모르시오?"

"그게 세상일에 어두워서……."

"대감마님의 함자는 정재술이오."

그 소리에 중례는 갑자기 온몸이 화끈 달아오르고 가슴이 마구 두근거렸다. 그 때문에 손도 떨리고 음성도 떨렸다.

"그렇다면 혹 대감께서 오래전에 평안 감사로 가신 적이……."

"맞소. 우리 대감께서 한때는 평안 감사를 지내셨는데, 그때 내가 평양에 따라가지 못한 것이 지금도 한으로 남는다오. 기생 하면 평양 기생 아니오. 그때 평양에 갔더라면 평양 기생 구경은 원 없이 하고 왔을 텐데 말이오."

명백히 그자였다. 아버지에게 누명을 씌우고 죽인 그놈이었다. 중례는 어금니를 깨물고 눈에 핏발을 세웠다.

'원수를 갚을 기회가 왔다. 장침 한 방이면 놈을 죽일 수 있다.'

중례의 뇌리엔 얼핏 그런 생각이 스쳐갔다. 하지만 이내 고개를 가로저었다. 놈을 죽이는 것보다 아버지의 결백을 밝히는 것이 우선이라고 판단한 것이다. 중례는 호흡을 가다듬고 침착하려 애를 쓰며 물었다.

"그런데 대감께서 왜 나를 찾으시오?"

"오랫동안 말을 타고 오셔서 그런지 허리가 몹시 아프시다 하오."

"허리요?"

"사실, 마님께서 허리가 아프신 지 이미 오래됐소. 그간 여러 의원들이 치료를 거듭했지만, 여태껏 제대로 고치지 못했다오. 그런데 이번 사행으로 아무래도 허리 병이 더 심해진 것 같소."

"알았소. 어서 가봅시다."

정재술은 숙소에서 엉거주춤한 자세로 앉아 있다가 중례가 들어서자, 그저 말없이 손짓으로 다가오라고 하였다. 중례가 엎드린 채로 인사를 하자, 정재술은 인상을 잔뜩 쓴 채로 말했다.

"듣자 하니, 네놈이 침을 제법 놓는다고 하는데, 사실이냐?"

"그저 얄팍한 재주일 따름입니다."

"그래, 그렇다면 오늘 그 얄팍한 재주 한번 보자꾸나. 요 며칠 사이에 내가 허리와 등이 몹시 당기는데, 누워도 불편하고 앉아도 불편하니, 이게 어찌된 노릇인지 네놈이 한번 살펴보겠느냐?"

"네, 미욱한 재주나마 최선을 다해보겠습니다."

중례는 정재술을 바닥에 엎어 뉘이고, 혈을 짚어보았다. 정재술의 말대로 허리가 아픈 것은 분명했다. 하지만 단순히 허리 병만 있는 것은 아니었다. 자주 당기는 증세가 있다는 오른쪽 등 쪽을 짚어보니, 작은 덩어리가 잡혔다. 중례는 그것이 적취인가, 종기인가 쉽게 감이 잡히지 않았다. 크기가 크지도 않고 딱딱하지도 않아 심각한 상태는 아니었다.

"어디가 제일 아프십니까?"

"허리와 엉덩이 쪽이 많이 아프고, 요즘은 등짝도 가끔 아프다."

"등짝이 아플 때는 어떤 느낌이 드십니까?"

"뭐랄까, 뭔가 살갗을 잡아당기고 있는 느낌인데, 어쨌든 불편하고 기분이 좋지 않다."

"등을 의원에게 보인 적이 있으십니까?"

"의원을 불러 허리에 가끔 침을 맞기는 했지만, 등에 통증이 느껴진 것은 이번이 처음이다."

"알겠습니다."

중례는 일단 허리와 엉덩이에 침을 놓았다. 정재술은 엎드린 채로 말을 이어갔다.

"침은 맞을 때만 반짝 좋아졌다가 또다시 나빠지곤 했다. 한 번에 싹 고치는 약은 없는 것이냐?"

"소인이 보기엔 허리는 그리 심하지 않사옵니다. 침과 뜸을 잘쓰면 곧 나을 것입니다."

"그래? 그런데 어찌하여 지금껏 고쳐지지 않은 것이냐?"

"대감께서 평소 오른쪽으로 비스듬히 앉는 습관이 있지 않습니까?"

"생각해보니, 그런 것도 같구나."

"그 습관만 고치면 허리는 나을 것입니다."

"그렇다면 엉덩이는 왜 이리 아픈 것이냐?"

"엉덩이에 힘줄이 약해져서 그런 것입니다."

"엉덩이에도 힘줄이 있느냐?"

"그렇습니다."

"그러면 어찌하면 되겠느냐?"

"너무 앉아 계시지 말고 하루에 서너 번 집안을 걸어 다니기만해도 힘줄이 돌아올 것입니다. 걸어 다니기 어려우시면 주기적으로 말을 타거나 활을 쏘는 것도 좋을 것입니다."

"그리만 하면 허리도 엉덩이도 더이상 아프지 않게 된단 말이지?"

"그렇습니다."

"뭐, 크게 어려운 일은 아니구나. 그러면 약을 쓸 필요는 없느냐?"

"적어도 허리와 엉덩이 병은 약을 쓸 필요가 없습니다. 다만 등쪽이 걱정입니다."

"등은 별로 크게 아프지는 않는데, 무슨 문제가 있느냐?"

"등 오른쪽 중간쯤에 적취로 보이는 것이 잡힙니다."

"적취? 적취라면 무슨 덩어리가 있단 말이더냐?"

"그렇습니다."

"어디쯤이냐? 한번 짚어보거라."

중례가 적취의 위치를 짚어주며 말했다.

"바로 이것이온데, 겉으로 많이 튀어나오지 않아 얼핏 보면 표가 잘 나지 않습니다. 크기는 메추리알보다 작고, 모양은 정확하지 않습니다."

"종기더냐?"

"종기는 아닌 듯하옵니다. 우선 허리와 엉덩이를 치료한 뒤에 자세히 살펴본 뒤, 말씀드리겠습니다."

중례는 침을 뺀 뒤, 허리에 뜸을 놓았다.

"어허, 신기하구나. 허리와 엉덩이 통증이 거의 사라졌네. 신통방통한 일이로다."

"뜸을 뜨고 나면 한결 더 시원해지실 것입니다."

"듣기로 한낱 관노에 불과하다고 들었는데, 너는 침술을 누구에게 배웠느냐?"

"서활인원의 탄선 대사님이 저의 스승님이십니다."

"탄선이라면, 그 역병잡이 중 말이냐?"

"네, 그렇습니다."

"그 중이 한때 고려조에서 태의를 지냈다더니, 그 소문이 사실인 게로구나."

"스승님의 개인사는 잘 모르옵니다."

그런 대화를 하면서도 중례는 줄곧 정재술의 목줄기를 보며 입술을 잘근잘근 씹었다. 목에서 머리로 오르는 급소에 장침을 하나 꽂기만 하면 놈을 한순간에 절명시킬 수 있다는 생각에 손이 바르르 떨렸다.

침을 맞은 뒤끝이라 그런지 정재술은 노곤한 모양이었다. 자기도 모르게 스르르 잠이 들어 있었다. 중례는 침통에서 장침을 꺼내 만지작거리며 계속 마른침을 삼켰다. 그러자 그의 귀에 천둥소리 같은 음성이 울렸다.

"자, 여기 너의 원수가 병든 몸으로 누워 있다고 하자. 그러면 너는 그자를 죽이겠느냐, 살리겠느냐?"

의술을 본격적으로 가르치기 전, 탄선이 그에게 던진 질문이었다. 중례가 선뜻 대답을 하지 못하고 뜸을 들이자, 탄선이 말을 이었다.

"의원의 소임은 병자를 살리는 것이다. 비록 그 병자가 부모를 죽인 원수라고 하더라도 살려놓는 것이 우선이다. 그런 마음이 없다면 의술을 배울 생각은 애당초 하지도 마라."

그러면서 탄선이 다시 물었다.

"너는 원수가 찾아와서 병을 고쳐달라고 한다면 그를 고치겠느냐, 고치지 않겠느냐?"

그때서야 중례는 주먹을 불끈 쥐고 대답했다.

"고치겠습니다."

"언약할 수 있겠느냐?"

"언약할 수 있습니다."

중례는 가느다랗게 한숨을 쏟아내며 장침을 다시 침통에 넣었다. 그리고 뜸을 거두고 말했다.

"이제 끝났습니다. 일어나 앉으셔도 됩니다."

그러자 정재술은 목을 몇 번 두드리며 일어나 앉았다.

"어떻습니까?"

"아주 가뿐하고 좋구나. 피로도 확 풀리고……."

"다행입니다. 이제 진맥을 좀 하겠습니다. 똑바로 누워주십시오."

중례는 정재술의 맥을 짚었다. 그러면서 중례의 얼굴은 점차 굳어져갔다. 정재술의 맥은 힘있게 뛰다가 간혹 끊어지기를 반복했다. 이런 맥을 흔히 진신맥(眞腎脈)이라 한다. 진신맥은 신장에 문제가 있는 중병 환자에게서나 나타나는 것이었다. 그런데 정재술은 겉으로 보기엔 너무나 멀쩡했다. 안색에도 큰 문제가 없었고, 음성이나 움직임에도 큰 이상이 없었다. 중례는 고개를 갸웃거리며 발목 안쪽의 태계맥을 잡아보았다. 그런데 태계맥에서도 큰 이상은 없었다. 그래서 발등의 충양맥을 잡아보았다. 충양맥도 잘 뛰고 있었다. 태계맥과 충양맥은 신장의 이상 여부를 판단하는 기준이라 할 수 있었다.

"혹 소변을 자주 보십니까?"

"전에는 안 그랬는데, 요즘은 소변 때문에 가끔 깨는 정도네."

그 정도는 나이가 들면 누구나 겪는 일이었다.

"무슨 병인가?"

"혹 신장에 문제가 있는 것이 아닐까 했는데, 큰 문제는 아닌 듯합니다. 다만 등에 생긴 적취가 신장을 누르고 있을까 염려되긴 합니다."

"만약 그렇다면 무슨 약을 써야 되는가?"

"저의 미천한 의술로는 함부로 약재를 쓸 수가 없습니다. 아무래도 한양에 돌아가셔서 저보다 더 뛰어난 의원에게 진단을 받아보시는 것이 좋을 것 같습니다."

"치료가 급하지는 않으냐?"

그 물음에 중례는 대답을 망설였다. 진신맥이 잡히는 것으로 봐서는 결코 치료를 미뤄서는 안 되는 상태였다. 하지만 별다른 이상징후가 없어 어떤 처방을 내려야 할지 쉽게 판단이 서지 않았다.

"적취를 좀 달래놓으면 좋겠지만, 이곳 요양성에서 제가 마땅한 약재를 구할 수 있을지 모르겠습니다."

"그 점이라면 걱정 말게. 내가 부리는 자 중에 요양성을 손바닥 보듯 아는 상인이 있으니, 그자에게 약재를 구해 오라 하면 될 걸세. 그러니 필요한 약재를 써주게."

그래서 중례는 약방문을 써주고, 정재술의 처소에서 물러났다.

사은사 행렬은 요양성에서 닷새를 머물 계획이었기에 정재술이 약재를 구할 시간은 충분했다. 명나라 황제(영락제)가 경녕군에게 말 12마리와 양 500마리를 하사했는데, 출발할 때 말은 연경에서 바로 받았지만, 양떼는 요양성에서 받기로 되어 있었다. 그래서 사흘을 그곳에서 머물기로 한 것인데, 경녕군의 몸이 좋지 않아 이틀을 더 연장하여 닷새를 머물기로 한 것이다.

중례는 그 닷새 중에서 이틀은 줄곧 경녕군을 돌봐야만 했다. 경녕군은 물에 빠진 충격에선 벗어났지만, 그래도 두통과 오한이 조금 남아 있어 지속적인 치료가 필요했다. 중례는 침과 뜸, 그리고 늘 가지고 다니는 환약으로 경녕군을 치료했고, 경녕군은 이틀 뒤에 건강을 거의 회복했다. 확실히 젊은 몸이라 회복이 빨랐다. 하지만 완전히 회복된 것이 아니라 하루에 한 번씩 꼭 중례가 진료를 해야 했다.

정재술이 중례를 다시 부른 것은 요양성에서 이틀째 되는 날의 밤이었다. 그날 아침을 먹고 말들을 살핀 뒤에 조금 쉬려고 하는데, 정재술의 종이 숨을 헐떡거리며 달려와 중례의 손을 끌어당기며 소리쳤다.

"이보시오, 지금 대감께서 숨이 넘어가게 생겼소. 빨리 좀 가주시오."

"무, 무슨 일이오?"

"아침을 드시고 멀쩡하게 계시더니, 갑자기 쓰러지셨소. 빨리 뛰어요, 뛰어!"

중례가 부리나케 달려갔더니, 정재술이 서안을 안고 앉은 채로 엎어져 있었다. 급히 그를 눕혔는데, 숨소리가 매우 거칠었다. 맥을 잡아보니, 지나치게 빨리 뛰었다. 중례는 선뜻 어떤 처방을 해야 할지 감을 잡을 수가 없었다. 그렇지만 망설일 여유가 없었다. 우선 급한 것이 호흡을 안정시키는 것이었다. 중례는 정재술의 입을 막고 코로만 숨을 쉬도록 했다. 그리고 가슴 위에 손을 얹고 심호흡을 유도했다. 그러자 조금씩 호흡이 느려지고, 맥박도 나아졌다. 그즈음에서 엄지로 심포경맥(心包經脈, 심장의 바깥쪽 기혈을 지나는 맥)을 차례로 눌러 심장을 안정시킨 후, 침을 꺼내들었다. 느닷없이 심장에 이상 증세를 일으킨 이유는 알 수 없었지만, 우선 호흡을 정상으로 돌려놓는 것이 급선무라는 판단이었다. 그래서 심장을 다스리는 심포경락의 경혈들을 찾아 차례로 시침하기 시작했다. 그러자 정재술이 몇 번이나 크게 숨을 쏟아내더니 점차 안정되었다.

중례는 침을 꽂아둔 채로 정재술의 맥을 잡아보았다. 그런데 이번에는 지난번과 달리 손끝에 마치 단단한 율무 알이 잡히는 느낌이었다. 진심맥(眞心脈)이었다. 심장에 문제가 발생했다는 뜻이었다. 중례는 도저히 이해할 수 없었다. 어떻게 진신맥이 진심맥으로 바뀌었는지 그 조홧속을 알 길이 없었다.

정재술은 시침한 후 일각이 좀 지나자 호흡이 정상으로 돌아왔다. 하지만 기력은 없었다. 현기증이 조금 있고, 미세한 두통도 있다고 하였다. 중례는 급한 마음에 상비약으로 가지고 다니는 환약을 으깨어 먹였다. 그랬더니 더이상 현기증과 두통을 호소하지 않았다. 그러자 제법 살 만하다는 표정으로 중례에게 물었다.

"도대체 내가 왜 이러는 것이냐?"

"소인도 아직 정확하게 원인을 파악하지 못했습니다."

그러면서 중례는 정재술의 상의를 벗겨 등의 적취를 확인했다. 그런데 전에는 적취가 하나였는데, 반대쪽에도 또하나가 드러나 있었다. 크기는 처음 것보다 작았지만, 확실히 적취가 분명했다.

'도대체 이건 뭐지?'

중례는 불과 이틀 사이에 또하나의 적취가 드러난 것이 도저히 이해가 되지 않았다. 그래서 적취와 적취 사이를 손으로 가만히 더듬어보았다. 손끝에 작은 적취들이 몇 개 더 느껴졌다.

'적취가 한두 개가 아니야. 도대체 몇 개나 이어져 있는 거지?'

난생처음 대하는 희한한 형태의 적취였다. 마치 실로 구슬을 꿰어놓은 것 같은 그런 형태였다. 하지만 전체 모양은 알 수가 없었다.

"무엇이 더 있느냐?"

"아직은 잘 모르겠습니다."

중례는 그렇게 둘러댔다. 병자를 불안하게 만들어서 좋을 것은 없다고 판단했다. 하지만 중례 자신도 어떤 처방을 내려야 할지 쉽게 결정하지 못했다.

"지난번에 자네가 부탁한 약재는 곧 당도할 것이네."

그 말을 듣고서야 중례는 일단 적취에 듣는 탕약을 올려볼 생각을 하였다. 어차피 선택의 여지가 없었다. 익히 알고 있는 병증은 아니지만 적취인 것은 분명하니, 적취를 다스리는 약을 써보는 수밖에 없었다.

"약재는 언제쯤 당도할까요?"

"올 때가 됐는데……."

정재술은 그렇게 중얼대더니 밖을 향해 짜증스러운 음성으로 소리쳤다.

"오치수 아들놈은 아직 안 왔느냐?"

정재술이 오치수라는 이름을 들먹이자, 중례는 깜짝 놀랐다.

'오치수의 아들이 사은사 행렬을 따라왔단 말인가?'

중례는 갑자기 손이 부르르 떨렸다. 언제부턴가 오치수라는 이름만 들어도 그렇듯 분노가 일었다.

그때 바깥에서 소리가 들렸다.

"마님, 오행수가 왔습니다."

"들어오라 하라."

그 소리와 함께 잘 차려입은 사내 하나가 안으로 들어와 정재술에게 넙죽 절을 하며 인사를 하였다.

"대감마님, 분부하신 약재는 넉넉하게 구해 왔습니다."

사내의 목소리가 낯설지 않다고 생각한 중례는 슬쩍 고개를 돌려 그의 얼굴을 확인하곤 소스라치게 놀랐다. 그는 중례가 구련성에서 목숨을 구해줬던 오희묵이었다.

오희묵도 한눈에 중례를 알아보고 말했다.

"자네를 여기서 또 만나다니, 정말 우리가 인연은 인연이가보네."

하지만 중례는 당황한 나머지 제대로 대답을 하지 못했다.

"아, 네……."

그러자 정재술이 물었다.

"자네도 이자를 아는가?"

"알다 뿐이겠습니까? 제 목숨을 구해준 은인입니다."

"그런가? 어허, 묘한 인연이로다. 자네뿐 아니라 오늘은 내 목숨도 구했으니, 우리가 이자에게 크게 사례를 해야 하겠구나."

"그 점이라면 염려 마십시오. 제가 단단히 사례를 하겠습니다."

"그래, 알았다. 그 문제는 나중에 논하기로 하고, 빨리 이자에게 약재를 건네주도록 하라."

그들의 대화를 들으며 중례는 도대체 이것이 무슨 인연의 조화 속인가 하는 생각을 하고 있었다. 때려죽여도 속이 풀리지 않을 원수 놈도 모자라서 원수의 자식 놈 목숨까지 자신의 손으로 살렸다는 생각이 들자, 밑도 끝도 없이 부아가 치밀었다. 그러다 한순간, 중례의 뇌리를 스치는 소리가 있었다. 놈들을 이기려면 그들의 약점부터 잡아야 된다는 유영교의 말이었다. 중례는 입술을 질끈 깨물었다.

'어쩌면 이놈들의 목숨을 구한 것이 아버지의 원한을 갚을 절호의 기회가 될 수도 있다. 호랑이를 잡으려면 호랑이 굴로 들어가라는 말도 있지 않은가? 이놈들을 잡으려면 놈들의 환심을 사서 약점부터 찾아내는 것이 우선이다.'

중례는 그렇게 마음을 다잡고 정재술의 탕약을 정성껏 달였다. 그리고 중례가 올린 탕약이 효험이 있었던지 정재술은 한층 기력을 회복하고, 사흘 뒤에 무사히 귀환 행렬에 오를 수 있었다. 귀환의 와중에도 정재술은 여러 차례 중례를 불렀고, 중례는 최선을 다하여 그를 치료했다.

16. 생모의 돌무덤 앞에서

소비는 오랜만에 휴식을 취했다. 대비 민씨의 병증이 많이 호전된 덕에 열흘 동안 휴가를 받았다. 그래서 모처럼 집에 머물며 어머니 가이와 한가한 시간을 보내고자 했는데, 그건 오로지 소비혼자만의 생각이었다. 가이는 벌써 며칠 동안 소비를 달달 볶고 있었다.

"이팔청춘 춘삼월 호시절 다 보내고, 스물을 훌쩍 넘겼으니 이제 너를 데려갈 작자도 나타나지 않는다. 그러니 어쩌겠냐? 첩 자리도 쉽지 않은데, 이런 자리가 또 어디 있다고 고집을 부리는 것이냐? 무당 딸년으로 혼자 늙어봐야 내 꼴로 살기밖에 더 하겠냐? 이 조선 팔도에서 여자가 혼자 사는 것이 얼마나 서러운 일인 줄 아느냐? 더구나 온갖 더러운 꼴 다 보며 사는 무당 년의 팔자가 오죽했겠냐? 어떻게 해서든 너는 발 뻗고 머리 기댈 언덕을 마련해야 한다. 나는 이미 늙어빠져서 팔자 고치긴 틀렸지만 너는 다르지 않으냐? 첩 자리면 어떠냐? 그것도 늙어 꼬부라진 노인네 수발을 들라는 것도 아니고 아직 젊다면 젊은 사람이고, 장안에 내로라하는 집안의 아들이 아니더냐. 비록 서출이라고는 하지만 적장자나 다름없고, 재산도 떵떵거릴 만큼 있는데다 장안의 장사치들을 한 손에 쥐고 있는데, 고관대작의 첩 자리보다 못할 것도 없잖으냐. 내 생각은 그렇다. 오라는 곳이 있을 때, 이쪽저쪽 눈치보지 말고 어서 꽃가마 타고 가는 것이 상수다."

가이는 요 며칠 툭하면 소비를 앉혀놓고 그런 말들을 입에 달고 있었다. 그러다 당최 소비가 응할 마음을 보이지 않자, 오늘 아침 밥상머리에서는 잔뜩 찌푸린 얼굴로 또다시 닦아세웠다.

"내가 비록 친어미는 아니지만 여태껏 한 번도 너를 주워 온 딸년이라고 생각해본 적도 없다. 나야 어쩌다 신기가 들어 평생 족두리 한 번 못 써보고 무당 년으로 늙어가고 있지만, 너는 다르지 않으냐. 네가 나처럼 신기가 들어 무당이 된 것도 아니고, 나 또한 너를 무당으로 만들 생각 손톱만큼도 없다. 거기다 너는 궁궐을 드나드는 내의녀 신분 아니더냐. 덕분에 이렇게 첩 자리가 들어온 것인데, 굳이 마다하는 이유가 무엇이냐? 정녕 너도 나처럼 무당 팔자로 살고 싶은 것이냐? 아니면 어미 몰래 가슴에 묻어놓은 사내라도 있는 것이냐? 제발 싫다고만 하지 말고 솔직한 네 마음을 털어놓아봐라."

그러자 소비가 예의 차분한 말투로 대답했다.

"어머니, 저도 한 번도 어머니를 친어머니가 아니라고 생각해본 적이 없어요. 그래서 평생 어머니 곁에서 함께 살고자 하는 거예요. 제가 떠나버리면 어머니 혼자 너무 외롭게 지내실 게 뻔한데, 제가 어떻게 떠나요."

하지만 가이는 물러설 기색이 아니었다. 읍소라도 하는 양 눈물까지 글썽이며 말을 이어갔다.

"그래, 네 그 마음은 정말 고맙다. 하지만 나는 혼자 사는 데 이골이 난 년이다. 또 내겐 신령님이 계신데, 무슨 걱정이겠느냐? 그리고 어차피 그동안 너는 집에서 지내는 것보다 활인원에서 지내는 날이 더 많았잖니? 거기다 아주 헤어지는 것이 아니라 툭하면 볼 수 있는 지척에 사는 것인데, 무슨 걱정이냐? 이 어미가 보고 싶으면 옆집 마실 오듯 오면 될 일이다. 그리고 내 솔직한 심정을 이야기하마. 이 어미도 이제 기댈 언덕이 필요하다. 네가 어엿한 집안에 첩 자리로 앉으면 그동안 나를 업신여기던 자들도 함부로 대하진 못할 거다. 이 어미도 이제 늙었다. 막말로 나도 네 덕 좀 보면 안 되느냐?"

소비는 알겠다며 표정으로 고개를 끄덕였다.

"어머니 마음 충분히 알았습니다. 활인원에 가서 스승님께도 여쭤보고 올게요."

소비는 일단 스승 탄선을 앞세워 가이의 뜻을 저지하고자 했다. 가이는 늘 피붙이와 다름없이 키웠다고 공치사를 늘어놓지만, 정작 소비를 키운 공의 7할은 탄선에게 있었다. 가이가 소비를 탄선에게 맡긴 것은 다섯 살 때였다. 그때 이후로 탄선은 소비를 거둬먹이고 입히고 가르쳤다. 그런 까닭에 가이가 첩 자리 운운할 때마다 소비는 스승 탄선을 핑계로 거절 의사를 드러내곤 했다.

이전에도 소비를 첩으로 들이겠다는 자는 여럿 있었고, 그때마다 가이는 은근히 소비에게 압박을 가했지만, 스승 탄선이 허락하지 않는다는 핑계로 회피하곤 했다. 그런데 그때만 하더라도 가이가 이번처럼 강하게 밀어붙이진 않았다. 소비를 첩으로 달라는 자들이 기껏해야 땅뙈기 좀 있는 아전이거나 육의전에 전포 몇 개 가진 상인들에 지나지 않았기 때문이다. 하지만 이번에는 그야말로 수준이 다른 집안의 첩 자리였다. 아전이나 상인들과는 비교도 되지 않는 고관대작의 아들이었다. 비록 서자라고는 하지만 적자가 없는 집안의 서자이니 적자나 다름없는 입장이었다. 게다가 아버지는 종2품 벼슬의 동지총제로 있는 정재술인데, 장안의 돈줄을 쥐고 흔드는 갑부 중의 갑부였다. 그리고 정작 돈줄을 쥐고 있는 사람은 바로 그 아들, 정충석이었다.

"육의전 상권의 절반을 쥐고 있는 사람이 바로 정충석이다. 정충석 첩 자리면 정승 별당 자리도 부럽지 않다는 말 모르느냐? 집안 좋지, 재산 많지, 거기다 아직 나이가 마흔도 되지 않았다. 물론 벌써 기생첩이 둘이나 있다는 것이 좀 꺼림칙하지만 어차피 서로 얼굴 볼 일도 없을 테니, 무슨 문제가 되겠냐? 또 아들이라도 하나 턱하니 낳아주면 그 많은 재산이 다 네 것이 될 텐데, 그런 자리를 마다한단 말이더냐?"

정충석은 이상하게도 아버지 정재술처럼 본처에게서 자식을 얻지 못했다. 아들은 고사하고 딸도 하나 얻지 못했다. 거기다 기생첩 둘을 들였지만, 역시 자식을 얻지 못했다. 그러니 소비가 첩으로 들어가 아들을 하나 낳아주면 바로 안방을 차지할 수도 있다는 것이 가이의 판단이었다.

"내가 널 팔아서 호강하고자 하는 것이 아니다. 다 너 좋으라고 하는 말이다. 나는 아직 이 일로 쌀 한 됫박 받아먹은 거 없다."

"알겠어요, 어머니. 그래도 스승님 뜻을 여쭈어야지요."

"스님께서 네 혼사에 신경이라도 쓰시겠느냐? 그분의 관심사는 그저 병자들뿐인데……. 그리고 말이다, 네가 만약 첩 자리를 거절하면 정충석이 그자가 그냥 있을 것 같으냐? 장안에서 정충석이 눈 밖에 나서 온전한 사람이 얼마나 있더냐?"

가이의 말도 틀린 말은 아니었다. 지난번 성녕대군 일만 보아도 그것은 확인되는 일이었다. 작년인 무술년(1418년) 2월에 성녕대군(이방원의 막내아들)이 홍역에 걸려 사경을 헤매고 있었다. 그때 성수청에서 쾌유를 비는 제사를 올렸는데, 그만 성녕대군이 죽고 말았다. 이 일로 사헌부에서 탄핵하여 성수청의 수무당 보문이 유배를 당했다가 유배지로 가는 중에 살해되었다. 이때 가이도 함께 탄핵을 받았지만, 다행히 정충석이 손을 써준 덕분에 유배를 면했을 뿐 아니라 오히려 수무당 자리를 꿰찼다.

사실, 사헌부를 뒤에서 움직여 성수청 수무당 보문을 쫓아낸 장본인이 바로 정충석이었다. 정충석은 성수청에서 사용하는 모든 물건을 자신의 상단에서 독점하려 했지만, 수무당 보문이 동조하지 않는 바람에 실패했었다. 보문도 나름대로 성수청에 물품을 대는 여러 상단과 거래를 트고 있었고, 정충석의 상단을 그중 하나로만 대했다. 이 때문에 장충석은 성녕대군의 죽음을 빌미로 보문을 탄핵하여 유배 보내고, 유배 도중에 살해했다. 이후 가이를 수무당으로 세운 후 기어코 성수청의 물품을 독점하는 데 성공했다.

그런 내막을 전혀 몰랐던 소비는 이번에도 스승 탄선의 뜻을 앞세워 가이의 우격다짐 같은 첩 자리 타령을 꺾을 수 있을 것으로 보았다.

"활인원에서 며칠 지내다 오겠습니다."

가이가 등에 대고 여전히 불만 가득한 지청구를 쏟아내고 있었지만 소비는 대충 흘려들으며 장옷을 쓰고 활인원으로 향했다.

음력 3월 중순이었다. 이미 봄이 무르익었다. 이집 저집 마당에서 웃자란 나무들이 담을 넘겨다보고 꽃망울을 활짝 터뜨리고 있었다. 소비는 장옷을 살짝 내리고 고개를 돌려가며 꽃구경을 하였다. 멀리 인왕산에도 꽃들이 울긋불긋 산을 단장하고 있었다.

"봄이 무르익으면 돌아올 수 있겠네요. 그때 봐요."

올 초에 중례가 연경으로 떠나면서 소비의 방문 틈에 끼워두었던 글귀였다. 소비는 돈의문을 빠져나오자마자 중례의 글귀를 꺼내 다시 읽으며 잔잔한 웃음을 한껏 물었다.

"숫기 없기는……."

이틀 전에 사은사의 귀환 행렬이 평양 감영에 도착했다는 소문을 들었다. 사나흘만 있으면 한성에 도착한다는 뜻이었다.

"스승님은 잘 계시겠지? 공사 감독하시느라 정신이 없으시려나?"

활인원엔 지난 2월부터 한증소 공사가 한창이었다. 한증소는 별청 앞 텃밭에 조성되고 있었다. 그 때문에 탄선은 눈코 뜰 새 없이 바쁘게 지내고 있었는데, 소비는 은근히 미안한 마음이 들었다. 괜히 임금께 한증소를 지어달라는 청을 올려 활인원 식구들을 힘들게 하는 것은 아닌지 하는 생각 때문이었다. 하지만 탄선은 활인원에 한증소가 생긴다는 말을 듣고 몹시 좋아했다. 활인원의 병자들을 치료하는 데 크게 도움이 될 것이라며 소비에게 칭찬을 아끼지 않았다.

원래 한증소를 갖췄으면 좋겠다는 말을 먼저 꺼낸 사람도 탄선이었다.

"몸을 따뜻하게 하고 땀만 제대로 흘려도 나을 수 있는 병자가 절반은 될 터인데……."

몇 년 전에 명나라를 다녀온 사람으로부터 한증소라는 것을 보았다는 말을 듣고 탄선이 부러움을 감추지 못하고 했던 말이었다. 하지만 그 말을 하고도 탄선은 까맣게 잊어버렸는데, 소비가 마음에 새겨두었다가 임금께 청을 올려 성사시킨 것이다.

소비는 완공이 머지않은 한증소의 모습을 빨리 보고 싶어 걸음을 재촉했다. 환하게 웃으며 반겨줄 스승과 활인원 식구들을 떠올리니 마음마저 급해졌다. 그리고 마음 저 한구석에 알지 못할 설렘마저 일어났다. 예전에는 미처 경험하지 못한 설렘이었다. 가슴도 조금씩 두근거리고 얼굴도 화끈거렸다. 그리고 이상하게 자꾸 절로 웃음이 쏟아졌다.

이제 저 길모퉁이만 돌면 언덕이 나오고, 그 언덕에서 내려다보면 멀리 활인원이 보일 터, 소비는 경쾌한 발걸음으로 길모퉁이로 접어들었다. 그런데 길모퉁이를 막 돌려고 하는 순간, 그녀는 무엇인가에 강하게 부딪치는가 싶더니 그만 정신을 잃고 말았다.

얼마나 지났을까? 그녀가 의식을 되찾았을 땐, 그저 앞이 캄캄할 뿐이었다. 그녀의 손발은 밧줄로 꽁꽁 묶여 있었고, 얼굴은 검은 두건으로 완전히 가려져 있었다. 그녀는 가마에 실려 어디론가 끌려가고 있었다. 입에 재갈이 물려 있어 소리도 지를 수 없었다.

'도대체 어떤 놈들일까? 그저 산 도적이라면 굳이 가마까지 동원하여 데려갈 이유가 없지 않은가?'

소비는 아무리 생각해도 선뜻 짚이는 곳이 없었다. 거기다 누구에게 원한을 산 일도 없었고, 피해를 준 일도 없었다. 어디 그뿐인가? 가진 재산도 없고, 신분도 한낱 무당의 양녀에 불과했다.

'어머니에게 원한을 품은 자들일까?'

국무당의 자리는 무녀라면 모두 탐내는 자리였다. 그런 까닭에 무녀들 사이에서도 세력 다툼이 있기 마련이었다. 더구나 가이는 국무당 중에서도 우두머리인 수무당이었다. 수무당은 성수청에서 맡고 있는 모든 제사를 결정하는 자리였다. 성수청이 맡고 있는 제사는 다양했다. 우선 해마다 산천에 지내는 모든 제사를 비롯하여 일식과 월식, 가뭄과 홍수, 천재지변과 관련한 제사나 마마나 홍역, 역병에 관한 제사도 맡는다. 그 외에도 왕실의 안녕을 빌거나 왕실 사람들의 건강을 염원하는 제사까지 지낸다. 따라서 성수청에서 주관하는 제사에는 수많은 제기와 제물이 사용되었고, 그에 따른 거래 관계도 성수청 국무들과 복잡하게 얽혀 있었다. 말하자면 성수청 무녀들은 시전 상인들은 물론이고 그 이권을 담당하는 실무자에서 고위 관리까지 복잡한 이권 관계를 형성하고 있는 셈이었다. 그 때문에 국무당은 이권 때문에 적을 만들 수도 있는 자리였다.

하지만 소비는 그런 일들을 깊게 알지는 못했다. 다만 어머니가 이로부터 얼핏 성수청 수무당이었던 보문이 유배 도중에 죽임을 당했다는 말을 듣고 몹시 놀란 기억이 있을 뿐이었다.

사실, 그 말을 듣기 전까지만 해도 국무당이 그토록 위험한 자리인 줄 생각도 하지 못했다. 그저 나라의 안녕과 왕실의 안녕을 위해 기도를 하고 제사를 지내주면 되는 자리인 줄 알았다.

"서둘러라. 해 떨어지기 전에 당도해야 한다."

누군가가 가마꾼들을 재촉하는 말이었다. 놈의 말투는 위압적이고 날카로웠다. 그저 한낱 도적의 말투는 분명 아니었다. 음성으로 봐서 적어도 수하들을 많이 거느려본 놈이라 생각되었다.

'도대체 나를 어디로 데려가려는 것일까? 분명히 예사 놈들은 아닌 것 같은데…….'

소비가 그런 궁금증으로 이리저리 머리를 굴려보고 있을 때, 밖에서 짧은 신음이 들리더니, 누군가가 소리쳤다.

"웬 놈이냐!"

그러더니 칼과 칼이 부딪치는 쇳소리가 이어지고, 갑자기 자신을 실은 가마가 땅바닥으로 내동댕이쳐졌다. 그 충격으로 소비는 옆으로 고꾸라지고 말았다. 그리고 이내 달아나는 발자국소리가 들렸다. 하지만 싸우는 소리는 한동안 계속 들렸다. 그러다 이윽고 가마 문을 올리고 웬 사내가 소리쳤다.

"아기씨, 괜찮으십니까?"

'아기씨? 나를 아기씨라고 부를 사람이 있었던가?'

소비는 난생처음 듣는 호칭에 어리둥절하였다.

사내가 소비의 머리에 씌운 검은 두건을 벗기고 이내 손과 발에 묶인 밧줄을 풀고 재갈도 제거했다.

"서둘러야 합니다. 놈들이 다시 올 겁니다."

"누, 누구세요?"

"가면서 말씀드리겠습니다. 빨리 이곳을 떠야 합니다."

사내는 다짜고짜 소비를 말에 태우고 황급히 그곳을 벗어났다. 인왕산 초입에 있는 인적 드문 길이었다. 사내는 한 팔로 소비를 안은 듯 부여잡고 능숙하게 말을 몰았다.

얼핏 보기에 사내는 마흔 줄은 훌쩍 넘긴 얼굴이었다. 하지만 초로의 나이에도 불구하고 몸이 날래고 단단했다. 혼자서 여러 놈을 물리치고 쫓아버린 것으로 봐서 무술 실력도 상당해 보였다. 소비는 그의 정체가 궁금했지만 두렵지는 않았다. 어쨌든 자신을 해치려는 사람은 아님을 확신했기 때문이다.

한참을 달리던 사내는 활인원이 내려다보이는 언덕 위에서 말을 멈췄다. 그리고 자신이 먼저 말에서 훌쩍 뛰어내리더니 소비를 안아 내린 후, 손바닥으로 말 엉덩이를 힘껏 후려쳤다. 그러자 말이 놀란 소리를 내며 달려온 길을 되짚어 달아났다.

"도대체 댁은 뉘시오?"

소비의 그 물음에 사내는 갑자기 무릎을 꿇고 절을 한 뒤, 말했다.

"아기씨, 소인은 마인국이라고 합니다."

"아기씨라니요, 사람을 잘못 본 것 아니오?"

"무려 이십 년도 넘는 세월을 지켜보았는데, 사람을 잘못 볼 리가 있겠습니까? 아기씨를 신당에 맡겨둔 사람이 바로 소인입니다."

"네? 그러면 댁이 내 친부모를 안단 말이오?"

"물론이지요."

소비는 갑자기 말문이 막혔다. 뭔가 물어보고 싶었지만, 무슨 말부터 해야 할지 떠오르지 않았다. 어린 시절부터 불쑥불쑥 아무때나 튀어나오는 궁금증이 있었다.

'도대체 나의 친부모는 누구일까? 나는 왜 신당에 버려진 것일까?'

가이가 친모가 아니라는 사실은 아주 어릴 때부터 알고 있었다. 말귀를 알아들을 무렵부터 가이가 신당에 버려져 있는 자신을 데려다 키웠다고 말해줬기 때문이다. 그리고 다섯 살 때 가이가 그녀를 탄선에게 맡길 때 보다 자세하게 알게 되었다. 문밖에서 가이가 탄선에게 하는 소리를 모두 들었기 때문이다. 그때부터 소비는 자신의 친부모가 누군지, 왜 신당에 버려졌는지 궁금해하곤 했다. 하지만 한 번도 그 말을 입 밖에 내본 적은 없었다.

소비의 눈에 눈물이 그렁그렁 고였다. 하지만 여전히 아무 말도 할 수 없었다. "내 친부모가 누구요?"라고 묻고 싶었지만, 그저 가슴이 먹먹하기만 했다. 소비는 말은 못하고 멍한 얼굴로 눈물만 뚝뚝 떨구었다.

'뭘 물어봐야 하나? 부모님은 누구인지, 아니면 그분들은 살아 계신지, 아니 그분들은 왜 날 버리셨는지…….'

소비는 멍한 얼굴로 그런 생각들을 하고 있었지만, 그저 혼란스러울 뿐이었다. 그리고 두려웠다. 필시 그분들에게 피치 못할 곡절이 있는 것이 분명할진대, 그 곡절을 감당할 자신이 없었다. 딸의 소재를 알고서도 그토록 오랫동안 찾지 않았다는 것은 딸을 찾을 수 없는 처지라는 뜻이었다. 소비는 그분들의 그런 처지를 아는 것이 이상하게 두려웠다. 혹시 이미 이 세상 사람들이 아닐 수도 있다는 생각에 가슴부터 미어졌다.

어느덧 소비의 눈물이 엎드린 마인국의 손에 뚝뚝 떨어졌다. 그러자 마인국도 눈물을 삼키며 쉽게 말을 잇지 못했다. 그렇게 두 사람은 한동안 말없이 울기만 했다. 그리고 이윽고 소비가 먼저 입을 열었다.

"내 친부모는 어떤 사람들이오?"

그 물음에 마인국은 긴 한숨을 쏟아냈다.

"혹 삼봉 대감에 대해 들어보신 적이 있습니까?"

소비는 고개를 가로저었다.

"삼봉이 누구요? 그분이 내 아버지입니까?"

"그분은 아기씨의 조부님 되십니다."

"삼봉이란 분은 함자가 어찌되시오?"

"본관이 봉화이고, 성씨가 정이며, 함자는 도전입니다."

"봉화 정씨 도전이라는 말이오?"

"그렇습니다."

"그러면 그분이 내 조부라면 내 아버지는?"

"삼봉 선생님께는 네 분의 아드님이 계셨습니다. 그중에 셋째 아드님인 정유 나리가 아기씨의 아버님이십니다."

"정유……."

정유라는 이름을 중얼거리다 소비는 현기증이 일어 넘어질 뻔하였다.

"아버님은 살아 계십니까?"

마인국이 고개를 가로저었다.

"그러면 어머니는 어찌되셨습니까?"

"돌아가셨습니다."

소비는 그 소리에 허물어지듯 털썩 주저앉고 말았다. 그저 짐작만으로 생각하던 일이 모두 현실이 되자, 소비는 맥이 탁 풀려 온몸에서 모든 기운이 빠져나가는 느낌이었다.

"어찌된 일인지 들려줄 수 있습니까?"

"그때가 벌써 21년 전입니다. 무인년(1398년) 8월 26일 밤이었습니다."

마인국은 21년 전의 기억들을 마치 엊그제 일인 양 생생하게 되살려내고 있었다.

그날 밤, 마인국이 정유의 급한 호출을 받고 달려가니, 정유가 사병 몇을 거느린 채 다급한 음성으로 말했다.

"이방원이 군대를 이끌고 아버님의 회합 장소로 떠났다는 말을 들었다. 나는 아버님을 구하러 갈 테니, 자네는 본가로 가서 큰형님께 가족들을 피신시키라 하게."

정유가 곧장 말에 올라 달려나가자, 마인국은 정도전의 집을 향해 죽어라 뛰었다. 다행히 그가 도착했을 땐, 아직 이방원의 수하들이 정도전의 집을 들이치기 전이었다. 마인국은 정도전의 장남 정진의 처소로 뛰어들어 숨을 몰아쉬며 소리쳤다.

"대감, 빨리 몸을 피하십시오. 정안군 이방원이 반란을 일으켰다고 합니다."

정진이 물었다.

"어디서 들은 말이냐?"

"안국방 정유 나리께서 전하는 말씀입니다."

"그렇다면 아버님이 위험하시지 않으냐?"

"안국방 나리께서 수하들을 거느리고 이미 가셨습니다. 꾸물거릴 여유가 없습니다. 빨리 피신해야 합니다."

마인국은 그 말을 끝으로 다시 안국방으로 내달렸다. 어쩌면 이방원의 수하들이 정유의 집도 함께 공격할지도 모른다는 불안감 때문이었다. 아니나다를까 마인국이 안국방 초입에 들어서자, 한 떼의 말 발자국소리가 들리고 있었다. 마인국은 죽을힘을 다해 정유의 집으로 달렸다. 그러나 이미 때는 늦은 상태였다. 대문이 활짝 열려 있었고, 안에서는 비명소리가 난무했다. 마인국은 담을 돌아 안채 뒤뜰의 담을 훌쩍 넘었다. 그리고 안채의 상황을 엿보고 있는데, 정유의 아내가 아이를 안고 뒤뜰 쪽문으로 달려오는 것이 보였다. 하지만 그녀는 얼마 달리지 못하고 비명을 지르며 쓰러졌다. 마인국이 그녀를 향해 달려갔을 때, 그녀는 등에 화살을 맞은 채로 신음을 토해내며 말했다.

"소비, 소비를……."

마인국이 젖먹이 소비를 안아올리려 하자, 이방원의 수하 둘이 창을 들고 덤볐다. 마인국은 그들 두 놈을 쓰러뜨렸지만, 그 뒤로 대여섯 놈이 더 달려왔다. 마인국은 소비를 품에 안고 달려 쪽문을 열고 도주한 끝에 가까스로 그들의 추격을 따돌렸다.

"상황이 수습되면 무녀에게서 아기씨를 다시 모시고 오려 했습니다. 하지만 삼봉 대감께서 역적으로 몰리고 가솔들이 모두 연좌되어 노비 신분으로 전락하는 바람에 아기씨의 신분을 회복시킬 방도가 없었습니다. 그래서 이렇게 오늘날까지 두고만 볼 수밖에 없었습니다."

마인국은 눈물을 뚝뚝 흘리며 통탄해 마지않았다. 하지만 소비는 아직도 자신이 들은 일들이 전혀 현실로 다가오지 않았다. 자신이 삼봉 정도전의 손녀라는 사실도 믿기지 않았고, 친부모가 모두 이 세상 사람이 아니라는 것도 실감이 나지 않았다. 그저 모든 것이 남의 일로만 여겨졌다.

소비는 한참 동안 말을 하지 않고 그저 멍하니 앉아 있기만 하였다.

"그런데 아기씨를 납치한 놈들은 누군가요?"

마인국이 그렇게 묻자, 소비는 비로소 정신을 가다듬었다.

"저도 모릅니다. 오히려 그것은 제가 묻고 싶은 것입니다. 어떻게 저를 구하게 된 것입니까?"

"소인은 아기씨께서 궁궐에서 나와 국무당의 집에 머물고 있다는 것을 알고, 며칠 동안 집 주변을 배회했습니다. 혹 기회가 된다면 이제 모든 것을 아기씨께 알려드려야 한다고 생각했거든요. 그러다 마침 아기씨께서 집을 나서시기에 말씀드릴 기회를 얻고자 계속 뒤를 따라왔습니다. 그런데 별안간 그놈들이 아기씨를 납치하는 것을 보고, 뒤쫓아오다 틈을 봐서 구하게 된 것입니다."

"어쨌든 고맙습니다. 아저씨가 아니었다면 그놈들에게 끌려가 무슨 꼴을 당했을지 모르겠습니다."

"별말씀을요. 저는 아기씨께서 이렇게 잘 성장하신 것만 봐도 너무나 다행스럽게 생각합니다. 하지만 아기씨 잊지 마십시오. 이 방원이 아기씨 집안을 몰락시킨 원수 놈이라는 것을 가슴에 단단히 새겨두셔야 합니다. 아기씨의 조부님과 부모님이 모두 그 역적 놈의 칼날에 목숨을 잃었다는 사실을 절대 잊어서는 안 됩니다."

마인국은 다시 한번 눈물을 삼키며 충혈된 눈으로 소비를 바라보았다. 하지만 소비는 여전히 그 말이 믿기지 않았다.

"너무 별안간 들은 말들이라 아직 제 마음에 와닿지를 않는군요. 그래도 한 가지는 분명해졌네요. 이제 제 부모님을 찾을 길이 없다는 거……."

소비는 괜히 서러운 생각이 들었다. 그래도 어딘가에 부모님과 형제들이 살아 있으리라는 막연한 기대감을 안고 살아왔는데, 막상 아무도 없다고 생각하니 외롭고 쓸쓸했다. 그래서 혹시나 하는 마음으로 소비가 물었다.

"그러면 일가친척 중에도 살아남은 분이 전혀 없는 것입니까?"

"아닙니다. 살아남은 분이 계십니다. 삼봉 대감님의 자제분들 중에 장남이신 정진 대감님은 살아 계십니다. 대감께서는 그 사건으로 연좌의 죄를 받고 관노 신분이 되어 전라도 수군의 노꾼으로 지내시다 10년 만에 겨우 풀려나셨습니다."

"그분은 지금 어디 계십니까?"

"대감께서는 방면된 뒤에 지방관으로 이곳저곳을 다니시다가 지금은 충청 감사로 나가 계십니다."

"백부께서는 제가 살아 있다는 사실을 아십니까?"

"모르십니다. 대감께서는 계속 지방에만 계신데다 저도 목구멍이 포도청이라 살기 바빠서……."

"그런데 아저씨는 우리 집안과 무슨 관계였나요?"

마인국이 한숨을 길게 토해내더니, 멀리 하늘을 물끄러미 올려다보았다.

"삼봉 대감께서는 제겐 부모님 같은 분이십니다. 역병으로 인해 제가 부모님을 모두 잃고 천애고아가 되어 떠돌 때, 저를 거둬서 먹이고 입히고 가르쳐서 앞길을 열어주신 분입니다. 제가 한때나마 삼군부의 무관으로 지낸 것도 모두 그분의 은덕이었습니다. 지금도 한스러운 것은 그날 제가 대감을 모시지 못했다는 것입니다. 제가 그날 회합에 함께 갔더라면 대감께서 그렇게 무참히 돌아가시지는 않았을 것을……."

마인국은 애써 울음을 참으며 어금니를 질끈 깨물었다.

"지금은 무슨 일을 하시나요?"

"몇 년 전까지는 벽제역에서 역졸로 지내다가 작년부터 아는 객주 밑에서 상단 터잡이 노릇을 하고 있습니다. 어느 상단이나 지방을 다니다보면 왈짜패들이 찍자를 부리기 마련인데, 주로 그런 험한 놈들을 상대하는 게 제 일입니다. 한때는 무술을 더욱 연마하여 이방원이 그놈을 죽이고 나도 죽겠다는 심정으로 살기도 했는데,

구중궁궐에 있는 그놈을 저 같은 놈이 어떻게 죽이겠습니까? 그래서 배운 게 도둑질이라고 무술이랍시고 익힌 것이 쓸데가 그것밖에 없더군요. 그래도 한성에 있을 일이 많아 가끔은 시간을 내서 아기씨 사는 모습을 볼 수 있어서 좋습니다. 허허⋯⋯."

마인국은 쓴웃음을 지으며, 고개를 숙였다. 그리고 한동안 말이 없더니 갑자기 생각난 듯이 말했다.

"아 참, 아기씨를 만나면 마님 묘소를 알려드린다는 것이 하마터면 잊을 뻔했네요."

"어머니 묘소요? 제 어머니 묘소가 있나요?"

"네, 있습니다. 나리의 시신은 찾지를 못하여 묘소를 쓰지 못했지만, 마님 묘소는 제가 몰래 마련했습니다. 여기서 멀지 않습니다. 가보시겠습니까?"

"어딥니까? 안내해주세요."

소비는 마인국을 따라나섰다. 비록 육신을 대하지는 못하지만 묘소라도 찾아갈 수 있다는 생각을 하니 소비는 왠지 갑자기 힘이 났다.

묘소는 인왕산 자락의 어느 산기슭에 있었다. 얼핏 보아서는 묘소처럼 보이지도 않았다. 주변엔 잡목들이 우거지고, 봉분이 제대로 남아 있지도 않았다. 그저 사람 키 높이의 바위 옆에 억새풀이 잔뜩 피어 있을 뿐이었다.

"저기 소나무 뒤에 있는 바위에 표시를 해뒀습니다. 혹 묘소를 찾지 못할까봐 바위에 글씨도 새겨뒀습니다."

바위에 '장씨 부인'이라고 새겨져 있었다.

"어머니의 친정이 장씨입니까?"

"그렇습니다."

"일가친척은 없었습니까?"

"이방원의 난 때 모두 주살된 것으로 알고 있습니다."

마인국이 무덤 주변으로 난 잡목을 꺾어내고, 억새풀을 헤치자 아주 얕은 봉분이 드러났다. 봉분은 돌로 뒤덮여 있었지만, 돌 틈 사이로 억새들이 뿌리를 내리고 있었다.

"몇 해 걸러 한 번씩 와서 억새를 뽑아내는데도 이 모양입니다. 풀이 자라지 못하게 돌로 봉분을 덮어놓았지만, 이놈의 억새는 당할 수가 없네요."

소비는 마인국이 발로 꾹꾹 누른 억새 위에 엎드려 절을 하였다. 절을 마치고 나자, 그때서야 소비는 비로소 자신의 생모가 돌아가셨다는 것을 실감하였다.

"이렇듯 처참한 모습으로 이런 곳에 계실 줄은 정말 몰랐습니다."

소비는 눈물을 뚝뚝 떨어뜨리며 한스럽게 울었다. 빛 잘 드는 양지도 많은데, 그늘진 외딴 산기슭에 버려지듯 묻힌 어머니를 생각하니, 슬픔과 함께 알지 못할 분노가 치밀어올랐다.

"어머니, 어머니…… 정말 보고 싶었습니다."

소비는 돌더미 사이에서 억새를 하나씩 뽑아내며 울고 또 울었다. 마인국이 눈물을 흘리며 함께 억새를 뽑아냈다.

"마님께서는 숨을 거두는 마지막 순간까지 아기씨를 살리기 위해 최선을 다하셨습니다."

그 말에 소비는 더욱 서럽게 울었다. 그 울음소리는 산기슭을 가득 채우더니 점점 골짜기 전체로 퍼져갔다.

〈하권으로 이어집니다.〉

활인 上

초판 1쇄 인쇄 2021년 12월 30일
초판 1쇄 발행 2022년 1월 10일

지은이 박영규

편집 정소리 이희연 | 디자인 이현정 이주영 | 마케팅 정민호 김경환 김선진 배희주
홍보 김희숙 함유지 이소정 이미희 | 저작권 박지영 이영은 김하림
제작 강신은 김동욱 임현식 | 제작처 천광인쇄사

펴낸곳 (주)교유당 | 펴낸이 신정민
출판등록 2019년 5월 24일 제406-2019-000052호

주소 10881 경기도 파주시 회동길 210
전화 031.955.8891(마케팅) | 031.955.2692(편집) | 031.955.8855(팩스)
전자우편 gyoyudang@munhak.com

인스타그램 @gyoyu_books | 트위터 @gyoyu_books | 페이스북 @gyoyubooks

ISBN 979-11-91278-91-0 04810
    979-11-91278-90-3 (세트)

* 교유서가는 (주)교유당의 인문 브랜드입니다.
 이 책의 판권은 지은이와 (주)교유당에 있습니다.
 이 책 내용의 전부 또는 일부를 재사용하려면 반드시 양측의 서면 동의를 받아야 합니다.